中国古典诗词

名家菁华赏析丛书

李白诗歌赏析

马　玮 主编

商務印書館国际有限公司

丛书主编

马　玮

本册撰稿人

马佳明　　曹晨曦

丛书编委

（按音序排列）

曹晨曦　　方周立

胡连彬　　马佳明

马静婉　　马　骎

马　玮　　南　方

徐　斌　　杨二宁

杨　芳　　杨　敏

张　一

总　目

说　明

一、本书选取唐代诗人李白不同时期不同风格的代表性诗作 78 首。

二、所收诗以《全唐诗》为底本，同时参考其他版本。

三、所收诗按照创作年代的先后顺序排列。

四、正文前撰有李白简介，内容涉及诗人的生卒年、名号、籍贯、主要仕历或人生经历、创作经历、创作特点、他人评价或在文学史上的地位等。

五、诗的原文后列有对一些难解字词、生僻字、历史词、方言词、古地名、出典、重要事件等的注释。

六、每首诗都设有题解，内容包括诗词类型、写作背景（或人物关系）、思想内容以及其他需要交待的内容等。

七、每首诗都有赏析，主要阐述诗词所蕴含的文学性和思想性，对于比较难懂的诗词，一般有逐句翻译式的串讲，有名句的，大都给予点出。

八、一般对一首诗撰写一篇赏析文字，某些内容联系紧密的组诗，也有合撰一篇的情况。

九、本书使用简化字和现代汉语标点，在可能有歧义时，酌用繁体字或异体字。

十、行文中涉及的年份，一般用旧纪年，其后括注公历纪年，“年”字从略。

十一、行文中如涉及与今地名不一致的旧地名时，在旧地名后括注今地名或其归属地。

序

梁 静

“中国梦”，这个富于诗意的名词，激发了国人对于未来的美好憧憬。这一梦想承载着每个华夏子孙的使命与担当，寄托着无数神州儿女的未来与希冀。中国梦更是面向未来的事业，需要一代又一代青少年励志成长成才，矢志逐梦圆梦，努力让美丽青春焕发绚丽光彩！

实现美丽的中国梦，必须走中国道路，弘扬中国精神，凝聚中国力量。在中华民族五千年悠悠文明史中积淀的优秀传统文化，无疑是凝聚民族精神的思想内核。一代文学大家巴金曾说：“我们有一个丰富的文学宝库，那就是多少代作家留下的杰作，它们教育我们，鼓励我们，要我们变得更好，更纯洁，更善良，对别人更有用。文学的目的就是要人变得更好。”这座文学宝库中，唐诗宋词等闪耀着瑰丽光芒的奇葩，历千年而不朽，给世人以丰润的精神滋养：这里有杜甫“穷年忧黎元，叹息肠内热”的忧国忧民的伟大情怀；有李白“仰天大笑出门去，我辈岂是蓬蒿人”的自我肯定；有王维“行到水穷处，坐看云起时”的随缘自适；有李商隐“春蚕到死丝方尽，蜡炬成灰泪始干”的无私奉献；有苏轼“莫听穿林打叶声，何妨吟啸且徐行。竹杖芒鞋轻胜马，谁怕，一蓑烟雨任平生”的淡定、旷达。每每读之，掩卷沉思，这些诗词不仅给我们带来了唯美的精神享受，帮我们构筑起永恒的精神家园，同时，让我们的人生变得更加诗意。

众所周知，文学即是人学。无论是文学创作，还是文学阅读，出发点与归宿都是“人”，是人的心灵，人的情感，人的精神。“古人为诗贵于意在言外使人思而得之”（司马光语）。对于正处在接受德育、修养品性最佳年龄段的青少年来说，大量阅读唐诗宋词等经典作品，不仅能够让他们突破时空的限制，与千年之远、万里之外的人、生物乃至宇宙的一切生命进行对话，进行思想的沟通与心灵的交流；而且能够让他们从中汲取丰富的精神养料，以此陶冶性情与提高修养；同时，还能够让他们从先贤的境遇中学会如何面对人生，解决人生的种种问题，最终成长为具有美丽心灵的健全的“人”。

此外，大量阅读经典也能够让青少年对汉语的魅力有更深刻的感受。汉语是世界上最精练的语言文字，唐诗宋词则将汉语的这种优势发挥得淋漓尽致。在这些文学大师的笔下，语言就像是被赋予了生命一般，富有灵气，蕴藉深邃。

随着“国学热”“汉语热”的回潮，以凝聚着民族和时代精神的“文学名作”为主体的大量青少年课外读本被开发、推广。商务印书馆国际有限公司出版的这套中国古典诗词名家菁华赏析丛书，首批十本，分别选取了唐代开宗立派的诗人，如王维、李白、杜甫、白居易、杜牧、李商隐，以及宋代成就卓著的词人，如柳永、苏轼、李清照、辛弃疾。每本选取一位诗词大家的具有代表性的作品近百篇，在尽可能尊重原作意旨的基础上，进行深层的赏析与阐发；同时，对作品的创作背景简单介绍，做到知人论世。至于诗作版本方面，则择善而从，一般不作校勘说明。

这套书应时而出，定会对广大青少年提高审美鉴赏能力、提升思想境界起到积极的作用。

李白简介

李白其人和李白的诗一样，充满了谜，神秘而吸引人。

李白（701 — 762），字太白，原籍陇西成纪（今甘肃秦安），据传出生于中亚西域的碎叶城（今吉尔吉斯斯坦境内），另有一说出生于蜀中（今四川江油市青莲乡）。李白约五岁时迁居绵州昌隆（今四川江油），到二十五岁之前，一直生活在蜀中。家世不可考，有传其父或名李客未曾入仕，或因经商而家境优裕。李白是唐代著名诗人，也是我国文学史上最伟大的浪漫主义诗人之一，有“诗仙”之称。

李白主要生活在唐玄宗和唐肃宗两朝，处于唐代社会由盛而衰的转折时期。激荡的时代之潮和传奇的人生经历锻造了诗人李白非凡的诗歌成就和艺术造诣。杜甫《春日忆李白》云：“白也诗无敌，飘然思不群。”李白诗之所以无敌，是因为其所具有的与众不同的独特个性。

豪中见悲，雍容和缓，皆是李诗个性之所在。

李白对现实的看法是悲观的，但他的人生理想又是积极的；他既不愿同流合污，又不愿独善其身。这种矛盾撞击恰恰成就了李白诗歌豪迈而不失悲感的艺术个性。如《蜀道难》《行路难》《远别离》《梦游天姥吟留别》《宣州谢朓楼饯别校书叔云》等，无不以豪语表达悲感，情感激切，大悲大怆。

李白诗歌中有相当一部分作品没有特定的社会内容。写思乡（名篇如《静夜思》《宣城见杜鹃花》《洛阳城中闻笛》），写惜别（名篇如《黄鹤楼送孟浩然之广陵》《江夏别宋之悌》），写怀古（名篇如《夜泊牛渚怀古》《苏台怀古》），写怀友（名篇如《闻王昌龄左迁龙标遥有此寄》《哭晁卿衡》），咏月（名篇如《古朗月行》《把酒问月》），写景（名篇如《渡荆门送别》《望天门山》），写民情风俗（名篇如《赠汪伦》《哭宣城善酿纪叟》《宿五松山荀媪家》《采莲曲》《越女词》《秋浦歌》等）。这类作品形式短小，语言清新，极少用典，表现人生的各种情趣。

李白的整个青年时期正值大唐的全盛时期，李白少有大志，但却不愿走科举仕途，意欲效法管仲、张良、诸葛亮献奇策，立奇功，通过漫游、干谒，结交朋友，拜访公卿，以求得仕进，由布衣一跃而为卿相，从而实现自己的政治抱负。

李白自幼即是奇才，所谓“五岁诵六甲（六甲即天干地支搭配而成的六十甲子），十岁观百家”（《上安州裴长史书》），少年李白任侠好游，所谓“十五好剑术，遍干诸侯”（《与韩荆州书》），“十五游神仙，仙游未曾歇”（《感兴八首》其五）。而仗剑任侠、游仙问道的经历，对李白诗歌创作的影响极深。

唐玄宗开元六年（718），大约十八岁的李白在家乡附近的大匡山，跟随一位名叫赵蕤的隐士潜心读书学习王霸之道，研究帝王统治之术，历时大约两年。

开元八年（720），二十岁的李白出游成都，上过峨眉山、青城山，到过川东一带。巴山蜀水给了他创作的激情和灵感。

开元十三年（725），二十五岁的李白去蜀漫游，历时十七年，从此再也没有回过蜀中，故而李白心中常有乡思情结。漫游之中，他广结人脉，以此来树立社会声望。李白游历江陵、岳阳、长沙、零陵、庐山、金陵、维扬、姑苏，又回头至江夏（武昌）。初次远游的李白，意气风发，一路游览一路作诗。这一时期，吴越民歌的风韵给了他创作营养，诗作清水出芙蓉般清新率真。

开元十五年（727），二十七岁的李白东游归来，至湖北安陆（今湖北安陆县），居于小寿山，被前朝宰相许圉师家招为孙女婿。此后约十年时间即以安陆为中心，四处漫游，广交朋友。在游襄阳（今湖北襄阳）时，结识了隐居在鹿门山中的孟浩然，二人成为忘年之交。这期间，他在《代寿山答孟少府移文》中，表达了自己终生所追求的政治抱负与人生归宿："申管晏之谈，谋帝王之术，奋其智能，愿为辅弼，使寰区大定，海县清一。事君之道成，荣亲之义毕，然后与陶朱（范蠡）、留侯（张良）浮五湖，戏沧洲。"

开元十八年（730），三十岁的李白初入长安，寄居终南山中，欲走由布衣而至卿相的"终南捷径"。然而干谒无果，浪游长安，最后怏怏而去，沿黄河东下，先后漫游了洛阳、太原等地。

二十五岁到三十五岁的十年漫游生涯，让李白倍感仕进之路的艰难，在数量惊人的乐府诗中，李白表达对理想的憧憬却伴随着强烈的不安和茫然，表达自信进取的豪情却鼓荡着难抑的不平之气。

大约三十七八岁时，李白举家移至东鲁任城（今山东省济宁市），家人长居约二十年，李白则依旧四处漫游。夫人许氏病逝，李白在这里与一位刘氏妇人结了婚，后来又离异。在山东之初，他常与孔巢父等人相会于徂徕山，纵酒吟诗，人称"竹溪六逸"。

唐玄宗天宝元年（742），经人举荐，已是不惑之年的李白获唐玄宗诏请入朝供奉翰林。朝中名士贺知章呼其"谪仙人"。"仰天大笑出门去，我辈岂是蓬蒿人""游说万乘苦不早"（《南陵别儿童入京》），李白以为从此可以实现政治抱负了。然而盛世繁华表象之下的大唐朝廷，昏庸腐朽与社会危机业已无可挽救，昏庸的君主既不可能在政治上对李白委以重任，恃才傲物的李白更不甘心做个应诏填词（"云想衣裳花想容，春风拂槛露华浓"《清平调词三首》）的侍从之臣，为消此愁，他常和贺知章等人狂放纵酒，号称"饮中八仙"。杜甫诗云"李白斗酒诗百篇，长安市上酒家眠。天子呼来不上船，自称臣是酒中仙"。据载李白供奉翰林时也曾起草过诏诰，但保存下来的却都是应制诗词。

天宝三载（744），四十四岁的李白因为恃才傲物，不容于朝中权贵而被玄宗赐金放还。临行之前，李白赋诗多首，痛苦之思溢于言表。两年翰林生涯的失败对李白以后思想和创作上的巨大变化具有决定性的意义。较之先前作品，此后的诗作愈发厚重、深刻、苍劲。

离开仕途的李白开始了他的第二次漫游生涯，途经洛阳时，认识了比他小十一岁的杜甫，两人三度同游，建立了深厚的交情。后又与杜甫、高适一起畅游梁、宋一带。从天宝三载（744）到天宝十四载（755）安史之乱爆发之前，是李白所言的"一朝去京国，十载客梁园"。梁园即今河南开封，李白在这里结了最后一次婚，夫人宗氏是武后朝的宰相宗楚客的孙女。李白的子女仍居东鲁，他则往南到过吴越，往北去过幽州，有不少地方，如金陵等地，则是旧地重游。他的漫游，一是求仙访道，一是寄情山水，此外也是寻求为国效力的机会。

较之第一次漫游之后的作品，这次漫游后的作品，更多了家国之忧，作品具有了政治抒情的性质。“君王虽爱峨眉好，无奈宫中妒杀人”（《玉壶吟》）讽喻权贵谗害贤才，“彼希客星隐，弱植不足援”（《书情赠蔡舍人雄》）将矛头直指君王，“嫫母衣锦，西施负薪”（《鸣皋歌送岑征君》）批判黑白颠倒的社会世相，“白日不照吾精诚，杞国无事忧天倾”（《梁甫吟》）伤己忧时，“日惨惨兮云冥冥，猩猩啼烟兮鬼啸雨”（《远别离》）敏感地预察到安史之乱前那种黑云压顶、山雨欲来的气氛。这一时期的抒情诗，李白将个人感情与时代社会的命运交织在一起，因而在他佯狂放诞的歌咏背后总是隐藏着深沉的悲感。他在许多诗中都表现出对社会的深重失望，表达出弃世远遁的意愿，然而终因强烈的入世之念而将弃世之思淹没。天宝十一载（752），李白远游幽蓟，看到安禄山势力不断扩大，写下了“君主弃北海，扫地借长鲸”（《赠江夏韦太守良宰》）。

天宝十四载（755）十一月安史之乱爆发，李白携夫人宗氏出逃南奔，开始往越中避难，不久即隐居于庐山。此时的诗坛一片沉寂，李白和杜甫却变得空前活跃，他们一南一北，各以其独具特色的诗篇共同反映了这场空前的民族灾难和历史浩劫。李白一路多有诗作，表达对乱军的痛恨，对国家和人民命运的担忧。李白在安史之乱发生以后的作品共约二百多首，占其现存全部作品的五分之一以上。安史之乱的翌年，玄宗奔蜀，肃宗即位。同年，肃宗弟永王李璘以抗敌为号召，率军沿江东下，途经九江时，派人三次上山请李白入幕，李白应邀入幕。不久永王与肃宗的矛盾演变成为内战，永王兵败被杀。李白也因此获罪，被捕入狱。他在狱中写下了《上崔相百忧章》和《万愤词投魏郎中》等满含血泪的篇章。九土横溃，皇帝弃国逃跑，爱国者却成了南冠君子！李白指斥统治者“树榛拔桂，囚鸾宠鸡”。五十八岁的李白最终以从璘罪“免死流配”夜郎，从政而遇流放，诗人慨然叹曰“平生不下泪，于此泣无穷”。经过三个年头（实不足二年），唐肃宗乾元二年（759），李白行至巫山，遇大赦，旋即返航。李白东归后，来往于宣城、金陵等地之间。折回江夏时写下了《赠江夏韦太守良宰》集中最长的诗，他抨击唐统治者在灾乱中表现出的怯懦与无能，叹“白骨成丘山，苍生竟何罪？”百姓无罪，爱国的诗人亦当无罪！可是国难未平而朝中无人，“中夜四五叹，常为大国忧！”李白在为自己鸣不平的同时，更表现出勇赴国难、百折不回的志气与精神，让读者在李白狂人的外表下窥到了一颗赤子之心。

乾元四年（761），李光弼平叛史朝义，六十一岁的李白又以遭难多病之身请缨“冀申一割之用”，中途病还金陵。之后因生活无着，李白又投奔在当涂作县令的族叔李阳冰。代宗宝应元年（762）李白病重，枕上授稿李阳冰，赋《临终歌》，自比大鹏凌空，中天摧折，但仍相信他激起的余风足以流传万世，不久病卒，年六十二。这一年，新登基的代宗下诏任命李白为左拾遗。

李阳冰整理了他的遗稿，编为《草堂集》（已佚）。

明代的王世贞在《艺苑卮言》中以“以气为主，以自然为宗”两句话概括李白诗歌的总貌。

李白诗歌多有天马行空式的想象和幻想，不吝夸张之词，诗人以气骋词，来实现艺术的夸张而使形象突破常规染上了奇幻的色彩。有时化重为轻，有时又化轻为重，如“感君恩重许君命，太山一掷轻鸿毛”（《结袜子》），“兴酣落笔摇五岳，诗成笑傲凌沧州”（《江上吟》）。有时天上人间，来去自如，如“素手把芙蓉，虚步蹑太清”（《古诗》其十九）。

李白诗歌多抒情恣肆纵横之作，以气驱文，情感宣泄裹挟着不可阻逆的力量。因此，在诗体的选择上，李白偏爱以乐府体为主的古诗，尤其是七言歌行。典型的如《将进酒》《蜀道难》《宣州谢朓楼饯别校书叔云》等。

李白诗歌广泛汲取了前代文人诗歌的精华，形成了通俗而又精练、明朗而又含蓄、清新而又明丽的风格特色，语近情遥，意味丰富。李白善于博采前人的成就而自成高格，堪称炉火纯青的语言大师。

今存李白集，诗约千首，各体文六十余篇。清人王琦《李太白全集》是历代注释李诗的集大成之作。今人整理的版本有瞿蜕园、朱金城《李白集校注》、安旗等《李白全集编年注释》、詹瑛主编《李白全集校注汇释集评》等。

李白生平思想及其创作，均可以一“奇”字而蔽之。他的身世经历传奇，生也是谜，死也是谜，经历交游之谜就更多。包括若干作品的系年，在没有可靠证据的情况下，与其臆断，不若存疑。他的诗歌奇字当头，“李杜文章在，光焰万丈长”，毋庸置疑，李白诗歌是中国古典诗歌史上的传奇。

目　次

访戴天山道士不遇[①]

犬吠水声中，桃花带露浓。
树深时见鹿，溪午不闻钟。
野竹分青霭[②]，飞泉挂碧峰。
无人知所去，愁倚两三松[③]。

注　释

① 戴天山：又名大匡山、大康山，在今四川省江油市。
② 青霭（ǎi）：山中云气。
③ 倚：斜靠。

题　解

李白早年曾在戴天山大明寺读书，这首诗就是这一时期的作品，写诗人寻访山中隐士而不得的所见所闻。全诗共八句，前六句写访，描写诗人前往戴天山中寻访道士的见闻；后两句写不遇，叙写诗人山中寻访道士而不遇的感受。李白诗中表现出的轻松乐观的态度和细腻大胆的笔法，正是李白为人称奇的浪漫风格的萌芽。

赏　析

诗人缘溪逐行，穿林进山，沿途景色十分清丽幽阒（qù）。

“犬吠水声中，桃花带露浓。”山间溪水水声淙淙，偶有犬吠之声相伴，夹岸桃花盛放，花瓣上晨露晶莹剔透。诗歌伊始，诗人就把读者带入了一片声色俱佳的世外桃林。诗人所闻是乐音，所见是艳花，以声写寂，更见其幽。这两句极写山中之幽，暗写道士所居环境的清幽。

“树深时见鹿，溪午不闻钟。”正午时分，山中寂然，寺中的钟声也杳然不闻，行走在林间小路上，唯闻溪水潺潺流淌，深林之中不期竟与麋鹿相遇。溪水之声，反衬出林深山幽。鹿，尤其是白鹿，在古典诗歌中多隐喻仙人道士，这句诗，诗人暗写自己寻访的道士乃山中高士。而“见鹿”则暗示不见人。

“野竹分青霭，飞泉挂碧峰。”野生青竹隐入莽莽青山的雾霭之中，一挂飞瀑悬于亭亭碧峰之间。行至道观，不写道士，只是写景，前句以竹入诗，以青竹暗喻道士或有清奇典雅、宁折不弯的竹之节，后句借助一个“挂”字，将飞泉碧峰融为一体，写青山绿水入怀的胸襟，暗喻道士所居之境净化心灵之妙。道士不在，虽有失落，诗人却因而将山水竹霭映入心中，也是一得。

“无人知所去，愁倚两三松。”结尾这两句诗，前句写诗人问询之后不得道人去向，回扣诗题，后句写诗人再三倚松惆怅叹惋的动作，暗写诗人不得遇道人的遗憾与失落之情。佳妙之处且在“两三松”一词上，不遇寻访的道士，诗人之前心中满满的期待落空，心中尽是失望，倚在一棵松下，叹惋惆怅不得抒怀，于是再三倚树，不愿离去，以此三字带出诗人心中失望不舍的情感，情感迂回深婉，耐人品味。

这首诗，围绕“不遇”二字行文，写景清幽，叙事简素，然而暗写道士其人其节，暗抒诗人其得其惋，笔致含蓄，情趣深婉，颇有佳妙之处。

登锦城散花楼[1]

日照锦城头，朝光散花楼[2]。
金窗夹绣户[3]，珠箔悬银钩[4]。
飞梯绿云中[5]，极目散我忧[6]。
暮雨向三峡，春江绕双流[7]。
今来一登望，如上九天游[8]。

注　释

① 锦城散花楼：三国蜀汉时管理织锦的官员驻于此地，所以后人用锦城作为成都的别称，又称锦里；散花楼为隋末蜀王杨秀所建。

② 朝光散花楼：朝阳使散花楼发出光亮。朝光，光为动词，使散花楼散发光亮。

③ 金窗：鎏金或者装饰金饰的窗户。形容楼内装修及饰物之富丽。

④ 珠箔：即珠帘。箔：原意为竹帘子。悬：挂。银钩：一作“琼钩”，银或玉制的帘钩。

⑤ 飞梯：既形容楼高，又形容登梯之速。

⑥ 极目：竭尽目力远眺。

⑦ 双流：今四川成都双流县。

⑧ 九天：即天，言其高。

题 解

这首诗是李白在唐玄宗开元十年（722）重游成都时所作，时年二十二岁。此诗清新流丽，写景如画，末句流露出李白初到城市耳目一新的喜悦心情。

赏 析

成都俗称锦城，又称锦里。散花楼虽早已不存在了，但她那富丽堂皇、高雅别致，宏伟壮观的形象，却因李白《登锦城散花楼》一诗而永远留在人们心中。

“日照锦城头，朝光散花楼。”

锦官城里，晨光初照，城南的散花楼被笼罩在一片晨曦之中，熠熠生辉。晨观锦城，满目清新。

“金窗夹绣户，珠箔悬银钩。”

抬头望向高处，但见散花楼鎏金的窗棂和饰有彩绘的门扉交相映射着晨光，倍是富丽，珠帘用银质的窗钩绾起挂好，在晨光中时而闪烁珠光。这两句描绘散花楼上华丽的装饰，色彩光亮富丽，笔调欢愉。

“飞梯绿云中，极目散我忧。”

碧树林荫中，散花楼一楼高起，诗人飞步上楼，登高望远，极目远眺，目力所及，遍是怡心悦目的所在，纵有千般忧愁，也在那一刻烟消云散了。

“暮雨向三峡，春江绕双流。”

傍晚时的一场春雨，将三峡河道中的一江春水送至双流，春水滔滔，绕城而去。诗人通过暮雨中极目所见的三峡滚滚、春水绕城野的景象，展示出成都平原的广阔、美丽和富饶。

“今来一登望，如上九天游。”

今日登上散花楼，置身楼头，极目远望，好似登临九天，一览无余，恣意尽兴。“如上九天游”把散花楼的地位升华到难以言表的高度，令人顿生“天府”之感，向往之心顿生。

这首登楼赋，不写楼的规模布局，着笔于写楼的光色，以凸显散花楼的富丽堂皇，着笔于写登高望远的心绪，以凸显诗人恣肆别样的情趣，用笔简洁，意蕴独到，笔调欢快。

诗人抓住典型特征突出描写对象的气质与神韵，塑造鲜明绚丽的形象，给人以奇幻美妙的联想。诗人巧用对仗的修辞，成功地让读者也渴望一睹“散花楼风采”：初日临照下的散花楼，“金窗夹绣户，珠箔悬银钩”；暮雨中的散花楼，“极目散我忧”，“如上九天游”。谁说“何以解忧，唯有杜康”，散花楼的美景就足以使人陶醉了。而在此之后，诗人就要东行前往三峡。诗人凭眺散花楼后，对未来的旅行充满了憧憬。

这首诗既打破了格律的约束，又具有律诗的基调。如果删去“飞梯绿云中，极目散我忧”二句，就是一首基本合律的五言律诗了。但是诗人因其必然，听其自然，诗人有意打破格律，以保证思想内容的完整体现，真情实感的自然抒发。

诗的起首二句点明时间、地点及登临地，三四句特写门、窗、帘、钩以见散花楼的富丽堂皇。这些都是外景，显然尚未登楼“今来一登望，如上九天游”。身在楼下，何以得见三峡、双流之景，更不消说“如在九天游”之感了。“飞梯绿云中，极目散我忧”这两句正是“诗眼”，不能删也不可改；特别是从意境营造上讲，飞梯自高，绿云更美，缘梯登临，壮美轩昂而不失飘逸雅致之美，既衬托出散花楼的高雅别致，又含藏着诗人登楼的神情状态。从“散我忧”落笔写登临之趣，则其快意之感更真实、更深切、也更强烈了。

纵观全诗，李白写登楼之赋，少写实之笔，多联想，多隐喻，多想象，运笔灵动，意境飘逸，笔调轻快，煞是别致。

峨眉山月歌

峨眉山月半轮秋①，
影入平羌江水流②。
夜发清溪向三峡③，
思君不见下渝州④。

注　释

① 峨眉山：在今四川峨眉县西南。半轮秋：半圆的秋月，即上弦月或下弦月。

② 影：月光的影子。平羌：江名，即今青衣江，在峨眉山东北。源出四川芦山，流经乐山汇入岷江。

③ 夜：今夜。发：出发。清溪：指清溪驿，在四川犍为峨眉山附近。三峡：指长江瞿塘峡、巫峡、西陵峡，今在四川、湖北两省的交界处。一说指四川乐山的犁头、背峨、平羌三峡，清溪在犁头峡的上游。

④ 君：指峨眉山月。一说指作者的友人。下：顺流而下。渝州：今重庆一带。

峨眉山月半轮秋

题　解

这是李白最早的一首写月诗。这首诗写于他出蜀远游，向三峡进发的途中，此时诗人怀着“遍谒诸侯，海县清一”的政治抱负和生活理想，扬帆东下，辞亲远游。然而这方度过诗人少年生涯的蜀地，又使他在踌躇满志中，生出了几分留恋之情。

赏　析

歌，是古代乐府诗的一体，格律形式相对自由。这首《峨眉山月歌》是李白年轻时初离蜀地时的作品，意境明朗，语言浅近，音韵流畅。

“峨眉山月半轮秋，影入平羌江水流。”

秋高气爽的季节，李白踏上了远游的行舟。舟行平羌江上，李白立于舟头，望见峨眉山上一弯新月高高挂起，心中不由升起缕缕秋思。“半轮”山月，极易让人联想到月缺人难圆的缺憾；“秋”字置于句末，一者源于入韵的需要，却也使峨眉山月因之有了秋之韵，别具情思。月儿的倒影映照在缓缓流逝的江面上，泛着粼粼波光。平羌江水澄澈见底，月辉波光，缠缠绵绵随江水缓流摇曳。这样静谧清丽的月夜，如何让将要去乡远游的诗人不生留恋之情？诗人以景驱情，让山月含情，令江水生情，读者读之亦可体味到李白寄寓景物描写中的恋乡之情。

“夜发清溪向三峡，思君不见下渝州。”

是夜，月缺月明，诗人乘舟连夜从清溪驿出发向三峡行进，江流月行，乍离旧乡，辞亲远游，月缺人不圆，离情正如这绵绵江水不决尽，伴随诗人一路顺江而行。末句诗人直抒胸臆，直言“思君”情深，“君”或指人，或指月，无论指谁，都深深寄寓着诗人离乡之际对这方水土乡情乡韵的不舍之情。

乘舟从峨眉山出发，一路经平羌江、清溪驿、渝州，往三峡而去。诗人在这首诗中为读者绘制了一幅蜀江夜行图，匠心独具的是诗人以月织文，用峨眉山月的意象隐括了沿途的景致。峨眉山月的意象分外鲜明，意蕴分外丰厚，月行千里，乡思伴随诗人千里行旅，绵延长久，诗歌意境空灵悠远，语言浅近却音韵铿然，整首诗简淡而不失灵性，语言渐臻炉火纯青之境。

渡荆门送别

渡远荆门外①，来从楚国游②。
山随平野尽③，江入大荒流④。
月下飞天镜，云生结海楼⑤。
仍怜故乡水⑥，万里送行舟。

注　释

① 荆门：即荆门山，在现在湖北宜都西北长江南岸，与北岸虎牙山对峙，形势险要，是战国时楚国的门户。
② 楚国：指楚地，指今湖南、湖北一带，古楚国之地。
③ 平野：平坦广阔的原野。
④ 大荒：广阔无际的田野。
⑤ 海楼：海市蜃楼，这里形容江上云霞的美丽景象。
⑥ 故乡水：指从四川流来的长江水。因诗人从小生活在四川，把四川称作故乡。

题 解

这首诗是诗人于唐玄宗开元十三年（725）辞亲远游，出蜀到达荆门时赠别家乡而作。诗人二十五岁远渡荆门之前，从五岁迁居绵州昌隆开始，在蜀地读书生活长达二十年之久，远赴荆州是诗人第一次离开故乡，开始全国漫游的生活。本诗借景抒情，将诗人对蜀中山山水水的深挚感情寄寓于写景之中，写景分层推进，步步为营，结构波澜起伏，颇有层次。

赏 析

李白心怀“奋其智能，愿为辅弼，使寰区大定，海县清一”的政治理想去蜀离乡，开始了他人生第一次漫游生涯。他从水路出发，一路乘舟经巴渝，出三峡，向楚地奔去。楚地乃古楚国故地，舟过荆门山后，原来狭窄的三峡水道，一跃奔入开阔的平原地带，诗人视野为之大开，耳目为之一新。

“渡远荆门外，来从楚国游。”

这两句诗人交代写诗源起，诗人心怀漫游之志，远赴荆门之外，前往古楚国的属地一游。貌似无有匠心之笔，然而“来从”二字却泄露了诗人的心绪，古楚国的属地是诗人的目的地，想必那方土地隐匿着诗人的某种心志。

“山随平野尽，江入大荒流。”

这两句诗，意象大气，意境阔大。水流到荆门，陡峭的巴渝之山逐渐消失了，江水跃入一望无际的平野之中，江面陡然开阔，江水奔流不息，向荆门山外望去，江流似乎流入了荒僻辽远的旷野之中，茫茫不见尽头。“随”字写得动态十足，舟行山移，一路迤逦，山势变幻不测，直至山形隐遁在茫茫平野之中；“入”字尤为传神，原本奔涌喧腾的江水一俟流过荆门山就变得江流缓进，水面阔大，茫茫无际，将荆楚之地的荒僻邈远暗笔引出，更将欲在广阔天地里有一番作为的诗人心胸给打开了。这两句诗写得雄健有力，逼真如画，成为脍炙人口的名句。

“月下飞天镜，云生结海楼。”

进入平旷之野的江水缓缓流动，江面开阔，有如明镜，将天上明月映照在水中，伴着诗人的行舟，一路飞奔；夜空中，云翳变幻中月影时隐时现，仿若海市蜃楼的奇景。如诗如画，如梦如幻，隐天蔽日的三峡水道中何时可以看到如此奇幻之境，诗人竟是沉醉于这一方如明镜般的江面上，这一片生出海市蜃楼之景的夜空中了。

“仍怜故乡水，万里送行舟。”

虽非生于斯却是长于斯的诗人，早已将蜀地视作自己的故乡，故乡的水在他去乡远游之际，不远万里，送他出发，随他行舟万里。“怜”字情感含蓄，迂曲地表达了诗人对故乡山水依依不舍的情思。诗人怀揣对故乡的千般情思踏上远游的行舟，千里之行，不舍故乡一山一水，却用拟人手法让故乡水离情依依，对诗人万里相送。

这首五言律诗，从水上启程远游写起，中间工笔描绘行舟沿途的奇幻之景，结尾以乡情缱绻、故乡之水依依惜别结篇。诗人用江水的流动串起了全诗，也用江水的多情串接了诗人的乡情，更用荆门山外楚地雄壮奇伟的平野山水隐喻了青年诗人去乡离土，追求理想的胸襟，写景井然有序，抒情深挚缠绵，言志深沉大气，意境高远，构思奇巧，布局精致。

望天门山①

天门中断楚江开②，
碧水东流至此回③。
两岸青山相对出④，
孤帆一片日边来⑤。

注　释

① 天门山：位于安徽省和县与芜湖市长江两岸，在江北的叫西梁山，在江南的叫东梁山。两山隔江对峙，形同天设的门户，所以叫“天门”。

② 中断：指东西两山之间被水隔开。楚江：即长江。古代长江中游地带属楚国，所以叫楚江。开：开掘；开通。

③ 至此回：意为东流的江水在这转向北流。回：转变方向，改变方向。

④ 两岸青山：指博望山和梁山。出：突出，出现。

⑤ 日边来：指孤舟从天水相接处的远方驶来，好像来自天边。

题 解

唐玄宗开元十三年（725），时年二十六岁的李白赴江东途中行至天门山作有此诗。该诗描写诗人舟行江中溯流而上，远望天门山的情景。天门山江南江北两山夹长江对峙，形如门户，故称“天门”。这样自然天成的景致在诗人笔下被描绘得雄壮神奇，令人神往。

赏 析

这首七言绝句，以“望”字提挈全诗。“天门中断楚江开，碧水东流至此回。”楚江滔滔西来，将前方的天门山冲撞分开，南岸北岸的山夹岸对峙，汤汤江水奔流至此由东折向北流。水随山转本是自然景观，可是“楚江开”的“开”字，却将滔滔东去的江水写得凌厉狰狞，竟然将一山冲撞分裂为二。“至此回”，将东流的江水写得颇有人情，一江碧水流至此处激扬回荡，回望来路，似有多情之顾。

“两岸青山相对出，孤帆一片日边来。”

置身舟头，越过天门山的瞬间，望两岸的天门山，隔江相望，似有默然相守之意，舟行江上，水流山也好似随之移动，“出”字将静态的天门山写出了动态，更写出人的情态；可以想见，此际，天相接处，日光遍洒，一叶孤舟正披霞缓缓而来……两岸青山的高高耸峙，与日边船帆的形单影只，在动与静的相得益彰中，共同营造了苍凉清远的诗歌意境；青山、红日、碧水、丹霞、白帆，则在区区十四言中绘制了一幅日照山水行舟图，唯美而恢弘。诗人奔赴江东，一路乘风破浪，越名山，行大川。天门山的雄奇之韵，就此铭刻在心。由于末句在叙事中饱含诗人的激情，这首诗便在描绘出天门山雄伟景色的同时突出了诗人的自我形象！

襄 阳 歌

落日欲没岘山西[1]，倒著接蓠花下迷[2]。
襄阳小儿齐拍手，拦街争唱《白铜鞮》[3]。
旁人借问笑何事[4]，笑杀山公醉似泥。
鸬鹚杓，鹦鹉杯[5]。
百年三万六千日，一日须倾三百杯。
遥看汉水鸭头绿[6]，恰似葡萄初酦醅[7]。
此江若变作春酒，垒曲便筑糟丘台[8]。
千金骏马换小妾，醉坐雕鞍歌《落梅》[9]。
车旁侧挂一壶酒，凤笙龙管行相催[10]。
咸阳市中叹黄犬[11]，何如月下倾金罍[12]？
君不见晋朝羊公一片石，龟头剥落生莓苔[13]。
泪亦不能为之堕，心亦不能为之哀。
清风朗月不用一钱买，玉山自倒非人推[14]。
舒州杓，力士铛[15]，李白与尔同死生。
襄王云雨今安在[16]？江水东流猿夜声。

注 释

① 岘（xiàn）山：在湖北襄阳南。又名岘首山或三岘山，包括岘首山（下岘）、紫盖山（中岘）、万山（上岘），峰岩直插滔滔汉水，雄据一方，是一座正宗的历史文化名山。东临汉水，为古今大道。

② 倒著接蓠花下迷：写晋山简酒醉后的状态。《晋书》载，山简，嗜酒，曾官镇南将军，镇襄阳。每游习家园，置酒池上辄醉，名之曰高阳池。时有见童作歌以嘲之：“山公一时醉，径造高阳池，日暮倒载归，酩酊无所知。复能乘骏马，倒着白接蓠。”接蓠（lí）：古代的一种头巾。

③《白铜鞮》：本为《白铜蹄》，梁时歌谣名，也传是唐代徐凝诗：“騕褭锦障泥，楼头日又西。留欢住不住，素齿白铜鞮。”

④ 借问：即若问。

⑤ 鸬鹚杓、鹦鹉杯：王琦注：杨齐贤曰：鸬鹚，水鸟，其颈长，刻杓为之形。《太平广记》：鹦鹉螺，旋尖处屈而朱，如鹦鹉嘴故以为名。

⑥ 鸭头绿：即绿色。

⑦ 酦醅（pō pēi）：重酿未滤的酒。

⑧ 糟丘台：谓积酒糟而成丘、成台。极言酿酒之多。

⑨《落梅》：古笛曲名，即《梅花落》。

⑩ 凤笙龙管：凤笙，即笙，长四寸，十二簧，像凤之身，正月之音也。故称凤笙。龙管，笛的美称。

⑪ 叹黄犬：《史记·李斯列传》：二世二年七月，具斯五刑，论腰斩咸阳市。斯出狱，与其中子俱执，顾谓其中子曰：“吾欲与若复牵黄犬俱出上蔡东门逐狡兔，岂可得乎？”遂父子相哭，而夷三族。

⑫ 金罍（léi）：金饰的大型酒器。

⑬ 晋朝羊公：谓岘山上的羊祜堕泪碑，经历沧桑，斑驳脱落，生满青苔。龟头：指碑座下龟形的头，这里代指整碑。莓苔：青苔。

⑭ 玉山：言酒醉后而倾倒。《世说新语·容止》：嵇叔夜为人也，岩岩若孤松之独立；其醉也，若玉山之将崩。

⑮ 舒州杓：舒州所产的酒器名。力士铛：铛名。铛：缶类，温器，这里指温酒之器皿。

⑯ 襄王云雨：言宋玉所描绘的楚王遇神女之事。

题　解

这首诗或写于唐玄宗开元十三年（725）后的一段时间。开元十三年，二十五岁的李白仗剑去蜀，沿江东下，两年后开始了长达十年的安陆居留，或是居此期间，诗人去了距离安陆二百多公里的襄阳。这首诗，是一首“醉酒歌”，诗人借醉酒而歌的状态，借古人之事言己，表现诗人淡看功名富贵，追求自由，及时行乐的思想。

赏　析

这首“醉酒歌”，以醉酒贯穿全诗，借一双看似蒙眬的醉眼，看襄阳史事，看透富贵功名，看清自己真正的追求，以醉言寻真话。

“落日欲没岘山西，倒著接䍦花下迷。襄阳小儿齐拍手，拦街争唱《白铜鞮》。旁人借问笑何事，笑杀山公醉似泥。”

诗歌伊始，李白就以酩酊大醉之态出场。晋人山简，曾经镇守襄阳，其人性嗜酒，每每去习家花园饮酒，必定在日暮十分大醉而归，他倒驾车马，白色头巾倒戴在头上，在一无所知的情况下，居然还能骑在马上。襄阳街头淘气的小孩子，拦住山简的车马争相唱起歌谣《白铜鞮》，引得旁人竟问小儿为何而笑，小儿竞言是笑烂醉如泥的山简公。接䍦，一种白色头巾。诗人将山简的醉态移花接木，移植到自己身上，同时更添一笔“花下迷”的迷醉状态，更是引起小儿的歌笑之举。“鸬鹚杓，鹦鹉杯。百年三万六千日，一日须倾三百杯。”小儿笑则笑矣，我自一日喝尽三百杯。诗人真心买醉，哪管旁人之笑？人生百年，是三万六千个日子，日日三百杯，醉眼看世界，别是一个新天地。“遥看汉水鸭头绿，恰似葡萄初酦醅。”遥看襄阳城东汉水碧绿，就好像是用葡萄新近酿制的美酒。诗人的醉眼被这一江碧水惹得愈加迷乱了，甚至想象“此江若变作春酒，垒曲便筑糟丘台。”一江春水皆是春酒，用来酿酒的酒曲岂不是能垒成一座酒糟丘台了？“千金骏马换小妾，醉坐雕鞍歌《落梅》。车旁侧挂一壶酒，凤笙龙管行相催。”歌酒于马上，车旁侧挂之酒随喝随取，诗人醉骑在骏马雕鞍上，耳听千金骏马换来的美姬唱着《梅花落》歌以和之。如此纵酒生活，何等惬意洒脱，古来谁人可比？

醉眼目之所及皆是酒意，诗人醉了的心却借此思接千里："咸阳市中叹黄犬，何如月下倾金罍？君不见晋朝羊公一片石，龟头剥落生莓苔。泪亦不能为之堕，心亦不能为之哀。"秦丞相李斯功成而身不退招致夷三族之祸，临刑时对他儿子说："吾欲与若（你）复牵黄犬，俱出上蔡（李斯的故乡）东门，逐狡兔，岂可得乎！"晋朝的羊祜曾坐镇襄阳，都督荆州诸军事，他屯田兴学，以德怀柔，深得军民之心。羊祜死后，襄阳人在岘山立碑纪念。见碑之人多落泪，故碑名为"堕泪碑"。而今这碑业已剥落，无人为之落泪，更无人为之心伤了！一个功成身死，一个身后名灭，所谓功名富贵终会随着岁月的流逝被湮灭在历史的尘埃里，回首且享"清风朗月不用一钱买"，山间清风天上明月不须花费一钱，尽可享用，居于期间，大可开怀畅饮，"玉山自倒非人推"，不妨就学嵇叔夜醉倒之际犹如玉山崩倒！"舒州杓，力士铛，李白与尔同死生。"举起舒州杓，酒凉何惧，力士铛把酒温起，再举觞，李白与你相伴到最后。如此高调的宣扬及时行乐之思，将诗歌推向了最高潮，诗人把及时行乐、恣意人生的形象，从"李白"与酒同生死的宣告中已然立起。

"襄王云雨今安在？江水东流猿夜声。"诗的结句，从之前高亢恣肆的情境中陡然跌落，叹楚襄王即使曾经和巫山神女翻云覆雨，而今却也只见江水东逝，猿啼哀戚，纵然贵为君王也终会归于虚无，哪里比得上自己纵酒人生、快意目下的鲜活生活呢？全诗在对楚襄王的哀叹中戛然收束。

这首诗气韵流畅，风格放诞，然而并不流于颓废消极。诗中"李白"的形象天真直率，诗人以恣意醉酒的形象放言快意，以醉看历史的眼光蔑视富贵功名，借此表达了他自己所追求的理想人生。酒隐安陆的生活，让诗人找到了自得、浪漫、直率、天真的生活理想状态，故而此诗写得神采飞扬，恣意奔放，无拘无束。

长干行（其一）

妾发初覆额[①]，折花门前剧[②]。
郎骑竹马来[③]，绕床弄青梅[④]。
同居长干里，两小无嫌猜[⑤]。
十四为君妇，羞颜未尝开[⑥]。
低头向暗壁，千唤不一回。
十五始展眉[⑦]，愿同尘与灰[⑧]。
常存抱柱信[⑨]，岂上望夫台[⑩]。
十六君远行，瞿塘滟滪堆[⑪]。
五月不可触，猿声天上哀[⑫]。
门前迟行迹，一一生绿苔[⑬]。
苔深不能扫，落叶秋风早。
八月蝴蝶黄[⑭]，双飞西园草。
感此伤妾心[⑮]，坐愁红颜老[⑯]。
早晚下三巴[⑰]，预将书报家。
相迎不道远[⑱]，直至长风沙[⑲]。

注 释

① 妾：古代妇女自称。初覆额：刘海初盖前额，指头发尚短，年纪尚小。

② 剧：艰难、不便之意。这句指文中的女主角幼年时在自己门前折花，因为个子小而够不到花枝。

③ 骑竹马：儿童游戏时以竹竿当马骑。

④ 床：指的是唐代的胡床，即马扎。弄：摘取，获得。

⑤ 无嫌猜：指天真烂漫，彼此间没有嫌隙和猜疑。

⑥ 羞颜未尝开：初嫁为人妇时，常常态含羞意。

⑦ 始展眉：意谓才懂得些人事，感情也在眉宇间显现出来。

⑧ 愿同尘与灰：意谓死了化作灰尘也要在一起，愿意永远结合在一起。

⑨ 抱柱信：相传古代有个叫尾生的人，与一女子约会于桥下，届时女子不来，潮水却至，尾生为表示自己的信实，结果抱着桥柱，被水淹死。事见《庄子·盗跖》。

⑩ 望夫台：类似的也有望夫石、望夫山之类的传说。传说大意是，丈夫久出不归，妻子便在台上眺望，日久变成一块石头，据称此石在忠州（今四川省忠县）南。

⑪ 瞿塘：即瞿塘峡，长江三峡之一，在重庆市奉节县东。滟滪堆：瞿塘峡口的一块大礁石。每年阴历五月，上涨的江水将滟滪堆淹没，船只不易辨识易触礁，故下云不可触。

⑫ 猿声天上哀：三峡多猿，啼声哀切，回荡在三峡上空。

⑬ 门前迟行迹，一一生青苔：意谓女主人的夫君当日离家的行迹因为久久不归而迟重，以致于生出了青苔。迟：慢，缓，重。

⑭ 蝴蝶黄：明代杨慎说是秋天时黄蝶最多，恐系附会之说。黄：《全唐诗》作“来”。

⑮ 此：指蝴蝶双飞。

⑯ 坐：因而。

⑰ 早晚：多早晚，何时。三巴：指巴郡、巴东、巴西，都在今四川省东部。

⑱ 不道远：不言远，不会嫌远。

⑲ 长风沙：地名，在今安徽省安庆市东的江边上。据陆游《入蜀记》说，自金陵（今南京）至长风沙有七百里，地极湍险。

题　解

《长干行》，乐府旧题。长干，地名，在今天的江苏南京秦淮河岸，居民多从事商业活动。此诗以少妇的口吻叙述了她与丈夫两小无猜的爱情生活、初为人妻的羞涩心情以及为丈夫远行的担忧和相思的心理活动，笔触深刻细腻，事、情、景融为一体，塑造出了一个鲜活美丽的少妇形象，是一首深蕴南朝民歌之风的感人叙事诗。

赏　析

"长干"，古建康的里巷名，故址在今天江苏南京的秦淮河岸，自六朝后商业发达，商贾云集。六朝乐府中多有表现商妇之思的作品。李白这首《长干行》，采用乐府旧题，写商妇的情思，有吴声的曼妙缠绵，亦有北曲的热切真挚。

"妾发初覆额，折花门前剧。郎骑竹马来，绕床弄青梅。同居长干里，两小无嫌猜。"

诗人从商妇青梅竹马的爱起笔。古代束发一般十五岁左右，这时应该学会各种技艺。《大戴礼记·保傅》："束发而就大学，学大艺焉，履大节焉。""妾发初覆额"表明商妇彼时年纪尚小，未有束发，因为年幼身量小而够不着枝上的花，故言门前折花难。彼时年幼的男孩骑着竹马来与她嬉玩，绕骑上胡床为女孩摘取枝头的青梅。言笑晏晏，天真无邪，两小无猜，幼时的记忆而今忆起如在目前。

"十四为君妇，羞颜未尝开。低头向暗壁，千唤不一回。"

十四岁那年，曾经折花门前剧的女孩嫁给了为她绕床弄青梅的男孩，两个自幼结伴嬉戏的伙伴结为夫妇，角色的突然转换让新婚的女子一段时间内总是羞怯示人，时常低眉颔首向隅而坐，任夫君千呼万唤也不肯应答一声。"低头向暗壁"的细节摹写，刻画出女子初为人妇，幸福在心羞赧向人的神情，笔触细腻。

"十五始展眉，愿同尘与灰。"一年琴瑟和鸣的日子之后，女子渐渐抛却了羞怯的言行举止，开始向郎君表达自己的情感。郎有情妾有意，二人海誓山盟，誓言纵使身化尘与灰也要永世在一起。《吴声歌曲·欢闻变歌》中有“没命成灰土，终不罢相怜”句，李白诗句源出此诗，表达生死与共的语气却更坚决。这段殷殷誓言刻骨铭心，刻画出女子热情坚贞的个性。

“常存抱柱信，岂上望夫台。”

沉浸于爱之河中的少年夫妇，恣意表达着彼此的真挚专情：郎君情深，心中常怀多情男子尾生抱柱守约的诚信之意，妾身怎会重演登高望夫夫不归化为望夫石的悲剧？这是为郎君的专情唱赞歌，更是为自己拥有如意郎君而自得。

“十六君远行，瞿塘滟滪堆。五月不可触，猿声天上哀。”

结婚两年，幸福的滋味正浓，少年夫妻却要面临离别的苦痛。郎君要行商远方，商妇情切，担心郎君此行必经瞿塘峡的滟滪堆，每逢农历五月江水涨潮会将其淹没水中，仅露出其顶部一小部分，来往舟船极易触礁翻船。古代三峡多猿，当地人歌曰：“巴东三峡猿鸣悲，猿鸣三声泪沾衣。”商妇担忧离愁正浓的郎君可堪再去听取峡谷两岸山中哀切的猿啼声？

“门前迟行迹，一一生绿苔。苔深不能扫，落叶秋风早。”

郎君远去之后，商妇就开始了漫长的等待。门前临别时留下的迟重行迹，已被渐渐生长的青苔掩埋。商妇眼见得离别的时日一天天的增加，自己对郎君的挂念就像门前渐生的青苔一样愈来愈多，愈来愈深，任是夏去秋来，风扫落叶去，却见青苔愈重。饶是白描似的写景，商妇深情等待的形象依然呼之欲出。

“八月蝴蝶黄，双飞西园草。感此伤妾心，坐愁红颜老。”

在漫长的等待中，商妇迎来了黄蝴蝶最多的仲秋时节，西园秋草中翩然双飞的蝴蝶，蓦地引发了商妇心中孤苦孑然的叹息，更让商妇感伤不已的是，任时光悄然流逝，自己的青春红颜就此徒然老去，却无力挽留。诗人这里以双衬单，倍显商妇孑然一人备受相思之苦煎熬的孤愁；同时以直抒胸臆之笔，抒发青春流逝的无奈与无力。

“早晚下三巴，预将书报家。相迎不道远，直至长风沙。”

早晚，意为多早晚，何时。“三巴”即巴郡、巴东、巴西，都在今四川东部，此处指的是商妇郎君经商所在地。长风沙在今安徽安庆市东长江边上，距南京有数百里之遥。商妇盼归心切，她说，郎君多早晚打算从三巴启程了，务必记得提前写封家书寄家中，她无论如何不会嫌路途遥远，她要到离家数百里的长风沙去迎接夫君。这样炽烈的不加掩饰的感情，在篇末喷薄而出，诗人写出了商妇对夫君与时俱增的爱，全诗在商妇热切奔放的表达中戛然而止，然而，商妇忠贞爱情，矢志不渝，情感炽烈的形象却铭刻在读者心中。

李白的这首《长干行》在艺术构思上，颇有李白诗的风格。诗人承乐府旧题而作，在足够长的篇幅里，以时间为序，恣意挥笔，铺陈描摹，夸张其词，用女主人公自叙的方式行文，以连环画的形式讲述了一段柔和而又深沉的爱情故事，塑造了一位多情坚贞的商妇形象，展现了商妇细腻深邃的内心世界。特别是诗人对商妇内心世界的描写，细腻而精炼，这在古典诗歌中是不多见的。

中国古典诗歌中，闺怨是一个大命题，闺怨诗的数量也相当可观。李白这首《长干行》的主人公，独守闺中，然而一经李白之手点化，怨情虽有，却远远抵不过闺中真情的表达，这样的篇什主题新颖，艺术臻于完美，不能不令人刮目相看。

阳 叛 儿

君歌《阳叛儿》，妾劝新丰酒[①]。
何许最关人？乌啼白门柳。
乌啼隐杨花，君醉留妾家。
博山炉中沉香火[②]，双烟一气凌紫霞。

注 释

① 新丰酒：指美酒，新丰六朝以来以盛产美酒出名。新丰，今在陕西临潼县东北。汉高祖定都长安后，因其父思念家乡，故在长安骊山处仿照丰、沛街巷筑城，又迁民于此，以此乐其父。所以又称新丰。

② 博山炉：博山炉又叫博山香炉、博山香薰、博山薰炉等名，是中国汉晋时期常见的焚香所用的器具。常见的为青铜器和陶瓷器。炉体呈青铜器中的豆形，上有盖，盖高而尖，镂空，呈山形，山形重叠，其间雕有飞禽走兽，象征传说中的海上仙山——博山而得名（汉代盛传海上有蓬莱、博山、瀛洲三座仙山）。

题　解

“阳叛儿”，又名杨叛儿，原本是北齐时的民间童谣，源出一段香艳的故事，杨叛儿为“杨婆儿”的讹传，后来演为乐府诗题。李白此诗与童谣本事无关，是一首动人的情歌，写一双两情相悦的青年男女对酒歌吟，互诉情衷，沉醉其中的情景。

赏　析

古乐府《杨叛儿》：“暂出白门前，杨柳可藏乌。君作沉水香，侬作博山炉。”李白这首《杨叛儿》是对古乐府的艺术整合，写一对青年男女，对歌、劝酒、饮醉、留居的情形，题材大胆，情感表达浪漫炽烈，颇有盛唐世风开化之特色。

此诗开头一句中的《阳叛儿》，当是指以这篇乐府为代表的情歌。

“君歌《阳叛儿》，妾劝新丰酒。”

一对青年男女，一方郎有情，歌一曲《阳叛儿》，一方妾有意，斟一杯新丰美酒。两情相悦，歌至情，酒至醇。

“何许最关人？乌啼白门柳。”

许，是地方的意思。白门，本是刘宋都城建康（今南京）的城门，原名宣阳门。六朝时的金陵山温水软，绮靡奢华，六朝民歌中，“白门”一词多关男女情别之思。“最关人”，即最牵动人心。是何地何事最牵动人心呢？——“乌啼白门柳”。古人送别素喜以柳谐音“留”字。乌啼，应是接近日暮的时候。只听得日暮时分乌鸟在白门楼外的柳树上啼鸣，是在劝君且留脚步吧。

“乌啼隐杨花，君醉留妾家。”

乌鸦归巢之后鸣啼声渐歇，在浓密的柳枝与飞扬的杨花间隐匿了身影。这句写景诗意浓郁，以比兴的笔法喻指男子酒酣沉醉之后留在女子家里。别有况味的是，此“醉”或许是真的酒醉了人，或许是酒不醉人人自醉。

“博山炉中沉香火，双烟一气凌紫霞。”

博山炉是一种炉盖作重叠山形的薰炉。沉香，即名贵的沉水香。紫霞，紫色云霞，道家谓神仙乘紫霞而行。诗人仍是袭用比兴手法，以沉香投入博香炉中升腾起袅袅熏烟，来喻指男子醉留其家的举止让爱情的火焰立刻高高升腾，两人的浓情蜜意就似那沉香的熏烟双生双绕，乘紫霞而行，羽化成仙了。这两句诗将诗歌推向高潮，将二人的情感世界推想到神仙境界，不可超越。

较之古乐府《杨叛儿》，李白这首诗更富有艺术感染力。“暂出白门前，杨柳可藏乌。”古乐府借景抒情，表达情感以含蓄见长，却也因此失却了李白诗开篇所营造的两情相悦的画面，失却了“何许最关人”的深情叩问。“君作沉水香，侬作博山炉。”古乐府运用比喻的手法，表达青年男女互为钟情，愿结一体的深挚情感，而李诗“君醉留妾家”则表意显豁，情感炽烈，及至“双烟一气凌紫霞”句一出，则全诗意境升华，诗歌意趣得到完美的体现。

金陵酒肆留别①

风吹柳花满店香，吴姬压酒劝客尝②。
金陵子弟来相送③，欲行不行各尽觞④。
请君试问东流水，别意与之谁短长？

注　释

① 金陵：今江苏省南京市。酒肆：酒店。留别：临别留诗给送行者。

② 吴姬：春秋时金陵属吴地，所以又称金陵美女为吴姬，这里指酒店中的侍女。压酒：压糟取酒。古时新酒酿熟盛于囊中，临饮时以重物压糟，去渣取用。

③ 子弟：青年人，年轻的人，指李白的朋友。

④ 欲行：要走的人，指李白自己。不行：送行的人，指金陵子弟。尽觞（shāng）：喝尽杯中的酒。觞：酒杯。

题 解

唐玄宗开元十四年（726）春，已经在金陵滞留了大半年时间的李白，要启程赴扬州一游。临别之际，友人在酒肆为其饯行，李白作此诗以别诸友。全诗描写了酒肆中酒酣尽觞的情形，表达了诗人与金陵子弟的深情厚谊及依依惜别之情。

赏 析

这首古体诗，写景清新，叙事朴素，言情饱满，富有感染力。

"风吹柳花满店香，吴姬压酒劝客尝。"

柳花，又名杨花，是垂柳的花。柳花熟时，随风而起，状如飞雪。杨万里《闲居初夏午睡起》：日长睡起无情思，闲看儿童捉柳花。柳花飘飞花香四溢的季节，金陵城中的一家酒肆中，酒家当垆的女子捧出新近压糟而出的美酒，劝诸位客人，不妨冲着这浓郁的酒香来品尝一番。酒肆之外杨柳依依，花随风起，骀荡的春光里，那状如飞雪的漫天柳花，似乎也依依不舍地欲留下诗人即将远行的脚步；酒肆中酒香郁郁，人欲留醉，不待当垆美女吴言软语捧觞劝酒，诗人怕是就要自醉了。这两句诗，前一句写景，却以"柳"字取"留"字的谐音，暗扣留别诗的主题，尤其是句末的"香"字，一语双关，既写花香，亦言酒香，别具匠心；后一句叙事，却以酒不醉人人自求醉的暗语，表达诗人不忍离别的情愫，曲笔而至，独出心裁。

"金陵子弟来相送，欲行不行各尽觞。"

临别伤情，原本就有意大醉而归，等意气相投的金陵诸位好友齐聚酒肆专程为诗人来送行时，酒肆中的气氛为之一热，更何况当垆美女以吴地侬语劝酒诸位，在座诸位，无论是即将启程的诗人，还是前来为诗人饯别的金陵子弟，岂有不举觞尽饮的？"来相送"三个字，以诗人的视角来看，倍显金陵子弟的情深意长；"各尽觞"三个字，写诗人与友人借醉意来减弱离别之伤的情景，极富画面感，写出彼此的伤别之情。"欲行不行"一词，语带双关，将诗人临别之际，内心踯躅徘徊，欲走又舍不得迈步的心绪形象描绘出来，诗人用字朴素，言情却是深切动人。

“请君试问东流水，别意与之谁短长？”

饯别的酒肆或许恰好临江，诗人就地取譬：请朋友们问问这脚下滔滔东逝的江水，你我之间的离情别意与它相比，究竟谁更长？饯别的酒肆或许并不临江，其实也无妨，诗人天马行空的想象会引领着诗人将诗意引向更深远的意境。诗人素来擅长以水取譬。如《梦游天姥吟留别》中，诗人被赐金放还后叹“古来万事东流水”；《将进酒》的开篇，诗人高唱“君不见，黄河之水天上来，奔流到海不复回”；《赠汪伦》中叹惋：“桃花潭水深千尺，不及汪伦送我情。”诗人以这样含蓄的譬喻，将满腔离情诉诸滔滔东流水。结末两句诗，除了比喻，还兼用拟人、对比的手法，构思别致，尤其是以问句的形式结篇，让全诗在有如悠悠江水般绵长的发问中结束，言有尽而意无穷，意味隽永。

清人沈德潜说此诗“语不必深，写情已足”。这恰恰是李白的风格之一，诗人写景似素描，只写柳花漫飞，叙事似旁观，只写来相送和各尽觞，言情似写景，只写情比东流江水；然而语浅而情深，景中含情，事中言情，情真意挚，哀而不伤，意境深远，一如年轻时仗剑远游的李白洒脱的情怀。

越中览古①

越王勾践破吴归②，
义士还家尽锦衣③。
宫女如花满春殿，
只今惟有鹧鸪飞④。

注 释

① 选自《李太白全集》。越中：指会稽郡治（今属浙江省绍兴市）。览古：游览古迹。

② 越王勾践：《史记·越王勾践世家》记载，春秋时期吴、越两国争霸。公元前 494 年，越王勾践为吴王夫差所败，做了吴王的奴隶，此后他卧薪尝胆二十年，于公元前 473 年灭吴。

③ 义士：指为越王破吴的臣子。锦衣：官员穿的锦绣衣服。

④ 鹧鸪（zhè gū）：鸟名。羽毛黑白相杂，腹背有眼状白斑，生活在我国南方。

题 解

“越中”，即唐代的越州，治所在今浙江绍兴。春秋时期，吴越争霸的故事就发生在这片土地上。李白游览越中，有感于历史兴衰，作此诗以怀古兼伤今，借越王勾践、吴王夫差亡国兴国的无常历史讽喻当朝统治者引以为戒，居安思危。

赏 析

此诗是作者游览会稽山时的怀古名篇，由于角度选取巧妙，文章极富感染力。

在春秋时期，吴越两国争霸南方，成为世仇。越王勾践在公元前 494 年被吴王夫差打败，回到国内，卧薪尝胆，誓报此仇。事隔二十年后的公元前 473 年，勾践终于一举把吴国灭了。《越中览古》就是以此事为蓝本而写的怀古诗。七言绝句，篇幅简短，故而李白放弃了描写漫长的争霸过程，而是于历史长河中撷取一片浪花，描写越王勾践打败吴王夫差后，班师回朝、义士还乡，越王宫殿今昔对比的四个特写镜头，然而尺幅之内，陡兴波澜，写得颇富历史感。

“越王勾践破吴归”，首句诗人以叙事起笔，呼应诗题“越中览古”，交代越中发生的古事，语气平铺直叙，似乎没有可圈可点之处；然而次句“义士还家尽锦衣”紧承首句而来，诗歌陡升起伏，原来“破吴归”是勾践经过二十年卧薪尝胆，忍辱负重终得一雪国耻，“义士”还乡之时尽数锦衣绣服。可以想见，越王勾践得胜回朝时的喜不自禁、骄傲自矜；上行下效，君王得意，臣子得赐，举国荣耀，因立战功而得封官赏爵的众臣子也会像当年衣锦还乡的刘邦一样骄傲恣意的。

“宫女如花满春殿”，这一句诗人紧承第二句诗，写越王勾践灭吴归国之后纵情享乐，不思国政的历史，然而诗人刻意隐没了越王那张志得意满、荒淫逸乐的脸，而是让如花般娇艳的宫女站满了越王勾践的宫殿，众艳簇拥下的越王勾践，享受着盛世繁华，沉溺于艳姿美色，早已将昔日亡国之耻抛诸脑后。这一句诗如同绘画，画面色调艳丽，内涵极丰，“满春殿”的“春”字，颇有双关意味，或是此际正值融融春天，或是满殿美好的时光和景象。

以上三句诗构成了诗歌的第一部分，着意描摹越中古事，用笔虽简，却笔意恣意。

“只今惟有鹧鸪飞”，这一句描写，诗人笔锋突然一转，昔日的胜利、骄矜、锦衣、官爵、美女、骄奢，随着历史的演变而今悉数消弭，唯有几只鹧鸪鸟在越王宫殿旧址的上空徘徊鸣叫。在繁华落尽唯余萧条的画面中，这只鹧鸪鸟的啼声倍显凄凉。据传，鹧鸪鸟的鸣声为“钩辀格磔”，俗以为极似“行不得也哥哥”，故古人常借其声以抒写逐客流人之情。诗人不惜以四分之三的篇幅渲染昔日的繁华盛世，结句以四分之一的篇幅摹写今日的衰败荒凉，然而这片荒凉一经鹧鸪鸟飞鸣就将昔日不可一世的繁华悉数抹杀，诗人对历史兴衰无常的感慨，对当朝统治者的讽喻之意自然流露了。这句诗写得格外有力，故而成为这首诗中的名句。

苏台览古[1]

旧苑荒台杨柳新[2]，
菱歌清唱不胜春[3]。
只今惟有西江月，
曾照吴王宫里人[4]。

注　释

① 苏台：即姑苏台，是春秋时代吴王夫差游乐的地方，故址在今江苏省苏州市西南姑苏山上。

② 旧苑：指苏台。苑：园林。

③ 菱歌：东南水乡老百姓采菱时唱的民歌。清唱：形容歌声婉转清亮。

④ 宫里人：指吴王夫差宫廷里的嫔妃。

题 解

唐玄宗开元十五年（727），李白离开越州回到苏州，游览了姑苏台，写下了《苏台览古》这首怀古诗，以姑苏台今日的衰败萧条与昔日吴王宫里人的骄奢淫逸进行对照，生发历史盛衰之叹。

赏 析

公元前494年励精图治、大力发展国力的吴王夫差，大败越国，在吴中称霸之后，得意忘形，在国内大兴土木，到处建造宫室亭台，作为他享乐的“蓬莱仙境”。越王深知吴王夫差喜好美女，嗜好盖造宫室楼阁，便投其所好，向吴王君臣献上重金财物、美女、能工巧匠、建筑良材，让吴国大兴土木，耗尽其资财，疲乏其民力，吴国国力日渐衰弱。公元前473年，卧薪尝胆二十年的越王勾践率军大破吴军，吴王逃到姑苏山上，求和不得，愧而自刎，耗费了八年时间建造的姑苏台被越军付之一炬，成为废墟。李白于开元十五年游览姑苏台，看到已为废墟的姑苏台，对历史兴亡盛衰的感慨油然而生。

这首《苏台览古》的主旨与《越中览古》类似，均是慨叹古今之变，但结构有异，《越中览古》是由古而今，前三句写昔日之盛，末一句落笔今日之衰；而《苏台览古》是由今溯古，前三句写今日之衰，末一句落笔昔日之盛。同一题材的诗作，却生出不同的结构，运用不同的笔法，也体现出李白变化多端的诗歌技巧。

“旧苑荒台杨柳新，菱歌清唱不胜春。”

吴王夫差耗时八年兴建的姑苏台，高三百丈，宽八十四丈，有九曲路拾级而上，登上高台可饱览方圆二百里范围内的景观。高台四周还栽上四季之花，八节之果，横亘五里，还建了灵馆、挖天池、开河、造龙舟、围猎物，供吴王逍遥享乐。繁华盛世的苑囿台榭，在时间的淘洗下，已变成荒凉死寂的一片废墟，唯有青青杨柳新发的柳枝，暗示着春色的骄人。首句诗以“旧”字开始，引发了一场对历史陈迹的悼伤之情，又以“新”字结句，用清新自然的春之景与历史的创痛形成鲜明的对比，令读者在开篇就不由自主地作深沉的思考与反省。次句“菱歌清唱不胜春”紧承首句“杨柳新”的无边春色，写杨柳拂堤处，湖水清泠，湖上又传来一曲悠扬的采菱小调，更将这无边的春光随着粼粼的湖水送向更远处。“不胜春”渲染此刻姑苏台上无尽的春意，让人沉醉，更让人情思繁复。昔日，这座高台曾见证了融融春光里，吴王的骄奢，宫女的如花，君王的醉生梦死，而今它废弃为一座旧苑荒台，在无尽的春光里，唯有静默以待。故而“不胜春”，字面上是说无尽的春意，字面背后却隐匿了诗人太多的感慨与思考。

“只今惟有西江月，曾照吴王宫里人。”

西江，是长江的别称。这两句诗，影射吴王和西施的故事。春秋之际吴王称霸吴中，到姑苏台上恣意享乐的时候，西江之月见证了每一次这样的时刻；而今，西江之月依然和千年之前一样清亮，然而它曾朗照过的吴宫里，却早已没了吴王夫差与美女西施的身影。这两句诗，写景实写之笔仅“西江月”一词，然而景物凄清，意境苍凉，情感深沉，颇有言外之意：亘古不变的是西江之月，善变的是人世沧桑。全诗在虚笔而写的“吴王宫里人”的形象中戛然而止，却引发了读者深沉的感慨，英雄也罢，功业也罢，美女也罢，都逃不过时间的执著，诗歌主旨深邃，耐人寻味。

乌栖曲

姑苏台上乌栖时，
吴王宫里醉西施。
吴歌楚舞欢未毕，
青山欲衔半边日①。
银箭金壶漏水多②，
起看秋月坠江波。
东方渐高奈乐何③！

注 释

① 欲：犹。

② 银箭金壶：又作“金壶丁丁”。我国古代的计时器，以铜壶盛水，水从壶底孔中缓缓滴漏。水中立一有刻度的箭，度数随着水平面下降而变化，借以标志时间。所以又叫“铜壶滴漏”。

③ 高：同皜（hào），白，明，晓色。

题　解

“乌栖曲”是乐府《清商曲辞·西曲歌》旧题，现存的南朝梁简文帝等的古题均为七言四句，多是靡艳之作。而李白这首《乌栖曲》，借旧题写新作，形式上从七言四句变为七言七句，内容上通过歌咏宫中艳情来讽刺宫廷的淫靡生活，表达诗人对统治者纵情声色的批判之意。

赏　析

不拘一格，创新而为是李白的风格。许多乐府旧题经李白之手，从形式到内容，都有了让人为之称奇的改变。这首《乌栖曲》将乐府旧题的四句之长扩展至七句之长，大大增加了诗歌容量；从内容上虽然也像旧题一样描写靡艳之词，然而用意却脱出靡艳的苑囿，生出讽喻之意。据唐孟棨《本事诗》记载，李白初至长安，贺知章见其《乌栖曲》，叹赏道：“此诗可以泣鬼神矣。”

“姑苏台上乌栖时，吴王宫里醉西施。”

乌鸟归巢，日暮时分，姑苏台上的春宵宫里，美人西施醉意深重。乌鸟归巢的时候，也当是人归家的时候，而吴王宫里却是醉意生活的开始。“乌栖时”既是点明了时间，也是照应了诗题，更是为整首诗设置了一个幽暗阴郁的背景，似乎影射着吴国日落西山的衰退之势。相传吴王夫差在姑苏台上建春宵宫，与宠妃西施在宫中为长夜之饮，吴王宫里不知上演了多少声色犬马的故事。这两句诗，以洗练之笔浓缩吴宫中诸多画面，仅写吴王宫中的西施之醉的剪影，就将吴王纵意享乐的形象传神绘出，这也是李白炉火纯青的技法所在。

“吴歌楚舞欢未毕，青山欲衔半边日。”

吴王宫中，欢歌乐舞总嫌不够尽兴。吴王宫中，吴地歌曲清越动人，楚地乐舞曼妙诱人，欢歌未毕，乐舞未尽，君王美女正在恣意享受之中，可是宫外一线山头落日只余下半轮身影了。“未毕”与“欲衔”的前后呼应，隐约传达出吴王夫差沉溺于歌舞之乐中不愿自拔的靡费形象。“青山”“衔”“半边日”的形象似乎也影射着吴国日渐没落的趋势。

“银箭金壶漏水多，起看秋月坠江波。”

吴宫的夜是荒淫之夜。这两句诗写吴王宫殿的夜生活，不再沿着前两句的吴歌楚舞继续用笔，而是宕开一笔，描写宫中计时的“银箭金壶”漏水已很多了，描写天上高悬的一轮秋月渐渐西斜最终坠入江中。这样的写景用笔清淡，脱出靡艳之色，然而一经“起看”一词点化，原本隐于幕后的吴王西施与众宫女，悉数走到读者面前。通宵达旦地纵情声色，靡费不堪就此展现出来。“秋月坠江波”的景致渲染出悲凉的意境，或可影射着末世君王无可奈何的心理。

“东方渐高奈乐何！”

东方天色渐白，天就要亮了，欢乐难继，好梦难长，春宵就此结束，未可奈何啊。相比于前六句诗，两两相对，这孤零零的结句，好像横空出世，既是吴王的沉迷之叹，又是诗人的末世之警，戛然终止，引人深思。联想到唐玄宗宠溺杨妃一事，我们猜想李白作此诗或有讽喻之意，也未为不可。

《唐宋诗醇》评此诗说：“乐极生悲之意写得微婉，未几而麋鹿游于姑苏矣。全不说破，可谓寄兴深微者。……末缀一单句，有不尽之妙。”此言得之矣。吴王夫差一朝称霸，不能自视，全然在极度享乐中为君为王，而李白淡笔传之，只撷取“醉西施”“欢”和“起看”三个细节摹写这种乐极之态，而“生悲”之叹诗人却以景物描写之笔贯穿全诗，以影射之笔传达出来。乌栖，半边日，月坠江波这三种意象的言外之意，含蓄而引人深思。末一单句，改变乐府旧题偶句成诗的旧范，以孤零零的结句，传达诗外之旨，别具洞天。

李白这首《乌栖曲》，作为乐府诗，有别于他其他乐府诗的雄奇奔放，写得含蓄婉约，成为他七古中的别调，值得一品。

静　夜　思①

床前明月光②，
疑是地上霜③。
举头望明月④，
低头思故乡。

注　释

① 静夜思：静静的夜里产生的思绪。

② 床：历来对此的解释说法众多。或说指井栏。古代井栏有数米高，成方框形围住井口，防止人跌入井内，这方框形既像四堵墙，又像古代的床。因此古代井栏又叫银床。或说指胡床，即马扎，一种坐具。或说指睡觉用的床。

③ 疑：好像。

④ 举头：抬头。

题 解

这首家喻户晓的五绝，关于它的写作系年与写作地点少有定论。或认为《静夜思》当作于唐玄宗开元十四年（726）九月十五日左右，李白时年二十六岁，其写作地点当在扬州旅舍。或认为《静夜思》当作于唐玄宗天宝六载（747）至天宝八载（749）秋，其时李白在金陵。无论作于何年何地，这首诗都表达的是诗人长久客居他乡而滋生的思乡之情。

赏 析

这首五言四句的短章，在我国古代诗歌中，大约是最脍炙人口的了。它简短、通俗、单纯，这固然是使它广为流传的很重要的原因；但试想一下，具备这样三个因素的小诗也数量颇丰，并不稀少，为何又唯独这首小诗那样让人喜闻乐诵呢？盖因为它虽篇幅简短，但感情的容量却很深厚；它语言通俗，但格调却不平庸俗浅；它内容单纯，但却又启迪着人们无限的遐思联想。因此，这首情真语近、深入浅出的小小艺术珍品才获得了众人的喜爱。

这首诗写的是在寂静的月夜，客居异乡的诗人思念家乡的感受。

“床前明月光，疑是地上霜。”

久居他乡，多寂寞多孤愁。思乡情切的诗人，在月光朗照的夜晚，独坐床前，不能入眠，不愿入眠，只是床前这片清亮明净的月光，泛着冷冷的清辉，在如水的秋夜，简直让人疑心是秋凉将浓霜铺洒在床前了。句末“霜”字，颇有双关之妙，既摹写出月辉的明亮，也暗示出秋夜霜冷的凉意。以景言情，渲染了凉薄如霜的秋夜氛围，烘托出诗人漂沦羁旅孤愁凄凉的心境。诗人简笔素描，以月光写乡思，以秋霜写乡愁，一片月光，一方秋霜，代言了异乡人最凄凉的心境，故而李白的这片月光，穿越时空，洒在了古今每一个游子羁旅之客的床前，成为异乡客居人眼中最永恒的景色。

“举头望明月，低头思故乡。”

床前如霜的月光引发了诗人深深的思乡之情。第三句诗紧承第二句写，因为疑心地上清冷之白是寒凉的秋霜，故而抬头望向空中，天上一轮皓月遍洒银辉，月光透过窗棂洒在床前这片空寂的地上，哦，这哪里是秋霜啊，这是故乡上空的那轮圆月投射下的皎洁之辉啊，月圆之际，月辉笼罩下的家乡人，是否也和我一样在思念远方的人？对月自然思人，月是故乡明，低眉颔首，任故乡的一山一水，一草一木，一亲一友，一事一物，在脑海里一一呈现。“思故乡”，三个字极为简淡，然而却浓缩了诗人心中翻江倒海的思绪。静夜里，万籁无声，然而诗人心里却思绪翻滚，乡情尤切。一“举头”，一“低头”，连续的两个动作描写，呈现在读者面前的却是无声的画面，传达给读者的却是诗人内心的千言万语。思乡者的形象就此镌刻在读者心中，成为永恒的存在。

这首五言绝句从“看”“疑”到“望”到“思”，用无声的一连串动作心理串起了全诗，绘制了一幅月夜思乡图，刻画了一个客居思乡者的形象，堪称经典。诗歌的语言清新朴素，明白如话，表达上随口吟出，一气呵成，但构思上却是曲折深细的。诗歌的内容容易理解，但诗意却体味不尽，大有李白绝句“无意于工而无不工”的佳妙之境。

山中答俗人问

问余何意栖碧山①，
笑而不答心自闲②。
桃花流水窅然去③，
别有天地非人间④。

注　释

① 余：我。栖：居住。碧山：在湖北省安陆市内，山下桃花洞是李白读书处。
② 闲：安然，泰然。
③ 窅（yǎo）然：远去貌。
④ 别：另外。非人间：不是人间，这里指诗人的隐居生活。

题　解

这首诗，写于开元十七年（729）春。开元十五年（727），二十七岁的李白东游归来，来到湖北安陆，不久入赘许府，妻子是唐高宗时的宰相许圉师的孙女许萱。李白在安陆住了大约十年。这一时期，他曾自言“酒隐安陆”，诗酒会友。他栖居青碧秀美、清纯净洁的山中，诗书酒友，惬意自是。这首诗，以问答的形式，表达了诗人对别有天地的栖居地的喜爱，对山中隐居的闲适生活的享受，同时也暗中表达了对“俗人”生活的不满与不屑。

赏　析

这首七绝，犹如一幅写意画，诗人淡笔勾勒，诗意淡然而有致，引人遐思。

“问余何意栖碧山，笑而不答心自闲。”

全诗以重复旁人问话起句，问我为何会栖居在碧秀纯净的山中。谁人向诗人作此问语？诗题中提示是“俗人”，“俗人”一词不无贬义，问话者必然是对年轻的诗人栖居碧山的行止表示了不解甚至是反对，诗人面对旁人的质疑、否定，内心无疑是淡定的，他坚持自己选择的栖居生活与自己脱俗的心灵是契合的，对旁人的不解与反对仅视作是世俗之观。次句，诗人说自己“笑而不答”，是因为诗人对自己的选择心中了然，他认为没有和旁人争辩解释的必要，此处的“笑”字自得诗人神韵，诗人自得而内敛的神情显示了诗人内心的淡定，同时也使得诗人的形象散发着某种神秘感；诗人身居碧山深感“心自闲”，山中所居，能让诗人心中滋生闲适自安的情绪，至于俗世之人的非议不解，在山中自得诗意的诗人看来大可不必去理会。这两句，诗歌意境幽缈迷离，表意明晰而曲折，行文曲折变化，摇曳生姿，别有意味。

“桃花流水窅然去，别有天地非人间。”

第三句诗落笔于写景，碧山之景究竟如何，竟让诗人流连于此不肯出世？诗人不描山形，不绘山色，只将笔墨集中于山中流水与水边桃花上。桃花易凋，花随溪水，窅然远去。窅然，意为幽深遥远的样子。桃花落水，流水东去，花随水逝，迤逦成一带花流，不知终将流向幽深遥远的何方？这样一幅春花流水图景，绝然没有“落花流水人去也”的惜春之伤，而是艳色桃花与潺潺溪水的声色世界构筑了别样的春之景致，窅然而去的景象又似乎将读者引向了一个神秘的所在，此情此景简直是美的极致境界了。惟其如此写意绘景还不足以表现碧山的佳妙，第四句诗，诗人索性直接抒情：碧山所居，别有天地，已非人间俗常之景可比拟的。“别有天地”四字，大有深意，说他别有是与人间相对而言，人间多有俗世之景供俗人汲汲于此，而碧山之景多天然脱俗之处，自是深山僻谷少人往，这样宁静天然的所在自然是“熙熙攘攘皆为利来往”的天下人所不愿往更不愿居的地方。诗人栖居于此，自得其中真意，心中别见洞天。这两句诗，貌似诗人自言自语，实则回答了俗人之问，回扣了诗题，与诗歌首句遥相呼应，行文流畅，结构圆合。

李白人称“谪仙人”，他的诗歌常常有飘逸脱俗之气，这首诗中他以“非人间”形容自己的栖居之地，带有明显的超凡脱俗之风。然而联想李白二十五岁去蜀远游，二十七岁东归，之后酒隐安陆十年的经历，我们可以想象遭遇了现实的庸俗之后，诗人在栖居“非人间”的碧山时，心中对俗人生活的不满与不屑。所以这首诗，看似简淡，却在问答之间彰明诗旨，并有言外之旨的开拓，同时将诗人的惬然隐居与愤世嫉俗统一于一体，在虚实对比中，蕴含深远，令人深思回味。

黄鹤楼送孟浩然之广陵[①]

故人西辞黄鹤楼[②]，
烟花三月下扬州[③]。
孤帆远影碧空尽[④]，
唯见长江天际流[⑤]。

注　释

① 黄鹤楼：故址在今湖北武汉市武昌蛇山的黄鹄矶上，属于长江下游地带，传说三国时期的费祎于此登仙乘黄鹤而去，故称黄鹤楼。原楼已毁，最新一次修葺黄鹤楼，竣工于 1985 年。孟浩然：李白的朋友，唐代诗人，多写山水田园和隐逸、行旅等内容，风格不事雕饰，清淡简朴，感受亲切真实，生活气息浓厚，富有超妙自得之趣。与另一位山水田园诗人王维合称为"王孟"。之：往、到达。广陵：即扬州。

② 故人：老朋友，这里指孟浩然。其年龄比李白大，在诗坛上享有盛名。李白对他很敬佩，彼此感情深厚，因此称之为"故人"。辞：辞别。

③ 烟花：形容柳絮如烟、鲜花似锦的春天景物，指艳丽的春景。下：顺流向下而行。

④ 碧空尽：消失在碧蓝的天际。尽：尽头，消失了。

⑤ 唯见：只看见。

题 解

唐玄宗开元十五年（727），二十七岁的李白开始了他“酒隐安陆”的十年蹉跎岁月。在安陆，李白与长他十二岁的孟浩然结成挚友。开元十八年（730）阳春三月，李白专程乘舟东去江夏（今武汉市武昌区）送行即将前往广陵的孟浩然，送别之时，写下了这首旷古名篇《黄鹤楼送孟浩然之广陵》。

诗歌表达了李白送别友人时依依不舍的情怀，渲染出二人之间笃厚的情谊，并将这番情谊寄寓在阳春三月的美好景致中，是情景交融的佳作。

赏 析

这首离别诗，写得别有况味，是脍炙人口的名篇。

“故人西辞黄鹤楼。”

“故人”，故友，旧友的意思，此处实指孟浩然。“西辞”，孟浩然此去广陵是由西向东行，故言西辞。黄鹤楼，是风景名胜。诗歌首句，交代事情的起因和地点，看似平常。故旧之交在黄鹤楼上与我辞行，他将要东去异地了。可是，细究之下，发现李白些许“貌似不工而无不工”的笔意，“故人”一词置于篇首，首先刻意暗示二人的笃厚交谊，其二因有三国费祎于此飞升的传说，此处对故人不免就带有了某种飞仙的畅想，诗歌的意境无形中高渺起来。“黄鹤楼”历来是文人骚客诗酒留恋处，两位诗人于此告别，其情其境，诗意几多，浪漫几多，风雅几多，引人遐想。

“烟花三月下扬州。”

烟花三月，摹写春景，柳絮如烟，拂堤杨柳醉如烟，鲜花如锦，姹紫嫣红遍如是，景色如画如诗，阳春三月的扬州想来就是如此吧，这是故友此行的目的地。临别之际，诗人把最真诚的祝愿带给故人，希望故人在异地的三月天与春同在，享受烟花之景。扬州自古繁华，而今正逢开元盛世，扬州城该是怎样的繁花似锦，烟花如醉啊。诗人又将时代印记隐于写景之中，诗歌意境优美而深远。清人孙洙誉此句诗为“千古丽句”，确有源出啊。

“孤帆远影碧空尽。”

孤帆远影碧空尽

故人乘行的舟船片帆高挂，帆影渐行渐远，最终消失在一线碧天的尽头。这句诗，写景线条疏朗，孤帆与碧空的空间对比，将故人的“孤”行的形象放大再放大；这句诗，言情笔意疏淡，从孤帆离岸到帆影消失，这个漫长的过程中，诗人伫立江岸凝神远望的形象就此凝固，镌刻在读者心中。故友已去，诗人收敛起之前的潇洒神态，将对友人的依恋不舍悉数表露。

“唯见长江天际流。”

“唯见”二字紧承上句诗，表明虽然故人的帆影已经消失在诗人的视线里，可是诗人依然依依不舍，不愿收回凝望的眼神。诗人对故友的牵挂、留恋，正随着这滚滚逝去的一江春水一路东去，追随故友。这片天际东流的长江水因为这个富有诗意的神驰目注，千百年来，流淌在多少个送行惜别的挚友眼中，汤汤不已。

总之，这一场离别，少了泣泪的伤感，多了真挚的祝福；少了惜别的沉重，多了诗意的潇洒。诗人用绚烂如锦的三月春景，用孤帆碧空的阔大意境，抒写送别之情，吐而不露，别具匠心，这首送别诗，语言清丽，意境开阔，诗旨明朗，是名副其实的名篇。

赠孟浩然

吾爱孟夫子①，风流天下闻②。
红颜弃轩冕③，白首卧松云④。
醉月频中圣⑤，迷花不事君⑥。
高山安可仰⑦，徒此揖清芬⑧。

注 释

① 孟夫子：指孟浩然。夫子：一般对男子的尊称。
② 风流：古人以风流赞美文人，主要是指有文采，善词章，风度潇洒，不钻营苟且等。
③ 红颜句：意谓从青年时代起就对轩冕荣华（仕宦）不感兴趣。轩冕：古时大夫以上官员的车乘和冕服。借指官位爵禄。
④ 白首：白头，指老年。
⑤ 醉月：月下醉饮。中圣："中圣人"的简称，即醉酒。曹魏时徐邈喜欢喝酒，称酒清者为圣人，酒浊者为贤人。中：读去声。
⑥ 迷花：迷恋花草，此指陶醉于自然美景。事君：侍奉皇帝。
⑦ 高山：言孟品格高尚，令人敬仰。《诗经·小雅·车辖》："高山仰止，景行行止。"
⑧ 徒此揖清芬：只有在此向您清高的人品致敬了。"高山安可仰，徒此揖清芬"二句，即透出仰慕而未能一见之意。

题解

李白出蜀后，游江陵、潇湘、庐山、金陵、扬州、姑苏等地，然后回头又到了江夏，寓居安陆大约十年（727—736）之久，在此期间，李白与长他十二岁的孟浩然结下了深厚友谊。诗人专程去襄阳拜访孟浩然时，不巧孟浩然外出未归，李白写此诗，描写孟浩然风流洒脱的形象，表达对孟浩然的敬仰之情和未见孟浩然的遗憾之情。

赏析

李白这首五言律诗，因着所写人物的气质风采，更因着诗人所采用的表达方式，而表现出清新飘逸的风格。

“吾爱孟夫子，风流天下闻。”

首联，诗人开门见山，直接点题，直言自己尤爱孟夫子的风流。“爱”字用得突兀而高调，表达了李白对孟浩然由衷的爱慕。李白称孟浩然，不称其字，而称“夫子”，自有用意。夫子，一则意为古代对男子的尊称，一则旧时用以称呼学者或有文化的老师，三则指饱学之士。李白此处尊称孟浩然为夫子，当是后两个意思兼而有之了。“风流”，于一生以隐居诗酒自适的生活为主的孟浩然而言，当是指他才华出众，风采特异，别成一家。这一联，用“爱”字领起全文的抒情线索，用“风流”二字统摄全文对孟夫子气质风采的描述，可谓是纲领之句，提挈全诗。

“红颜弃轩冕，白首卧松云。”

颔联，诗人写诗如绘画，年少时，夫子就弃置官爵之位，到老时选择高卧林泉，风流自适地过活。这一联，诗人以严整的工对，勾勒了孟夫子的隐士形象，诗歌意境淡远清雅。“红颜”对“白首”，概括出孟夫子从少年时期到晚年生涯，李白以色彩的鲜明差异，将夫子人生的漫漫长途在尺幅之间展示出来。孟浩然前半生主要居家侍亲读书，以诗自适。曾隐居鹿门山。40岁游京师，应进士不第，返襄阳。在长安时，与张九龄、王维交谊甚笃。有诗名。后漫游吴越，穷极山水，以排遣仕途的失意。李白将孟夫子的一生，就此艺术地概括为

“弃轩冕”和“卧松云”，笔墨凝练得可以。少壮之时“弃轩冕”为凡间读书自得之人，白首之时“卧松云”之间为高人隐士，上下句在流畅的流水对中，将夫子宁弃仕途而取隐遁的形象勾勒出来，浓缩了孟夫子这一生弃置冠冕以求自适自得的清远之品。“白首”之时“卧”松林，而不是“居”或“隐”松林，诗人择用“卧”字，活画出夫子林泉高卧、忘情山水、耽于松风云气的隐逸之姿，更写出夫子内心融于自然、沉醉自然、享受自然的自适之态，诗意十足。

“醉月频中圣，迷花不事君。”

《三国志·魏书·徐邈传》：“徐邈……魏国初建，为尚书郎，时科（按照当时律令）禁酒，而邈私饮至于沈醉。校事赵达问以曹事（官署之事），邈曰：‘中圣人（自己饮中了酒）。’达白（禀告）之太祖（曹操），太祖甚怒。度辽将军鲜于辅进曰：‘平日醉客谓酒清者为圣人，浊者为贤人，邈性修慎，偶醉言耳。’竟坐（因此）得免刑。”中圣人的典故传奇而诗意，颇显徐邈的洒脱自得。李白用以形容孟夫子月下饮酒常常至于沉醉的状态，当是表达对夫子月下醉酒、沉迷于月下花容，不思侍君之事的钦敬与羡慕。月下赏花、饮酒，夫子是醉于酒还是醉于花，我们不得而知，然而夫子花前月下自醉自乐，远离荣利，自甘清远的品格却不知不觉中将诗人对夫子的钦敬之情推向了最高潮。“醉”和“迷”相对，强化了夫子沉醉于隐居生活的惬意之态，“月”与“花”相对，美化了夫子的隐逸环境，“频中圣”与“不事君”相对，以对立之举表现夫子远离事君的烦扰一心沉醉于频中圣的神仙之遇。这样的工对，在形成音节铿然的音乐美的同时，也诗意的将诗人的钦敬之情形象表达出来了。

“高山安可仰，徒此揖清芬。”

中间两联用极富诗意的语言塑造了孟夫子的高人隐士形象，暗写了李白对夫子的景仰之情，尾联两句则避开曲笔表达，直抒胸臆。成语有“高山仰止，景行行止”，语出《诗经·小雅·车辖》。高山，喻高尚的德行。景行，大路，比喻行为正大光明，后以“高山景行”比喻崇高的德行。李白专程前往襄阳拜访“孟襄阳”而不得遇，遗憾之情自是有的，但是对夫子的景仰之情却未曾少去，故而化用占诗经中的“高山”之象，以巍峨之高山之象比喻夫子高不可攀的清远品格，表达自己对夫子仰之弥高的敬仰之情，末句又以“只能在此向夫子的芳馨之品抱拳作揖”的形象表达不遇夫子的遗憾之情。一向自命不凡的李白，居然在诗中作出如此谦卑之态，可见他对夫子的崇仰之情是发自肺腑了。

最后李白以“清芬”之喻，隐括夫子不慕荣利、自甘淡泊、纯洁芳馨的气质风采，以“作揖”的动作，表达了他对夫子的崇仰之情，与首联“吾爱孟夫子，风流天下闻”的抒情，一形象具体，一概括提挈，遥相呼应，丰满了夫子的形象，强化了李白的情感，让李白的崇仰之情升华到更高境界，收束堪称完美。

这首律诗，首联写得疏朗自然，有口语的古朴清新之风，中间两联写得画意十足，有写意画的唯美淡雅之风，结句写得典雅而不失形象，有古文的朴素深沉之风，虽然时有用典，但全诗主要采用描写手法，故而全诗自然流畅，典雅舒朗，绝无板滞之嫌。全诗由开头“吾爱风流”起笔，中间两联描写“风流所在”，最后以揖清芬表达“爱之情”，夫子形象塑造的飘逸可亲，诗人情感流露有如溪水缓流，自然清新，表现出诗人对与夫子之间的忘年交谊颇有共鸣。

乌夜啼[①]

黄云城边乌欲栖，归飞哑哑枝上啼。
机中织锦秦川女[②]，碧纱如烟隔窗语。
停梭怅然忆远人[③]，独宿空房泪如雨。

注　释

① 乌夜啼：乐府旧题，属《清商曲·西曲歌》，多写离别之男怨女恨。

② 秦川女：秦川女，或指苻坚时窦滔妻苏蕙，或指唐时关中一带远戍征夫的思妇。据《晋书·列女传》记载，苏蕙是始平（今陕西武功县）人，善属文。武功苏坊有一少女，名蕙字若兰，是陈留县令苏道质的三姑娘。若兰从小天资聪慧，三岁学字，五岁学诗，七岁学画，九岁学绣，十二岁学织锦。及笄之年，已是姿容美艳的书香闺秀，提亲的人络绎不绝，但所言皆属庸碌之辈，无一被苏蕙看上。后嫁于秦州刺史窦滔，被后世誉为魏晋三大才女之一，回文诗之集大成者，传世之作仅一幅用不同颜色的丝线绣制的织锦《璇玑图》。

③ 远人：指在远地的丈夫。

题 解

“乌夜啼”为乐府旧题，多写离别之男怨女恨。传说李白在天宝初年到长安就因此诗而深得朝中贺知章的叹赏。可见此诗最晚也应作于天宝初年。李白此诗与乐府旧题题材相类，也是典型的闺怨诗，但写得别出新意，闺中思妇在怨恨之余，多有言外之意的表达，令人回味。

赏 析

李白这首闺怨诗，描绘的画面感强，闺妇情思抒写深切，读之令人怅然不已。

“黄云城边乌欲栖，归飞哑哑枝上啼。”

自六朝至唐代之前，乌鸦已被奉为神鸟。在唐代，奉乌祈福之风蔚然。乌鸦被唐人视为孝慈之鸟、祥瑞之鸟。如杜甫《题桃树》:“帘户每宜通乳燕，儿童莫信打慈鸦。”如张籍《乌夜啼引》:“秦乌啼哑哑，夜啼长安吏人家。吏人得罪囚在狱，倾家卖产将自赎。少妇起听夜啼乌，知是官家有赦书。”唐诗中，乌啼还代表着相思和团圆。如白居易《答元郎中、杨员外喜乌见寄》:“南宫鸳鸯地，何忽乌来止。故人锦帐郎，闻乌笑相视。疑乌报消息，望我归乡里。”诗人起手两句诗以乌鸟归巢入诗，就含有以之代言相思的意蕴，诗人以景言情，有如绘画：“黄云”一词绘色写景，笔意简约，夕照渐淡，落日余晖洒落在城外的林梢上，晚霞如锦，这样绮丽的云天背景之上，成群的乌鸟盘旋着，哑哑鸣啼着，做归巢前的徘徊。乌鸟尚知归巢，更何况是人呢？暮色四起时，这样的喧嚣杂鸣，似乎预示着远在天涯的良人亦有归意了，闺中思妇，睹此乌飞，闻此乌鸣，心中盼归的念头愈发的深重了。

“机中织锦秦川女，碧纱如烟隔窗语。”

“机中织锦秦川女”或是化用了前秦窦滔妻子苏惠织锦之绣璇玑图的故事。窦滔在苻坚当政后入仕前秦，因功升秦州刺使。后遭谗言徙放流沙（今新疆白龙滩沙漠一带），与妻苏蕙在阿育王寺北城门外誓别。可是窦滔到流沙后却另寻新妇，苏蕙得知，郁愤之余诵成如诉如怨、凄哀惋痛的情诗，织成宛转循环锦绣文诗寄予窦滔，使夫妻关系重新合好。李白所写闺中人，不一定有始乱终弃之遇，但良人远在天边带给她的隐忧怕是与苏惠相类的。故而“秦川女”的形容被诗人隐于诗后，刻意特写秦川女在暮色迷茫中纤瘦孤单的身姿：她透过轻烟般的碧纱窗，望向窗外不可知的远方，喃喃自语。诗人借此形象以实写虚，侧面描写闺中人心中的愁思，别具匠心。

“停梭怅然忆远人，独宿空房泪如雨。”

结末这两句诗，表意直白：良人远在异地不得归，惹得闺中人儿常常停下手中织梭，忆起二人曾经两相守的美好过往，而今夜夜“独宿空房”，身心俱伤，每每思及此，忍不住泪如雨下。这样的结篇貌似平常，与通常的闺怨诗中表达男女离恨别怨的主题无二，但是从诗中“停梭”一词入手去解题，似乎可以窥得前面“秦川女”苏惠深婉执著的形象，故而诗人以质朴自然的语言为读者塑造了一位心如蒲苇韧如丝的专情女子形象，在无言之中开拓出言外之旨，别有新境。

这六句诗，以写景入题，景中见人；以用典铺陈，典中有旨；以写人结篇，人中有情。全诗情景相融，诗旨明朗而又深婉，意味深长，具有别样的艺术魅力。

子夜吴歌（春歌）①

秦地罗敷女②，采桑绿水边。
素手青条上③，红妆白日鲜④。
蚕饥妾欲去⑤，五马莫留连⑥。

注 释

① 子夜吴歌：《子夜歌》者，晋曲也。晋有女子名子夜，造此声，声过哀苦。因起于吴地，所以又名《子夜吴歌》。

② 秦地：指今陕西省关中地区。罗敷女：源出汉乐府诗《陌上桑》。

③ 素：白色。

④ 红妆：指女子盛妆后非常艳丽。鲜：鲜艳明丽。

⑤ 蚕饥：女子拒绝纨绔子弟调戏之语。妾：古代女子自称的谦词。

⑥ 五马：意思是，贵人莫要在此流连。五马：原指《陌上桑》中使君所乘的五匹马拉的车，汉朝太守出行用五匹马拉车。这里借指达官贵人。

题　解

李白的《子夜吴歌》共四首，分咏春、夏、秋、冬四季。六朝乐府《清商曲·歌曲》即有《子夜四时歌》，李白继承乐府旧题而作，又因属吴声曲，故又称《子夜吴歌》。乐府旧题《子夜四时歌》向作四句，内容多写女子思念情人的哀怨，改四句为六句是李白的创造，而用以题写思念征夫的情绪更是李白的开创之举。

这首《春歌》以罗敷春日采桑起笔，中间以概写罗敷之美承之，以罗敷言拒使君结篇，表现了秦罗敷不为富贵动心，拒绝权贵引诱的金玉之质。

赏　析

这首《子夜吴歌·春歌》，吟咏了秦罗敷的故事，是汉乐府《陌上桑》的具体而微者。相比于《陌上桑》的浓墨重彩之写，李白这首诗写得简约清新，别有诗境，赞扬她不为富贵动心，拒绝达官贵人挑逗引诱的品质。

这是《子夜吴歌》之“春歌”，诗人从春日采桑起笔。“秦地罗敷女，采桑绿水边。”这两句隐括了《陌上桑》中秦罗敷的身份介绍，相对于原作中“秦地有好女，自名为罗敷”的开篇，李诗少了直白的“好”字做修饰，人物出场更简洁；相比于《陌上桑》中秦罗敷的喜好蚕桑之举，李诗少了“喜”蚕桑的情感强化之笔，人物行止更简单，人物形象更鲜明：春日和光普照，绿水依依，罗敷女抬手采桑的身影倒映在澄澈碧绿的春水水面，随水波摇曳。也因此给读者留下更多悬想的空间：这个罗敷女究竟是怎样的形象？

“素手青条上，红妆白日鲜。”这两句状写罗敷之美。桑树枝上摘下青嫩的桑叶映衬得罗敷女的纤纤“素手”愈加白皙娇嫩，盛妆之后的罗敷女在阳光映照之下倍显鲜艳耀眼，愈加娇美。相比于《陌上桑》中铺陈排比描摹罗敷之美的大量笔墨，李诗勾勒罗敷之美仅用区区十言的简约之笔，简直有字字传神之妙，素手与青条、红妆与白日，对比映衬，相得益彰，诗人调用简单的色彩勾勒涂抹，罗敷娇艳明丽的形象便跃然纸上了。

“蚕饥妾欲去，五马莫留连。”末两句诗，以语言描写表现罗敷洁身自好，自重自爱，忠贞爱情的形象内涵。相比于《陌上桑》中罗敷拒绝使君的洋洋一百一十言，李诗仅选取最直白的两句诗来表达罗敷拒绝使君的决绝态度。“蚕饥妾欲去”，罗敷自言，正是春蚕饥饿时，自己忙于采摘桑叶，无暇更无意撇下劳作攀高枝做凤凰。罗敷坦承自己安于劳作，喜好采桑，无意攀附使君，语言质朴，情感自然；“五马莫留连”紧承上句，表明自己心中早已笃定所选，劝言使君莫要轻佻引诱她，态度坚决。诗句就此打住，罗敷情比金坚，不为权贵所动的形象呼之欲出。

子夜吴歌（夏歌）

镜湖三百里①，菡萏发荷花②。
五月西施采，人看隘若耶③。
回舟不待月④，归去越王家。

注 释

① 镜湖：一名鉴湖，在今浙江绍兴县东南。

② 菡萏（hàn dàn）：荷花的别称。古人称未开的荷花为“菡萏”，即花苞。

③ 若耶：若耶溪，在今浙江绍兴境内。溪旁旧有浣纱石古迹，相传西施浣纱于此，故又名“浣纱溪”。

④ 回舟不待月：指西施被越王带归之速，就在回舟的时候，月亮尚未出来，西施就被越王带邀而去了。这是夸饰的修辞手法。归去：偏义复词，偏于归意。

菡萏发荷花

题 解

这首《夏歌》题咏的是古代美女西施，全诗客观写实一段相关历史，留待读者对此生发感受。

赏 析

全诗以夏发荷花起笔，中间紧承以西施之美，以西施被越王看中对吴实施美人计的事实结篇。行文流畅，笔意客观。

“镜湖三百里，菡萏发荷花。”

这首诗以写景起端：“镜湖三百里，菡萏发荷花。”三百里的镜湖之上，含苞待放的荷花正欲露芽吐芳。斯是《夏歌》，故而诗人以夏花欲发起兴，引出西施的出场。起兴之笔兼带打比方，诗人以满湖欲放的荷花暗喻西施娇美动人、纯洁雅致的气质。

“五月西施采，人看隘若耶。”

紧承开篇的比兴，这两句，诗人写西施以采莲女的形象出现在镜湖荷花丛中时所引发的轰动。秀色怡目，湖边之人争相一睹西施的美貌，不料原本宽阔的若耶溪瞬间因为围观人众而变得狭隘拥挤了。“隘”意为狭窄。此处用在“若耶”一词之前，将一个原本静态的词陡然写出了动态，读者似乎可以窥见彼时，西施采莲荷花丛中的形象一俟出现，就迅速引发围观人众围拢西施的过程。诗人写西施“艳色天下重”（王维《西施咏》）的美貌，着一“隘”字西施之美即神韵俱出。

“回舟不待月，归去越王家。”

西施之美是西施命运的始作俑者，勾践早已确定使用美人计来对付吴国，而西施倾倒众生的美貌使西施成为美人计的不二人选。故而西施荡舟采莲，就在回舟之际，不待月亮升起，就被越王带入宫中。全诗到此戛然而止，将西施后来的多舛命运也随之省却，然而却将读者对此的种种联想引逗出来，无形中，延伸了这首诗歌的内涵。归去越王家，是为以色误吴，西施也最终不辱使命，让好色的吴王亡了国；西施为国赴吴，助越王雪了国耻，然而却是以抛却自己的儿女情长为代价；西施余生对自己的选择是引以为傲呢，还是后悔怨艾呢？凡此种种联想，诗人均无着墨，然而却给读者留下无限悬想的空白，这种以不言言之的诗歌意境开拓，使诗歌意味深长，别具韵致，一如鉴湖宽阔绵延三百里的菡萏花海，引人遐想。

子夜吴歌（秋歌）

长安一片月①，万户捣衣声②。
秋风吹不尽，总是玉关情③。
何日平胡虏④，良人罢远征⑤？

注　释

① 一片月：一片皎洁的月光。
② 万户：千家万户。捣衣：洗衣时将衣服放在砧石上用棒棰打。秋季恰逢赶制冬衣的时节。制衣的布帛须先置砧上，用杵捣平捣软，是谓“捣衣”。
③ 玉关：玉门关。玉关情，即思念边关远人的情怀。
④ 平胡虏：平定侵扰边境的敌人。
⑤ 良人：指驻守边地的丈夫。罢：结束。

题 解

这首《秋歌》，以秋月起兴，塑造了见月怀人的闺中思妇的形象，表现了思妇思念戍远良人，希望边战早日结束，盼望良人早归家的思想感情。因为起兴与写人完美融合，这首诗写景言情浑然一体，诗歌层次递进生成，诗歌意蕴步步深入，故而这首诗成为《子夜吴歌》四首诗中传唱最为广泛的一首。

赏 析

这首《秋歌》是闺怨诗中的别样之作，既写闺情，亦写边事，颇有边塞诗之风。

“长安一片月，万户捣衣声。”

这两句诗，以声诉情，此起彼落的捣衣声最能撩拨起思妇心头对良人的牵挂，也最能表达捣衣声中蕴含的思妇之苦。秋夜的天空，一轮明月高悬，月辉遍洒，整个长安城里浸淫在如水的月色里，正好捣衣，城里千家万户的捣衣声此起彼伏。诗人从京都月色起兴，营造月圆人思团圆的氛围。次句诗紧承首句，让千家万户的思妇用一声响似一声的捣衣声诉说对远戍边关的良人的思念之情，抒情委婉，同时因“万户”一词所营造的大画面让思妇忧边思人的情感有了普生的意义，诗歌之旨得以升华，因为边事频仍，才有万户思妇的捣衣声啊。

“秋风吹不尽，总是玉关情。”

这两句诗，以风诉情，秋风不息，将声声捣衣之音直送到玉门关去，也将思妇深长的牵挂之情送到玉门关的良人心中。“总是”一词，尤见秋风情亦浓，愈见思妇情益真，煞是传神的一笔。

明末清初的王夫之评价李白这首《秋歌》说：“前四句是天壤间生成好句，被太白拾得。”王夫之称誉《秋歌》的前四句，不事雕琢有如清水出芙蓉，秋月秋风秋思相互勾连，见证了捣衣思妇心中的万千情怀，并将这深挚情怀千里相送，太白怕是以谪仙人之手才拾得如此好句吧。

“何日平胡虏，良人罢远征？”

闺中思妇，情关千里，却没有就此耽于牵念之中不可自拔，末二句笔锋一转，倾吐思妇的心声。“何日平胡虏”之言出自思妇之口，却颇有大丈夫的豪气，思妇一则希望征人成边杀敌能一平胡虏建奇功，一则希望征人“罢远征”而凯旋，从此无需再赴沙场，夫妻二人终可团聚。以女子身先论战事，再论闺情，思妇形象有别于通常的闺中之人，诗歌的思想内容就此升华，更具社会意义。

这首《秋歌》写月照长安万户的秋景，写风送砧声直入玉门征人的闺情，写思妇以闺情论国事的秋事，写景意境阔大悠远，写情抒情深沉真挚，写事语淡而意丰，别具情志。

从构思布局上而言，全诗从长安秋月起笔，中间以秋风送情续之，结尾以秋思收束，因此，《秋歌》之题，颇有串珠接玉之妙，堪称文题俱佳的子夜秋歌。

子夜吴歌（冬歌）

明朝驿使发①，一夜絮征袍②。
素手抽针冷，那堪把剪刀。
裁缝寄远道，几日到临洮③？

注　释

① 驿使：古时传递书信和物件的人。
② 絮征袍：给征袍铺絮。借指制作冬衣。
③ 临洮：位于甘肃省中部，定西市西部，是省会兰州的南大门。

题　解

这首《冬歌》，似一首简短的叙事诗，写思妇连夜赶制冬衣，请驿使带给远方的良人这样一件事情。全诗简洁精巧，表达了思妇对良人绵长的牵挂。

赏　析

这首《冬歌》叙写一位女子连夜为远戍边关的良人赶制冬衣的事情，借此表现闺中思妇对征夫的思念之情。全诗共六句，前四句是叙事，后两句是心理描写，诗意简洁，诗风自然。

“明朝驿使发，一夜絮征袍。”

为了赶在明天早上驿使出发前，把带给远在边关的良人的冬衣赶制出来，思妇彻夜未眠，熬夜劳作。诗歌伊始，诗人为读者呈上一幅温馨的闺中女子伴灯制衣图，女子不顾夜深寒意渐重，一心扑在桌案上铺缀棉絮。这样的特写镜头，刻意凸显了闺中女子一往情深的形象。

“素手抽针冷，那堪把剪刀。”

这两句诗，诗人呈上第二个特写镜头，赶制冬衣的女子素手持针。夜深了，寒意重了，捉针在手都觉得针冷手冻，哪里还拿得住冰凉的剪刀呢？天气的寒凉，并未让女子放下手中针剪，因为女子知道远在边关的良人比她更冷。这样的叙事，只有两个动作“抽针”“把剪”，却将女子心忧良人，不顾天寒连夜赶制冬衣的细腻情思辗转传达出来，可谓一字传神了。

“裁缝寄远道，几日到临洮？”

连夜缝制的冬衣已送达驿使的手中，女子又生新忧，这件征袍要多少日子才能到达临洮啊？驿使途中会否行迟耽搁，会否速度太慢？闺中女子的忧思也随着驿使远去的身影迤逦千里，直抵临洮。这两句诗人呈上第三个特写镜头，目送驿使渐远的身影，女子心怀忧戚凝神远望的身影就此铭刻在读者的心间，鲜活而动人。

这首《冬歌》，因着这个女子的形象，充满了温暖的感觉。全诗形象鲜明，语言自然，情感深挚，是一首自然质朴的民歌小调。

关山月[1]

明月出天山[2]，苍茫云海间。
长风几万里，吹度玉门关[3]。
汉下白登道[4]，胡窥青海湾[5]。
由来征战地，不见有人还。
戍客望边色[6]，思归多苦颜。
高楼当此夜[7]，叹息未应闲。

注 释

① 关山月：古乐府诗题，乐府《横吹曲》调名，多抒离别哀伤之情。
② 天山：指祁连山，位于今青海、甘肃两省交界。
③ 玉门关：在今甘肃敦煌西，古代通向西域的交通要道。
④ 下：出兵。白登：今山西大同市东北处白登山。汉高祖刘邦曾亲率大军与匈奴交战，在白登山被围困七日。
⑤ 胡：此指吐蕃。窥：有所企图。
⑥ 戍客：驻守边疆的战士。
⑦ 高楼：古诗中多以高楼指闺阁，这里指戍边兵士的妻子。

题　解

“关山月”，作为乐府旧题，多写离伤别怨。李白这首诗，承用旧题，写边关戍客的征战之苦、思乡之累，却写得雄浑悲壮，铿锵有力，颇有边塞诗之风。

赏　析

唐朝纵是盛世之时，边尘也未曾肃清过。唐玄宗穷兵黩武，连年在西北用兵，士卒多苦思。这首《关山月》以边关征人的情思为命题，写离情，不止于伤怨，更有拓展，展现唐朝的这一时代特点。

“明月出天山，苍茫云海间。长风几万里，吹度玉门关。”

一轮明月高悬在天山之巅，山间云海翻滚，更见云月苍茫。山高云浓，月出云海，仰望云月，一切都似乎高不可及；边塞的风破云浪，越瀚海，迤逦万里，直吹到玉门关。这四句诗，起句写景雄壮苍茫，意境高远，万里边塞，山高难越，路远难行，征人仰望唯见明月高悬，东望只见玉关苍凉，春风不度。表面上只是景物描写，实则从征人角度观月看风，风月则总是玉关情了。

“汉下白登道，胡窥青海湾。由来征战地，不见有人还。”

这四句诗，写边塞征战的残酷。“汉下白登道”化用汉高祖刘邦兵困白登山七天的典故，以此来暗示边关作战兵败自古是兵家常事；青海湾则是唐人与吐蕃相争之地，诗人用“胡窥”一词，而不是用“唐戍”一词，则暗示了吐蕃觊觎青海湾使得戍边战士常常陷于防不胜防的境地。后两句诗，则是长期戍边的战士目睹了亲临战场的残酷无情之后，在此竟然忍不住疾呼：古来征战几人回，我等岂能躲过战死沙场的命运！

“戍客望边色，思归多苦颜。高楼当此夜，叹息未应闲。”

战事残酷，战士们思乡的情思更加深切。眼前边关景象的荒僻苍凉，让战士们每每思及未知的归乡之日，脸上就现出愁苦的神色。他们想那万里之遥的家乡，自家高楼上的妻子，在仰望天山上的这轮明月时，一声声的叹息应当是不会停止的吧。“望边色”这一动作，貌似简单，意蕴却丰，边塞的万里苍凉，战事的无休无止，厮杀的残酷血腥，都熔铸在这一望中了。战士思乡，最忆是妻儿，他们想象家乡思妇高楼望月的形象，既写战士思亲心切，更写家人牵肠挂肚的担忧，一笔而多意，情思深重。

诗人从戍客的视角写思乡，以边塞万里的苍凉做背景，以战士苦战多思乡情更切为主题，抒写战事频仍带给征人及其家人的巨大痛苦，将乐府旧题《关山月》多写离伤的抒情范围做了大的拓展，在抒写离殇之外，更是揭示了唐时穷兵黩武带给百姓的痛苦，容易引发读者“乃知兵者是凶器，圣人不得已而用之”(《战城南》) 的联想。诗歌的境界因此更为深远，诗风更显雄浑，颇有雄奇悲壮之气。

古风（五十九首其二十四）

大车扬飞尘，亭午暗阡陌①。
中贵多黄金，连云开甲宅②。
路逢斗鸡者③，冠盖何辉赫④。
鼻息干虹霓⑤，行人皆怵惕⑥。
世无洗耳翁⑦，谁知尧与跖⑧。

注　释

① 亭：正、当。亭午：中午。阡陌：田间小路。暗阡陌：此处借指京中大道。意为大车驰过，灰尘扬起，使正午时的道路也为之昏暗。

② 中贵：即中贵之人，内臣之贵幸者，亦有权有势的宦臣。甲宅：甲等住宅。本两句意为宦官得到皇上的重赏，构筑的奢华府宅高可连云接天。

③ 斗鸡者：据唐人陈鸿《东城老父传》云，当时被称为“神鸡童”的贾昌，由于得到皇帝的爱幸，“金帛之赐，日至其家”，有民谣说：“贾家小儿年十三，富贵荣华代不如。”

④ 冠盖：指斗鸡者的衣冠和车盖。辉赫：显赫。

⑤ 鼻息：呼吸。干：犯，上冲。意为斗鸡者气焰嚣张，不可一世。

⑥ 怵惕：害怕，恐惧。

⑦ 洗耳翁：指许由。据皇甫谧《高士传》说，尧曾想让天下给许由，许由不接受，认为这些话污了他的耳朵，就去水边洗耳。

⑧ 尧与跖：尧，传说中的上古贤君。跖，相传是春秋末年奴隶造反的领袖。由于历代统治者对他憎恶，所以一直被当作恶人的代表，世称盗跖。

题 解

李白的《古风五十九首》是一组艺术风格极为一致的五言咏怀古诗，写作历时较长，非一时一地之作。这是李白《古风五十九首》中的第二十四首，写于李白在京期间，后人多以首句“大车扬飞尘”作为诗的标题。这首诗，刻画了权位显赫的宦官形象和恃权骄横的斗鸡者形象，讽刺唐玄宗宠信宦官，令宦官身居高位，声势逼人；讽喻玄宗耽于斗鸡之戏，擢升善于斗鸡者为官，斗鸡者恃宠骄横的现象。

赏 析

玄宗执政后期，宠任宦官，《新唐书·宦者传上》中记载有“于是甲舍、名园、上腴之田为中人所名者，半京畿矣”。当时，宦者声势之显赫，由此可见一斑。玄宗沉迷于斗鸡游戏，甚至拔擢斗鸡之士为官为政，时有民谣传唱：“生儿不用识文字，斗鸡走马胜读书。”居于长安的李白，目睹耳闻凡此种种，在盛唐气象之下，洞悉到盛世繁荣背后隐匿的上层统治者的腐败气息，故而作此诗作讽喻之用。

“大车扬飞尘，亭午暗阡陌。中贵多黄金，连云开甲宅。”

这四句诗，诗人为京中中贵画像，不求形似，集中笔墨写他们的骄横跋扈和声势烜赫，以气势胜出。中贵，即中人、中官、宦官。古代泛指皇帝宠爱的近臣。唐代司空曙《晚秋西省寄上李韩二舍人》诗：“赐膳中人送，馀香侍女收。”京城大道上，一辆又一辆大车接连疾驰而过，卷起漫天尘土，虽然时值正午时分，这飞扬的尘土却遮天蔽日，连大道也在弥漫的尘土中隐去了踪迹。谁人竟能在天子脚下如此飞扬跋扈？开篇两句诗，诗人造势颇大，制造悬念，引出三四句中“中贵”的出场。京城的中贵家中多黄金，所建府宅轩昂高大，上可接天连云。宦官、中人，不过是皇帝身边的近臣，在驱车返回华府高宅时却是如此肆无忌惮，原因就是他们有钱“多黄金”，有势住“甲宅”，诗人暗讽玄宗宠幸宦官，放纵其在皇城根下恃权而骄的用意因而暗中逗出。

“路逢斗鸡者，冠盖何辉赫。鼻息干虹霓，行人皆怵惕。”

这四句，诗人为斗鸡者画像，画其势，更画其形。诗人先画斗鸡人的行头，冠盖是古代官吏的帽子和车盖，借指官。冠是礼帽；盖是车盖。“辉赫”一词，渲染斗鸡者肆无忌惮，恃宠而骄的声势。再画斗鸡人的神态，王安石《明妃曲》道“意态由来画不成”，而李白却能够撷其一态，俱得其神，斗鸡人身着辉赫官服，已非布衣在身时的鸡童，身份迥异于昔日，形容自然与往日大不同，而今富贵得势，看人自然鼻孔朝天，势大气粗，不可一世，路旁行人见其嚣张模样，自是一脸的警惕戒惧，避之唯恐不及。“行人”句以侧面烘托的手法，表现斗鸡人因斗鸡而得富贵之后，作威作福、目中无人的丑恶嘴脸，尤是传神。这四句诗同前四句诗一样，也将诗人暗讽唐玄宗宠溺斗鸡人的用意暗逗而出，笔意较之前四句更为委婉。

“世无洗耳翁，谁知尧与跖。”

最后两句写诗人落笔于议论。洗耳翁，典出许由。尧时，许由结志养性，优游山林，听到尧让位给自己而感到耳朵受到了污染，故而临水洗耳。诗人慨然感叹，如今世上早已没有了像许由那样以清节为志、不慕荣利的人，哪里还有人能分得清圣贤之士与盗贼之辈呢？诗人巧妙地把宦官、斗鸡人等小人视作古时大盗跖之类的人，同时暗中讽刺了当朝统治者，宠任奸佞，不能分辨“尧与跖”的昏聩之为。化用典故，借古事言今政，表意婉曲，也是诗人别具匠心之处。

这首《古风》构思巧妙，前八句叙事画面感强，描写生动传神，人物形象塑造极为鲜明，而末两句以议论结篇，化用典故，语含讽刺，升华诗歌主旨，成为全诗的高潮。而诗歌画面的形象呈现，得力于诗人一贯擅长的夸张笔法，“亭午暗阡陌”，以沙尘暴的场面摹写车队疾驰而过卷起漫天飞尘的景象，很是给力；“鼻息干虹霓”，以无形的鼻息直冲云霞来摹写斗鸡人得势便猖狂的小人嘴脸，虽然夸张，却夸张得艺术，小人下巴高抬，鼻孔朝天的形象如在目前。

江夏别宋之悌

楚水清若空①，遥将碧海通②。
人分千里外，兴在一杯中③。
谷鸟吟晴日④，江猿啸晚风⑤。
平生不下泪⑥，于此泣无穷⑦。

注　释

① 楚水：这段长江古代属于楚。空：没有水。
② 将：和。
③ 兴：友情。杯：代指酒。
④ 吟：唱。
⑤ 猿：借指悲凉。
⑥ 下泪：落泪。
⑦ 无穷：不能停止。

题　解

李白的这首送别诗大约作于唐玄宗开元二十二年（734）。宋之悌，是著名诗人宋之问的弟弟，为唐代著名武将，官至剑南节度使、太原尹。开元二十二年宋之悌被贬到朱鸢（安南都督府交趾郡，即现在的越南河内）。在安陆漫游期间李白就结交了宋之悌，故而，在江夏的李白闻听此讯，写下此诗为友人宋之悌送别。这首诗，描写临别之景，抒发依依不舍之情，以情动人，写得凄伤哀婉。

赏　析

这首五律，以情动人。

李白与宋之悌之间情谊深厚，此番宋之悌贬谪朱鸢，李白临别赠诗，其情深挚动人。若干年后，李白因为永王李璘案被捕陷之际，因着这份情谊，宋之悌的儿子宋若思和郭子仪倾力相救，使李白幸免一死，被判流放夜郎。

“楚水清若空，遥将碧海通。”

首联写景，意境清净灵动，诗意却繁复。长江水澄澈如洗，仿若江中无水一样，它静流深远直和那遥远的蔚蓝大海相接。宋之悌的贬谪之地在朱鸢，今越南境内，接近海域。诗人如此写景，似有暗示：楚水清澈，好似无水，它怎承载得起宋之悌的行舟到那遥远的荒僻之地去？诗人是希望江中无水，无以载舟的，那样友人就不必远行，可是诗人又深知，这江水终究会把宋之悌送到遥远的海域去。他明知百川汇海，楚江终会送走友人。这句看似白描式的写景，却蕴含着诗人矛盾纠结的心绪。

“人分千里外，兴在一杯中。”

颔联抒情，意境清灵伤感，历来被誉为佳句。诗人用“分”字替代了“赴”字，抒情意味陡然加重，友人就要远赴千里之外，诗人不写友人“挥手自兹去”的背影，而是写一种分离、两处伤痛。诗人和友人将天各一方，后会难期，将单方面的忧虑挂念转换成了彼此双方的牵挂不舍；“兴”在这里应当是指友情还有交情。所有的感情，都压在胸口，无以言表，索性无言，饮下杯中酒，让所有想说的话都融在这酒里，随之入肚吧。“一杯”而非“三百杯”，善于夸张的诗人，竟舍了“千杯百杯”之多，只在“一杯”中言情。因为诗人酒在口中难以下咽，心已飞至千里之外，浅斟酒杯就足矣。因为随酒下肚的更有深重的友情，“千”与“一”的悬殊反差中，诗人的依依离情愈显分明。

“谷鸟吟晴日，江猿啸晚风。”

这一场送别，注定是绵长的难舍难分，颈联，诗人以景传情。天气晴朗，谷鸟鸣啾，诗人在江边为友人送行，然而晴日也未能驱散诗人心头的阴郁，诗人以乐景衬托哀情，更显离情之伤；直到暮色渐起，江风送来江两岸上凄婉哀伤的猿啼声，诗人才意识到到了不得不分开的时候了，心中的悲凉愈加深重，诗人以猿啼哀鸣、江风送凉渲染哀戚之境，烘托人物离情的凄凉。这一联，乐景哀景同步出现，情景交融，以景驱情，含蓄蕴藉。

“平生不下泪，于此泣无穷。”

尾联两句，抒情意味尤重。男儿有泪不轻弹，诗人此际却不吝泪水，落泪不尽。“平生”轻易不落泪，此际非“平生”，因为友人此去，荒僻遥远的千里之外将会有什么样的遭遇，无可预知。朋友，哭吧，让我陪着你“于此泣无穷”。一个“泣”字颇有点化之妙，“泣”意为小声哭，诗人与友人四目相对，相顾无言，惟有泪千行，而心中该翻覆其多少伤心、担忧、不舍、眷念、祈愿……真情毕露，以四目含泪收束，留给读者想象的空间。

这首五律情感真挚，构思精巧。全诗以泪和酒织文，惹得读者和诗人一同感受浅斟的一杯酒中最浓的离情，一同体味“泣无穷”的泪水中最深挚的友情。豪放人作悲语，语含率真，其情也悲，其情也真。

春夜洛城闻笛①

谁家玉笛暗飞声②，
散入春风满洛城③。
此夜曲中闻折柳④，
何人不起故园情⑤！

注　释

① 洛城：洛阳（现在河南洛阳）。

② 玉笛：精美的笛。暗飞声：声音不知从何处传来。

③ 春风：另一版本作“东风”。

④ 折柳：即《折杨柳》笛曲，乐府“鼓角横吹曲”调名，内容多写离情别绪。胡仔《苕溪渔隐丛话后集》卷四：“《乐府杂录》云：‘笛者，羌乐也。古典有《折杨柳》《落梅花》。故谪仙《春夜洛城闻笛》……’杜少陵《吹笛》诗：‘故园杨柳今摇落，何得愁中曲尽生？’王之涣云：‘羌笛何须怨杨柳，春风不度玉门关。’皆言《折杨柳》曲也。”曲中表达了送别时的哀怨感情。

⑤ 故园：指故乡、家乡。

题 解

唐玄宗开元二十三年（735），三十五岁的李白客居洛阳。夜深人静之时，不知何处传来的笛曲《折杨柳》引发了诗人强烈的思乡之情，故而作有此诗。全诗描写洛阳城中，一夜春风将笛曲《折杨柳》的曲调送遍了整座城，故而客居洛阳城中的诗人夜不成寐，就此沉浸在思乡的旋律之中不能自拔了。

赏 析

这首《春夜洛城闻笛》，诗题蕴含丰富，几乎涵盖了全诗的内容。春夜是时间，洛城是地点，闻笛是事件。春之夜，洛城客居的诗人只身异乡，听到《折杨柳》的笛曲传遍了整座城，不禁联想到这笛声不知惹起了洛城里多少和诗人一样的异乡客的乡思之情？

“谁家玉笛暗飞声”，起句以声入境：不知谁家有人吹出的笛子曲，若有若无地传进耳中。夜渐深了，诗人辗转反侧不能成寐之际，捕捉到时有时无的笛子曲，不经意间触动诗人的羁旅之思。“暗飞声”的摹声，蕴藉有思：既写笛声的时断时续，也写诗人难以释怀的心绪，更与“谁家”之问相呼应。夜已寂然，万户掩帘，可是是谁人也像诗人一样心怀乡思不可遣，寤寐思服？诗人辗转难眠之际，笛声时断时续“飞”入耳中，乡愁正重的诗人闻听此音有如听到天籁，其音缥缈悠扬，如泣如诉。明明是诗人心怀乡思愁，却故言玉笛飞声入耳勾起了他的羁旅之愁，这样暗笔写愁，别具匠心。

“散入春风满洛城。”诗人无暇探究是谁人的笛声惹起了自己的乡思，因为转瞬之间他就被这洛城里无处不在的笛声彻底俘获了。春风无需一夜，一曲未罢的时间，整个洛城似乎就浸淫在这无边的乡思旋律中了。“满洛城”的“满”字，确乎是夸张之词，一曲笛音何以响遍一座城池？只是诗人乡思太重，一颗思乡之心被春风带出窗外，飞遍了东西南北，让诗人的乡居之心无处可遁。这样的心情虽不合理却合情，谁人会责怪诗人的夸大其词呢。

“此夜曲中闻折柳”，可是，此夜，诗人怎经得起《折杨柳》曲的旋律入耳？古人送别时有折柳之俗，“柳”谐“留”音。《诗经》曰：“昔我往矣，杨柳依依。”《折杨柳》曲伤离惜别，其音哀怨幽咽。诗人闻听此曲，客居他乡的孤愁在这个春之夜倍显深重，春柳依依，故乡别时折柳的情形如在目前。闻笛思乡的情怀就此被凝固成诗人侧耳倾听《折杨柳》的动人形象。

“何人不起故园情。”结句，诗人跳出个人乡愁的羁绊，站在所有异乡客居者的角度，叹惋普生的异乡客思之情。可见，诗人的这番乡思之愁，由来已久，随时等待喷薄，“今夜”的笛声，不过是个引子而已。

这首七言绝句，以乡思为命题，并无新意，然而以“闻笛”勾连全诗，扣紧一个“闻”字，既刻画了自己作为闻笛思乡者的形象，也刻画了一个不曾露面的吹笛人的形象，这两个形象在春夜里以笛声作媒介共同成为了乡愁者的经典形象代言人，隐在诗人的字里行间，不其然打动了诸多听众。

闻笛思乡的意象中所包含的情真意切，千百年来在羁旅游子心中成为最真挚的情感。

闻王昌龄左迁龙标遥有此寄①

杨花落尽子规啼②，
闻道龙标过五溪③。
我寄愁心与明月，
随风直到夜郎西④。

注 释

① 王昌龄：唐代诗人，天宝年间约51岁时被贬为龙标县尉。左迁：贬谪，降职。古尊右卑左，左迁即贬官。龙标：唐代县名，今湖南黔阳。治所在今湖南省黔阳县黔城镇。南朝梁天监十年（511），以城东有龙标山，改沅阳县为龙标县。

② 杨花：柳絮。子规：即杜鹃鸟，啼声哀婉凄切。

③ 闻道：听人说到。龙标：今湖南黔阳，唐时甚僻。诗中指王昌龄，古人常用官职或任官之地的州县名来称呼一个人。五溪：唐人所说的五溪指辰溪、酉溪、巫溪、武溪、沅溪，当时属于黔中道，在今湖南西部和贵州东部。

④ 随风：一作"随君"。夜郎：汉代中国西南地区少数民族曾在今贵州西部、北部和云南东北部及四川南部部分地区建立过政权，称为夜郎。唐代在今贵州桐梓和湖南沅陵等地设过夜郎县。这里指湖南的夜郎（在今新晃侗族自治县境，与黔阳邻近）。李白当时在东南，所以说"随风直到夜郎西"。

题 解

这首诗写于王昌龄五十一岁被贬龙标之际。唐玄宗开元二十八年（740），李白与比他年长十一岁的王昌龄在巴陵的一只小舟上初遇，时李白正在流贬夜郎的途中，两人一见如故，把酒话人生，临别王昌龄有《巴陵送李十二》诗赠李白。之后不久，王昌龄因谤被贬龙标，李白遥闻此讯，作此诗遥寄王昌龄，表达自己对王昌龄的眷念与牵挂，全诗写得情挚意真，动人心扉。

赏 析

这首七绝，诗题为《闻王昌龄左迁龙标遥有此寄》，即点明这是一首赠别诗。王昌龄和李白惺惺相惜，王曾写《巴陵送李十二》诗赠李白："摇曳巴陵洲渚分，清江传语便风闻。山长不见秋城色，日暮蒹葭空水云。"诗中写二人知音相逢山水宜色的感受，表达王昌龄与李白之间的深厚交谊。王昌龄一生官低名气大，位卑才气高，多次被贬官，宦海沉浮，几经坎坷。《旧唐书》本传载王昌龄"不护细行，屡见贬斥"，生逢知天命之年时只因生活小节不思检点而再被贬谪，人生莫名的失意怅惘固难承受。王昌龄约写于开元二十九年（741）后的《芙蓉楼送辛渐》一诗中，曾用"洛阳亲友如相问，一片冰心在玉壶"的诗句，表达自己冰清玉洁的无辜个性。李白身为王昌龄的好友，遥闻诗人受谤而贬的讯息，心下深深为王昌龄忧虑，于是作有此诗，以慰藉失意被贬的好友。

"杨花落尽子规啼"，诗歌以写景开篇，营造花谢鸟悲鸣的凄凉意境。暮春时节的南国，柳絮飘飞的景象自无踪迹，偏偏听到那杜鹃鸟啼血般的悲鸣。漂沦无依的杨花已然散尽，春将逝去，子规悲啼"不如归去"，徒增伤感。在这个凄凉伤感的时空里，柳枝兀自低垂，纵使折柳也无法挽留友人远去的脚步。诗人以杨花散尽之景暗写柳枝之景，隐喻折柳送别的寓意，以杜鹃啼声的不忍别离之音暗写离别之伤，别有匠心。次句，诗人用叙述的表达方式写自己听到的消息"闻道龙标过五溪"。龙标，本为王昌龄贬谪地的地名，在这里用以指王昌龄，以官名作为称呼是唐以来文人中的一种风气。听闻王昌龄从江宁出发，要沿长江逆水而上，过洞庭，入沅江，然后才能抵达偏远荒凉的龙标，期间要经过湘黔交界处的不毛之地——辰溪、酉溪、巫溪、武溪、沅溪一带。“闻道”一词衔接一个人名“龙标”、一个地名“五溪”，看似平铺直叙，尤其“过”字，字面意思很平常，意为“经过”实则蕴含丰富，诗人对王昌龄贬谪之路荒僻偏远、行程艰难的担忧与关切尽在其中。

“我寄愁心与明月，随风直到夜郎西。”三四句诗从写景叙事的写实之笔中宕开，转而直抒胸怀。“愁心”一颗，含情多端，诗人为王昌龄人至晚年又遭贬谪而不平，为挚友远涉千里行路艰难而担忧，为知交分离难再谋面而怅惘，凡此种种，不一而足。殷殷忧君之心，明明可鉴，且寄于天上明月，托它将一颗忧君思君的愁心，伴着春夜的凉风一直吹送到夜郎之西的龙标去。“夜郎”即指隋代的夜郎县，在今湖南辰溪一带（见《舆地纪胜》卷七十一），而龙标位于辰溪以西，故言。愁心无形可具，然而诗人化虚为实，让它形诸月亮，更让它以月下春风为伴，千里追随，给友人奉上真心挚情，形象别致，构思独到，别有匠心。两位友人，一个由江宁出发溯江向西南而去，一个远在扬州，无法谋面，当面话别已为奢望，于是一腔深情寄意明月，让它远涉千里，向友人遥表情谊了。月寄思情是古典诗歌的经典意象，如南朝民歌《子夜四时歌》：仰头望明月，寄情千里光。如唐杜牧《寄远》：欲寄相思千里月。如唐李峤《送崔主簿赴沧州》：他乡有明月，千里照相思。与李白此二句相较，这些诗的意境各有千秋，而李白诗中直言“我寄”，希望化身明月，“我”的抒情形象因此更加鲜明动人：翘首望月、寄意明月，其情深深、其意切切。仿佛尺幅之间却现大画面：一则繁华富庶的扬州，一则荒僻无人的夜郎西，千里之隔，二人同时望月寄情；一则在心底唱响最深远的牵挂，一则在心底聆听最深切的关切。全诗在深远悠长的思念之情中结束，令人回味怅惘不已。较之《子夜四时歌》和杜牧李峤之诗，李白此句更富人情意味，更能动人心扉；并且，明月的雅致有情，恰似最多情的媒介，沟通了两颗向往洁白纯净的人心，让身在贬谪之途的王昌龄心中倍感温情。就像王昌龄后来在《龙标野宴》中所写的：“莫道弦歌愁远谪，青山明月不曾空。”诗人温情的慰藉伴随着抑郁伤感的王昌龄走完这贬谪之路。

这首诗仅有短短四句，却意境空阔，上至天上明月，下至五溪之流；时而明月扬州，时而愁心夜郎。诗人李白通过丰富的想象，用男女情爱的方式以抒写志同道合的友情，给予抽象的“愁心”以物的属性，它竟会随风逐月到夜郎西。这种将自己的感情赋予客观事物，使之同样具有感情，也就是使之人格化，乃是形象思维所形成的巨大的特点之一和优点之一。本来无知无情的明月，竟变成了一个了解自己、富于同情的知心人，她能够而且愿意接受自己的要求，将自己对朋友的怀念和同情带到辽远的夜郎之西，交给那不幸的迁谪者。她，是多么的多情啊！当诗人们需要表现强烈或深厚的情感时，常常用这样一种手段来获得预期的效果。想象惊人，气概超逸，笔势灵动，充分地显示出李白的艺术个性，这也是《闻王昌龄左迁龙标遥有此寄》之所以有长久的艺术魅力的真正原因。

南陵别儿童入京

白酒新熟山中归，黄鸡啄黍秋正肥。
呼童烹鸡酌白酒，儿女嬉笑牵人衣。
高歌取醉欲自慰，起舞落日争光辉①。
游说万乘苦不早②，著鞭跨马涉远道。
会稽愚妇轻买臣③，余亦辞家西入秦④
仰天大笑出门去，我辈岂是蓬蒿人⑤。

注　释

① 起舞落日争光辉：指人逢喜事光彩焕发，与日光相辉映。

② 游说：凭口才说服别人。万乘：君主。周朝制度，天子地方千里，车万乘。后来称皇帝为万乘。苦不早：恨不早就去做。

③ 会稽：《汉书·朱买臣传》："朱买臣，西汉会稽郡吴（今江苏吴县）人，家贫，好读书，不治产业。常刈薪樵，卖以给食，担束薪行且诵读。其妻亦负担相随，数止买臣毋歌讴道中，买臣愈益疾歌，妻羞之求去。买臣笑曰：'我年五十当富贵，今已四十余矣。汝苦日久，待我富贵报汝功。'妻恚怒曰：'如公等终饿死沟中耳，何能富贵？'买臣不能留，即听去。后买臣为会稽太守，入吴界见其故妻。妻夫治道。买臣驻车，呼令后车载其夫妻到太守舍，置园中，给食之。居一月，妻自经死。"

④ 秦：指长安。

⑤ 蓬蒿人：草野之人。

呼童烹鸡酌白酒

题　解

这首诗约写于唐玄宗天宝元年（742），李白应玄宗之诏，赴长安供奉翰林，离开妻儿入京之前。时年四十二岁的李白，满以为实现政治理想的时机到了，立刻从正在游历的浙江回到南陵家中与一双儿女告别，并写下了这首诗。全诗贯穿着诗人激情洋溢的兴奋，先写诗人得诏之后与妻儿歌酒欢庆的热烈场面，再写自己获诏进京必得大志的瞻望，最后表达诗人狂人式的自信，诗歌表达了人生得意须尽欢的主题，颇显盛唐气象。

赏　析

这首七言古诗，是李白诗作中抒情最为汪洋恣肆的一首诗，欢愉、兴奋、得意、热切、自信、自傲，悉数尽情表达，感情表现真挚而鲜明，热切而有力，极富感染力。

诗因为描述了李白生活中的一件大事，对了解李白的生活经历和思想感情具有特殊的意义，而在艺术表现上也有其特色。诗善于在叙事中抒情。诗人描写从归家到离家，有头有尾，全篇用的是直陈其事的赋体，而又兼采比兴，既有正面的描写，而又间之以烘托。诗人匠心独运，不是一条大道直通到底，而是由表及里，有曲折，有起伏，一层层把感情推向顶点。犹如波澜起伏，一波未平，又生一波，使感情酝蓄得更为强烈，最后喷发而出。全诗跌宕多姿，把感情表现得真挚而又鲜明。

“白酒新熟山中归，黄鸡啄黍秋正肥。”

诗歌伊始，诗人开门见山以“山中归”呼应诗题“南陵”。闻听玄宗之诏，李白喜不自禁，原本要归隐浙江的念头全然消遁，因“愿为辅弼，使寰宇大定，海县清一”的大志始终不得实现而久被压抑的心情豁然开朗，他立马回到南陵家中料理家小。山中正值秋收季节，新酿的白酒醇美诱人，黄鸡啄黍肥美待宰，看来是人归家正当时，诗人以此渲染丰收热闹的景象，烘托诗人兴高采烈的情绪。诗一开始描绘出一派丰收的景象：这不仅点明了归家的时间是秋熟季节，而且，白酒新熟，显示一种欢快的气氛，衬托出诗人兴高采烈的情绪，为下面的描写作了铺垫。

“呼童烹鸡酌白酒，儿女嬉笑牵人衣。”

此去京城，是为辅弼，可喜可贺，故而全无儿女情长的伤感。你看诗人一进家门，就“呼童”，呼儿唤女，烹宰黄鸡，金樽斟酒，酒兴勃然的诗人此际早已按捺不住，神情飞扬，他的欢愉之情溢于言表，感染得一双儿女争相笑牵父亲的衣襟，直追问父亲因何如此高兴。儿女嬉笑牵父衣，李白的诗歌中少有这种天伦之亲，故而这两句诗写得情态动人，颇富人情意味。

“高歌取醉欲自慰，起舞落日争光辉。”

金樽美酒在握，必要痛饮取醉，醉中必要高歌以快慰自我，酒酣兴浓之际，怎能不拔剑起舞，舞剑的英姿可与落日齐辉。诗人心中难以抑制的兴奋点燃了诗人的激情：不醉不罢休，不歌岂能快意，此际，唯有手之、足之、舞之、蹈之方才足以表达心意。诗人形象的耀眼，居然要和太阳争辉，这样的想象夸张，怕是只有谪仙人才会有吧。

“游说万乘苦不早，著鞭跨马涉远道。”

李白素有执著的用世之心，然而自命不凡的他刻意避开科举之道，希望凭借自己之才由布衣一跃为卿相，从而实现自己“愿为辅弼”的大志。世事沧桑，岁月蹉跎，直到年过不惑，诗人才有幸得到君上青眼相加，故而诗人此刻深以“游说君王”“不早”为苦，然而这只是虚笔一晃，因为旋即诗人就表示自己恨不得即刻跨马扬鞭跋山涉水远赴京城。因为恨不得在更早的时候能面见君王，奉上自己的大志，所以“苦不早”正是因为此刻“欢愉热切”的心情早已将自己的心送上了进京的远路。

“会稽愚妇轻买臣，余亦辞家西入秦。”

多年的蹉跎，才盼到了这个机会，既往的经历让诗人又很自然地联想到了汉代的朱买臣。“会稽愚妇”，当是指朱买臣之妻。汉代会稽人朱买臣，早年家贫却嗜读书，其妻因贫去之。后朱买臣作会稽太守，再遇故妻厚遇之，故妻不堪此境，一月自经死。一向自视甚高的李白，表示自己不会把曾经遭遇的“会稽愚妇”之见放在心上，因为他此次“辞家”西入长安，就要青云直上了。瞻望前路，诗人过滤掉旁人的质疑、否定，自信此去便是富贵及身，大志在得了。李白化用朱买臣的典故，以女子之愚，比喻看轻自己的世俗小人，以朱买臣之大器晚成自比，借此暗写自己睥睨世俗的清高、坐拥高才的狂傲，笔法蕴藉而深远。

“仰天大笑出门去，我辈岂是蓬蒿人。”

临行之际，诗人把世俗的目光统统抛之脑后，欲将辅弼君王，使寰宇定一，海县清一的雄心壮志充溢胸中，他蹬鞍上马，仰天大笑，一手牵马缰绳，一手高扬，不曾回头，口中高呼——我辈岂是湮没于草野之间的乡民野客！经过前面的层层推演，诗人在结篇处将满腔激情喷涌而出，用他放浪形骸的狂人形象，宣告了他欲将大济苍生的不朽宣言！

全诗抛弃了李诗惯用的夸张想象之法，直陈其事，直抒其情，陈其事以尽其细节之生动形象，抒其情以尽其情感之热切恣肆，从而形成这首诗热切鲜明的风格，别具一格。

白云歌送刘十六归山[1]

楚山秦山皆白云[2]，白云处处长随君。
长随君，君入楚山里，云亦随君渡湘水。
湘水上，女萝衣[3]，白云堪卧君早归[4]。

注　释

① 刘十六：姓刘排行十六，名不详。

② 楚山秦山：分指楚地（今湖南一带）和长安，是刘十六归去和诗人相送之地。

③ 女萝衣：以女萝为衣。

④ 白云堪卧：南朝时，陶弘景隐于句曲山，齐高帝萧道成有诏问他“山中何所有？”他作诗答说：“山中何所有？岭上多白云。只可自怡悦，不堪持赠君。”从此白云便与隐者结下不解之缘了。早归：催促人起程，完全违背送行诗常见的留恋不舍的情绪。这里实是说诗人自己要早点归隐。

题 解

这首诗大约作于唐玄宗天宝元年（742），李白在长安为送别刘十六归隐湖南而作。全诗表达诗人送别刘十六之际，对刘十六的祝愿之意以及希望刘十六早日归隐的意愿。

赏 析

这首送别诗，一反送别诗表达分离殇别的常态，既抒写诗人真心祝福刘十六的归隐之行，也借刘十六此举暗示诗人心中郁结待归隐之举消解的怨艾。

天宝初年，已过不惑之年的李白，自视是君王眼中的蛾眉，然而终因朝中“珠玉买歌笑，糟糠养贤才”（《古风》其十五）的黑暗而陷入深深地失望之中。失望之余，归隐山中，高卧林间，成为他的隐衷。故而，当友人刘十六意欲归山之际，诗人写下此诗，寄寓深意。

诗题中明言送刘十六归山，点明题旨，而饰以“白云歌”一词就颇显诗人的匠心了。白云这一意象历来与归隐之意相关。唐王维《送别》诗云：“下马饮君酒，问君何所之？君言不得意，归卧南山陲（chuí）。但去莫复问，白云无尽时。”王维送友人归隐，末句以“白云无尽时”极写自己对友人归隐的羡慕向往之情。明人方弘静说：“《白云歌》无咏物句，自是天仙语，他人稍有拟象，即属凡辞。”可见，诗人虽然以白云之象贯穿全文，却将这首诗题为“白云歌”，直接将读者带入隐者清高自守的脱俗之境，诗经清远。

诗文中紧扣诗题“白云歌”，紧紧围绕白云这一意象，写景抒怀，煞是别致。

“楚山秦山皆白云，白云处处长随君”，起句清雅飘逸。刘十六归隐的出发地在秦地，归隐地在楚地，隔山隔水数千里，无妨，因为“长随君，君入楚山里，云亦随君渡湘水”，这一路上有白云为伴，随他渡湘水，随他入楚山里，处处与清趣相伴，宛若有飘逸之风吹送，跋山涉水也是歌。“白云”的顶针手法，将白云沿途诗意相送的情味暗自传达出来，情味悠长，且富有人情意味。另外，诗人以“楚山”“秦山”替代“楚地”“秦地”，用字刻意之中传达出诗人的匠心，山字较之地字更与诗题中的归山一词暗合，在空间上营造出与白云相应的归隐之境来，居于其间的隐者形象更为鲜明。

末句“湘水上，女萝衣，白云堪卧君早归”，诗人遐想刘十六行经湘水时，或可以遇以女萝为衣的山鬼。女萝，植物名，即松萝，多附生在松树上，成丝状下垂。屈原《九歌·山鬼》云：“若有人兮山之阿，被薜荔兮带女萝。既含睇兮又宜笑，子慕予兮善窈窕。”一个美丽的女神山鬼以喜悦的心情，为心上人精心打扮。“女萝衣”此处代指山鬼，山鬼“被石兰兮带杜衡，折芳馨兮遗所思”，精心装扮，折花以遗自己所思之人。汉代王逸注云：“所思，谓清洁之士若屈原者也。”诗人借《山鬼》的典故渲染隐逸之地的令人向往，就连山鬼也盛情以待。特别是，以屈原隐喻友人刘十六，更是对全诗的一个升华。“白云堪卧”，意即山间可隐，白云生处将是友人再好不过的归宿，言下颇有朝中难居之意。故而“君早归”三字，是诗人对刘十六选择归山的鼓励与羡慕，也是对自己“不堪卧白云”的现状的无奈，原来诗人既别友人，又借友人的酒杯浇自己心中之块垒，诗意蕴藉繁复。

李白的这首歌行诗，凡八句四十二字，实属短章，然而以白云之象串接全诗，使得诗歌意境清远、诗旨明晰，楚山、长随君、湘水、白云等词反复出现，兼之两处顶针手法的巧妙运用，形成诗歌回环复沓的节奏，使得诗歌声韵流转，诗人的情怀随之摇曳生姿。诗歌富有结构美、音乐美、主题美，可谓是歌行中的上佳之作。反复吟咏，可得其妙。

清平调（三首其一）

云想衣裳花想容，
春风拂槛露华浓①。
若非群玉山头现②，
会向瑶台月下逢③。

注　释

① 槛（jiàn）：栏杆的横木，泛指栏杆。《楚辞·招魂》：“坐堂伏槛，临曲池些。”露华浓：形容牡丹花带露时颜色鲜艳花朵娇媚的样子。

② 群玉：山名，传说中女神西王母所居的地方。

③ 会：当，应。瑶台：传说中西王母的宫殿。

题 解

清平调是歌的一种曲调，“平调、清调、瑟调”皆周房中之遗声。清平调三首是李白创作的组诗作品。据乐史《太真外传》记载，李白在长安供奉翰林期间的一日，唐玄宗和杨贵妃在兴庆宫沉香亭前赏牡丹，命李白来写新乐章，李白奉命写了这三首诗。清平调三首七言乐府诗，第一首以牡丹花比杨贵妃的美艳；第二首写杨贵妃的受宠幸；第三首把牡丹和杨贵妃与君王三者糅合，融为一体。这三首诗，虽为应制赋物之作，但构思奇巧，诗风清丽，自然巧妙，体现了诗人炉火纯青的艺术功力，不愧李白谪仙人的赫赫诗名。

赏 析

这首诗，妙在以牡丹花之艳譬喻杨贵妃之美艳，取譬生动别致，人面牡丹相映艳，构思奇巧。

“云想衣裳花想容，春风拂槛露华浓。”

首句写玄宗眼中的贵妃，身上着衣有如霓裳羽衣，面上容颜有如花朵盛放；丽服花容相辉映，愈显丽人娇美动人。然而李白用字却从拟人写起，一个“想”字，写丽人容颜娇艳，就连云儿也恋其容，想着为丽人作云裳；就连花儿也想着为丽人容颜增色。诗人的想象意出诗外，颇有谪仙人的夸张之风，然而以此笔法摹写古代四大美人之一的杨贵妃，诗的第一读者又是玄宗与贵妃本人，可以想见读诗人的君容与花容是如何以悦色示人的。次句写沉香亭中与玄宗并坐的杨贵妃，晨睡方醒后，容颜娇媚清新，一如沉香亭栏杆之外盛开的牡丹，习习春风拂上了牡丹花蕊顶端晶莹剔透的露珠，露珠莹润闪烁，愈显牡丹花容娇媚出尘。“露华浓”写花之美艳脱俗，以虚写实，侧面烘托，传神之至。“春风拂槛”暗写杨贵妃承蒙君王恩泽雨露，笔意含蓄，有御制赋物之意，但却妙无斧凿之痕迹。首句摹写杨贵妃华服丽容之形容，次句摹写杨贵妃娇媚脱俗之气质，均以花之形质譬喻出之，别致得紧。

“若非群玉山头现，会向瑶台月下逢。”

这两句诗，诗人宕开笔墨，不再落墨于杨贵妃的形容，而是用想象开拓表达空间：这样的如花之貌，应当只有在西王母所居之处才能见到，人间能得几回见。诗人采用互文手法设置仙境，“玉山、瑶台”均是西王母的宫殿所在，以此借代天神仙界，写杨贵妃的容颜一如仙境女子的容颜，娇媚脱俗。“玉山、瑶台、月色”这些意象的着色一例是纯净素雅，似乎以此暗示杨贵妃素雅的气质，如玉的面容，有如仙女降临人间，令人想往深远。

清平调（三首其二）

一枝红艳露凝香①，
云雨巫山枉断肠②。
借问汉宫谁得似，
可怜飞燕倚新妆③。

注　释

① 一枝红艳露凝香：写牡丹花。以花比喻杨妃之香艳。

② 云雨巫山：这里指杨贵妃的容貌过于美丽，让神女也嫉妒。

③ 可怜：可爱。飞燕：赵飞燕，西汉成帝的皇后，以貌美善舞出名。倚新妆：倚：倚靠，倚仗。形容美女穿华丽服饰时的神情姿态。

赏 析

这首诗，用字绮丽，诗意精妙、华丽、浮艳。

起句“一枝红艳露凝香”，写杨贵妃的香艳。杨贵妃不仅容颜娇美，而且香气怡人，“凝香”一词，写贵妃散发幽香，沁人心脾，较之上首的“露华浓”写贵妃的娇美出尘，这一词写人更为侧重贵妃的艳丽诱人，用字着色艳丽，富有表现力。

次句“云雨巫山枉断肠”，化用楚襄王高唐梦中与巫山神女云雨之会的故事，诗人思接仙界，让楚襄王为自己只能在梦中和巫山神女相会而枉自断肠。这一句诗人当是特意写给玄宗看的，楚襄王为只在梦中幽欢而枉自断肠，哪里比得上玄宗此刻面对红艳凝香的杨贵妃时的销魂悦目。这样跨越时空，跨越虚实之界的对比，不无夸张，然而却暗合玄宗贵妃二人此刻“情人眼里出西施”的玄妙心理，故而李白此笔颇有创意。

三、四句“借问汉宫谁得似，可怜飞燕倚新妆”，李白用“汉宫第一”的美女赵飞燕来与杨贵妃相比：汉宫之中，谁人能似贵妃这般艳冠群芳？怕是只有身着华服面带盛妆的赵飞燕可与之相媲美吧。汉成帝的皇后赵飞燕，不仅姿容俏丽千娇百媚，而且身段袅娜多姿，走路姿态如弱柳扶风，又如燕飞翩跹，万种风情，故名飞燕。如此绝代佳人，若想和杨贵妃相媲美，得倚仗新妆，哪里比得上眼前红颜凝香、让人为之断肠的杨贵妃，不施粉黛，无需新妆，便是绝代佳人。虽然环肥燕瘦，俱是佳人，然而李白悄然借用“倚新妆”一词，不着痕迹地突出杨贵妃的香艳色绝，甚是佳妙。

清平调（三首其三）

名花倾国两相欢①，
常得君王带笑看。
解释春风无限恨②，
沉香亭北倚阑干③。

注　释

① 名花：指牡丹。唐代对牡丹花特别器重，奉为国花。倾国：此指杨玉环。汉朝李延年《佳人歌》："一顾倾人城，再顾倾人国。"后人于是用倾国倾城做美女的代称。

② 解释：消除。无限：没有尽头。

③ 沉香亭：用沉香木建造的亭子，在唐兴庆宫龙池东面。阑干：栏杆。

赏 析

这首诗，相比于前两首，最富写实意味，然而不唯以花喻人，不唯摹写人之美艳，更将牡丹、美人、君王，三位融为一体，表现了三者的和谐，更表现了玄宗与美人之间的无限情深。

起首二句“名花倾国两相欢，常得君王带笑看”，写君王美人两情相悦之状。再笑“倾国”的美人犹如沉香亭外的国花牡丹，“两相欢”把牡丹和美人的花容人面交相辉映的静景写得富有动态，仿若名花与倾国同时被对方的姿容所打动；君王恩宠不易得，而要常得君王“带笑看”，更是不易。这两句，借用“两相欢”写美人与名花相得益彰的美，借用“带笑看”写君王笑赏观花美人的姿态。上下句勾连起来，使牡丹、杨妃、玄宗三位一体，熔铸一个画面里了，美人观花，君王看美人观花，花美，人更美，情更浓。

第三句的“解释春风无限恨”，春风一词，多用来比喻君王恩泽。魏曹植《上责躬应诏诗表》:“伏惟陛下德象天地，恩隆父母，施畅春风，泽如时雨。”此处的春风一语双关，既指春风，也指代君王。这一句遥接首句“名花倾国两相欢”所写的美人之姿，接着续写这份让君王“常笑看”的“两相欢”之态，顷刻间把君王的无限烦恼都消释驱除了。动了心的君王形象，侧面烘托出美人含情带笑的动人姿容。

末句“沉香亭北倚阑干”，写烦恼全消的君王，和美人一同倚靠沉香亭的栏杆，赏看亭外花事风流。两人之间“两相欢”的无穷意蕴则留待读者阖诗后独自慢品了。

这三首诗，前两首以花写人，花人一体，妙在构思奇巧，第三首以情串文，情在看人观花之中，妙在以实写虚。三章诗旨相近，笔法同中有异，各具其妙，语言或绮丽，或自然，诗风自然，几乎没有浮躁痕迹，将谪仙人飘逸出尘的风格体现得淋漓尽致。

下终南山过斛斯山人宿置酒[1]

暮从碧山下[2]，山月随人归。
却顾所来径[3]，苍苍横翠微[4]。
相携及田家[5]，童稚开荆扉[6]。
绿竹入幽径，青萝拂行衣[7]。
欢言得所憩，美酒聊共挥[8]。
长歌吟松风[9]，曲尽河星稀[10]。
我醉君复乐，陶然共忘机[11]。

注　释

① 终南山：即秦岭，在今西安市南，唐时士子多隐居于此山。过：拜访。斛（hú）斯山人：复姓斛斯的一位隐士。

② 碧山：指终南山。下：下山。

③ 却顾：回头望。却：退，回。所来径：下山的小路。

④ 苍苍：一说是指灰白色，但这里不宜作此解，而应解释苍为苍翠、苍茫，苍苍叠用是强调群山在暮色中的那种苍茫貌。翠微：青翠的山坡，此处指终南山。

⑤ 相携：下山时路遇斛斯山人，携手同去其家。及：到。田家：田野山村人家，此指斛斯山人家。

⑥ 荆扉：荆条编扎的柴门。

⑦ 青萝：又名松萝，一种攀生在石崖、松柏或墙上的植物。行衣：行人的衣服。

⑧ 挥：举杯。

⑨ 松风：古乐府琴曲名，即《风入松曲》，此处也有歌声随风而入松林的意思。

⑩ 河星稀：银河中的星光稀微，意谓夜已深了。

⑪ 陶然：欢乐的样子。忘机：忘记世俗的心机，不谋虚名蝇利。机：世俗的心机。

美酒聊共挥

题 解

这首诗写于李白在长安供奉翰林时。这首五言古诗通过描写诗人月夜造访终南山隐士，在田家饮酒，歌诗共乐的情景，表达诗人内心淡泊名利，忘情田家的田园情结。

赏 析

李白四十二岁时，奉诏入长安供奉翰林，在京城留居两年。这首诗，作于这个时期。

终南毓秀，唐时诗人多选择此地游玩或隐居。终南山，在长安南，距京城不远不近，士人择此地而隐，大半是因为，这个地理距离，进可以仕，退可以隐。意欲由布衣一跃而为卿相，生性爱自由的李白，心中对隐居的山林生活素有偏嗜，故而待诏翰林之初，依旧嗜酒任性，醉饮长安街头，甚至“天子呼来不上船”。只是，为官岂能任继兴，不久，朝中同侪就有人借故进谗言了。居于此境，恰逢遇得一位知己之士，二人诗酒同乐，诗人暂可抛开为官朝中的隐忧烦扰，暂得一时之享受，写诗记之，故有此诗。

下终南山过斛斯山人宿置酒，诗歌标题不短，交代了诗人写作此诗的主体内容，诗人从终南山下山时，偶遇斛斯山人后登门拜访了山人的家，斛斯山人留宿了诗人并置酒款待了诗人。

“暮从碧山下，山月随人归。却顾所来径，苍苍横翠微。”

这四句诗，写诗人傍晚下山途中所见终南山的景致，暮色渐起时，月明山翠。傍晚时分，诗人踏上了下山的路途，山边一轮明月渐渐高起，似乎是与下山的诗人相伴而归，送诗人踏上回程。回头看向来时的路，只见山路隐隐，山峦林壑皆被染上了苍苍暮色，终南山愈加苍翠了。其中“山月随人归”句,“归”字看似寻常，却暗写出诗人的心绪，白日终南山中游兴太浓，直到傍晚才依依不舍地从“碧山”下，诗人一路迤逦而行，看得山月，看得山碧，途中还回看来路，唯觉苍翠在目，心下并无游览的倦意。这样的开篇，不疾不徐，笔调轻快，写景如画，叙事简单，为下文诗人偶遇山人后仍有兴致应邀前往山人家中一游埋下了伏笔。这四句呼应了题目中的下终南山。

“相携及田家，童稚开荆扉。绿竹入幽径，青萝拂行衣。”

山人一般指隐士，又指山野之人，多是谦称。斛斯山人，在此应该是两种身份兼而有之，既隐于山中，亦躬耕于陇亩，故而言其家为“田家”。山间偶遇，诗人与山人一见如故，山人诚邀诗人前往家中一聚。两人携手共赴田家，其画面，颇有知音之遇的温暖与和谐。“童稚开荆扉”，义同陶潜《归去来兮辞》中的“僮仆欢迎，稚子候门”句，写山居生活中时有天伦之乐之义。山人所居环境，绿竹绕宅生，青萝悬枝垂，让人联想起陶潜吟咏“三径就荒，松菊犹存”的园中景致，虽然荆扉为门，但“宁可食无肉，不可居无竹”的清节之性隐然于这片绿竹青萝之中了。这四句呼应了题目中的过斛斯山人。

“欢言得所憩，美酒聊共挥。长歌吟松风，曲尽河星稀。我醉君复乐，陶然共忘机。”

这六句诗，写诗人与斛斯山人诗酒共乐的情景，写诗人陶然沉醉的感慨。“欢言得所憩，美酒聊共挥”，诗人与山人酒逢知己千杯少，美酒盛樽，举杯成饮，两人话语投机，把酒“欢言”，为了尽兴山人索性留宿诗人，以彻夜畅饮欢言。憩，本意为休息，此处指留宿。一夜的言笑把酒，所谓留宿其实不如说是小憩片刻更恰当，可见诗人遣词是刻意的。而“美酒聊共挥”句中借一“挥”字摹写二人豪饮不拘的样子，可谓诗人的创举了。这二人喝酒，喝的是兴致，与酒本身似乎无关了，因为挥樽之间，酒溢酒泼，襟前酒湿，床褥浸酒，怕是意兴盎然的诗人与山人无暇顾及的。

这一夜，二人长歌以啸，伴着《风入松》古琴曲，二人仿佛与这个月夜融为一体了，一曲歌罢，抬头望天，月色正明，不知不觉中，银河星数已经渐稀，原来夜已深了。诗人开篇携着山月从终南山上下来得遇山人，得山人盛情款待之后这里再次抬头凝望星稀时的山月，诗人的情思是前后呼应的，诗歌的结构也是前后呼应，浑然一体的。这四句呼应了题目中的宿置酒。

末二句诗，写二人其乐融融之态。诗人说，我是醉了的，你是快乐的，此际你我都忘记了得失荣辱、机智巧诈之心，乐在其中了。忘机本是道家用语，指消除机巧之心。常用以指甘于淡泊，与世无争。《列子·黄帝》说海上有一个人喜欢鸥鸟，每天坐船到海上，鸥鸟下来跟他一起游玩，在他手中吃食。一天他父亲对他说：“吾闻鸥鸟皆从汝游，汝取来吾玩之。”他就存了捉鸟的心，这鸥鸟就飞而不下，因为那个人存了“机心”，就是别人要捉它的机心。而“忘机”，则是说把得失荣辱的机智巧诈之心都忘记了。唐王勃《江曲孤凫赋》：“尔乃忘机绝虑，怀声弄影。”斛斯山人是道家人，以道家语劝慰，语出平常，很是自然，然而诗人却与此词颇有深味。“忘机”一词隐示出诗人在终南山之外的那个世界里不能忘机的苦恼，也隐示出诗人不屑中伤，寄情田家，旷达以对的心态，结篇有隐意，诗人却淡言，须得读者细心体味才是。

只是不成想一语成谶，京中只两年，李白被玄宗赐金放还，再回山中，真正要过“忘机”山中的生活了，能否再得其乐，那就是后话了。

登太白峰

西上太白峰①，夕阳穷登攀②。
太白与我语③，为我开天关④。
愿乘泠风去⑤，直出浮云间。
举手可近月，前行若无山。
一别武功去⑥，何时复更还？

注　释

① 太白峰：即太白山。在今陕西眉县、太白县一带。山峰极高，常有积雪，南与武功山相连。
② 穷：尽。这里是到山顶的意思。
③ 太白：指太白金星。这里喻指负责天宫外交的仙人。
④ 天关：古星名，又名天门。这里指天宫之门。关本义为门闩，开天关就是打开天上的宫门。
⑤ 泠（líng）风：轻妙的微风。
⑥ 武功：武功山，在今陕西武功县南。古谚说“武功太白，去天三百”，意为非常高。

题　解

唐玄宗天宝元年（742），李白应诏入京供奉翰林，时年四十二岁的李白，闻诏喜出望外，踌躇满志，以为终于可以实现他“寰区大定”“愿为辅弼”的政治抱负了。可是风光未久，李白就发现所谓供奉翰林，就是做个以文学词章而备顾问的侍从，与他的政治抱负相距千里，李白为此苦闷不已。这首《登太白峰》借助上达天宇的瑰奇想象，曲折地反映了诗人对现实的不满和对理想世界的憧憬，颇富浪漫主义特色。

赏　析

“西上太白峰，夕阳穷登攀。”

诗的开头两句，起势奇突：我从西边攀登太白山，直到夕阳落晖遍山，我才登抵峰顶。句中置一“穷”字，含义颇丰，既委婉表现诗人不畏山陡、竭力登峰的精神状态，亦从侧面描写太白山山高峰峻的形貌。太白峰，历来以山高峰秀、常年积雪而闻名，有道是：“武功太白，去天三百。”峰高如此，更激发了诗人“穷登攀”的豪情，豪情与峻峰就此融汇，此情此景，登临峰顶时，情怀满满。

“太白与我语，为我开天关。”

登顶太白后，诗人无暇俯瞰凡界，因为天宫的外交大使太白金星，对诗人一见如故，与他倾诉衷情，并且恭敬地为他打开天宫的大门。天界的神仙太白金星向凡间来客主动示好，诗人塑造这样富有亲和力的神仙形象，是否暗示着诗人在现实中所遇之人的难以趋同。更为巧妙的是，对太白峰的高峻雄伟诗人不着一字去写，却借助于自己与神仙在天界亲密交谈的奇特细节出之，以虚写实，实在是匠心别具的一笔。

“愿乘泠风去，直出浮云间。举手可近月，前行若无山。”

太白金星为诗人将天宫大门洞开，诗人就要去仙界遨游一番了。诗人将乘坐什么交通工具做这番畅游呢？他说：我愿驾乘一阵小风，轻然前行，不疾不徐，在天界的云雾之间出入，慢赏沿途景致。不乘孙悟空的筋斗云，一翻十万八千里，只愿乘着习习清风，飘然前行，自由穿行于浓云重雾之间。在天界开阔的境界里，轻快自在，自由飞升，不由让人联想到《庄子·逍遥游》中“御风而行，泠然善也”的例子，自然生出羽化升仙的出世之思。现世的生活太紧迫，不妨在想象的仙界“泠然善也”，诗人在想象中的轻快自由恰恰是逼仄无奈的现世生活的反照。想象越瑰奇，现世越逼迫。

诗人逸兴遄飞，御风而行，抬手捧月，似乎一轮圆月触手可及，泠然前行，飞越重峦叠嶂，似乎没有一座山峦可以挡住诗人飞升的步履。“危楼高百尺，手可摘星辰。”摘星也罢，近月也罢，诗人在许多诗歌中表达了这种摘星追月之想，幻想飞离尘世，摆脱俗气，飞跃阻碍，追求自由，希望抵达一个光明理想的世界。

这四句诗，以瑰伟奇特的想象驱遣诗人的行止，构思出奇制胜，极富积极浪漫主义精神，成为全诗的高潮所在。

“一别武功去，何时复更还？”

太白之巅，诗人幻想乘风飞升，抵达心中一方理想的世界，然而不经意的回首之间，望见武功山，心中陡然升起一丝眷恋：此去武功山，何时才能再返此山呢？原来仙人之念只是一时一地之想，“谪仙人”原是诗人的本色，留恋凡间，渴望在凡间有所作为的念头耿耿在怀。踌躇满志入长安的诗人，出入翰林中，却遭“帝用疏之”（李阳冰《草堂集序》）的不幸。郁郁之余，登峰而幻想远离人世，可是终究放不下“原为辅弼”的抱负，临飞之际，叹言“何时复更还？”欲去还留，纠结挣扎于出世与入世之间的心态，所谓“谪仙人”的形象也。

在这首诗中，李白驰骋想象，时而与神仙比肩，时而御风浮云，时而飞升近月，时而目回武功，将自己的理想寄托在天外世界，将自己割舍不掉的现实世界浓缩在一座武功山上。诗歌意境雄奇开阔，诗歌结构大开大合，全诗带有浓郁的浪漫主义特色，正如晚唐皮日休所言：“言出天地外，思出鬼神表。”读来酣畅淋漓。

蜀道难[1]

噫吁嚱，危乎高哉！蜀道之难难于上青天！
蚕丛及鱼凫，开国何茫然[2]！
尔来四万八千岁，不与秦塞通人烟[3]。
西当太白有鸟道，可以横绝峨眉巅[4]。
地崩山摧壮士死，然后天梯石栈相钩连[5]。
上有六龙回日之高标[6]，下有冲波逆折之回川[7]。
黄鹤之飞尚不得过，猿猱欲度愁攀援[8]。
青泥何盘盘，百步九折萦岩峦[9]。
扪参历井仰胁息[10]，以手抚膺坐长叹[11]。
问君西游何时还[12]？畏途巉岩不可攀[13]。
但见悲鸟号古木[14]，雄飞雌从绕林间。
又闻子规啼夜月[15]，愁空山。
蜀道之难难于上青天，使人听此凋朱颜[16]！
连峰去天不盈尺[17]，枯松倒挂倚绝壁。
飞湍瀑流争喧豗[18]，砯崖转石万壑雷[19]。
其险也如此，嗟尔远道之人，胡为乎来哉[20]！
剑阁峥嵘而崔嵬[21]，一夫当关，万夫莫开[22]。
所守或匪亲[23]，
化为狼与豺，朝避猛虎，夕避长蛇，
磨牙吮血[24]，杀人如麻。
锦城虽云乐[25]，不如早还家。
蜀道之难，难于上青天，侧身西望长咨嗟[26]！

注 释

① 《蜀道难》：古乐府题，属《相和歌·瑟调曲》。噫吁嚱（xī）：惊叹声，蜀方言。宋庠《宋景文公笔记》卷上："蜀人见物惊异，辄曰'噫吁嚱'。"

② 蚕丛、鱼凫：传说中古蜀国两位国王的名字，蚕丛是古蜀国的开国蜀王，擅长养蚕，教民养蚕，是华夏第一个把山上野蚕变为家蚕的人；鱼凫氏是古蜀国五代蜀王中继蚕丛、柏灌之后的第三个氏族，教民捕鱼，发展蜀国经济。何茫然：难以考证。何：多么。茫然：渺茫。

③ 尔来：从那时以来。四万八千岁：极言时间之漫长，夸张而大约言之。秦塞：秦的关塞，指秦地。通人烟：人员往来。

④ "西当"二句：西边面对太白山是仅有飞鸟可以飞跃的小道，其高超越峨眉山峰顶。当：对着，向着。太白：太白山，又名太乙山，在长安西（今陕西眉县、太白县一带）。鸟道：只有鸟能飞过的小路，形容路极为艰险。横绝：横越，横跨。

⑤ "地崩"二句：《华阳国志·蜀志》："秦惠王知蜀王好色，许嫁五女于蜀。蜀遣五丁迎之。还到梓潼，见一大蛇入穴中。一人揽其尾掣之，不禁，至五人相助，大呼拽蛇，山崩时压杀五人及秦五女并将从，而山分为五岭。"之后才有极其陡峭的山路和石栈出现在蜀道上。摧：倒塌。天梯：非常陡峭的山路。石栈：栈道。

⑥ "六龙"句：指置身蜀道上可看到蜀山最高峰。六龙回日：《淮南子》注云："日乘车，驾以六龙。羲和御之。日至此面而薄于虞渊，羲和至此而回六螭。"螭即龙。高标：指蜀山中可作一方之标识的最高峰。

⑦ 冲波：水流冲击腾起的波浪，这里指激流。逆折：水流回旋。回川：有漩涡的河流。

⑧ "黄鹤"二句：用黄鹤不得飞过，猿猱愁攀援来侧面烘托蜀道高不可攀。黄鹤，传说中的仙鹤；或指黄鹄（hú），善于高飞，一飞千里。尚：尚且。得：能。猿猱（náo）：蜀山

中最善攀援的猴类。

⑨ “青泥”二句：状写青泥岭的山路崎岖。青泥岭，在今甘肃徽县南，陕西略阳县北。盘盘：回曲貌。百步九折：百步之内拐九道弯。萦：盘绕。岩峦：山峰。

⑩ 扪参（shēn）历井：参、井是二星宿名。古人把天上的星宿分别指配于地上的州国，叫做“分野”，以便通过观察天象来占卜地上所配州国的吉凶。参星为蜀之分野，井星为秦之分野。扪：用手摸。历：经过。胁息：屏气不敢呼吸。

⑪ 膺：胸。

⑫ 君：入蜀的友人。

⑬ 畏途：可怕的路途。巉（chán）岩：险恶陡峭的山壁。巉：山势高峻。

⑭ 但见：只听见。号古木：在古树木中大声啼鸣。

⑮ 子规：即杜鹃鸟，蜀地最多，鸣声悲哀，若云“不如归去”。

⑯ 凋朱颜：使人变老了。

⑰ 去：距离。盈：满。

⑱ 飞湍（tuān）：飞奔而下的急流。喧豗（huī）：水流轰响声。

⑲ 砯（pīng）崖：水撞石之声。转：转动。

⑳ “嗟尔”两句：嗟，感叹声；尔：你；胡为：为什么；来，指入蜀。

㉑ 剑阁：又名剑门关，在四川剑阁县北，是大、小剑山之间的一条栈道，长约三十里。峥嵘、崔嵬，都是形容山势高大雄峻的样子。

㉒ 一夫：一人。当关：守关。莫开：不能打开。

㉓ 所守：指把守关口的人。或匪亲：倘若不是可信赖的人。匪，同“非”。

㉔ 吮：吸。

㉕ 锦城：今四川成都市。

㉖ 咨嗟：叹息。

题 解

这首诗，写于李白在长安供奉翰林期间。李白送友人王琰入蜀，作诗劝言友人，此去蜀道难行，切勿羁留蜀地，早日返回长安，以免遭遇谗佞小人。全诗二百九十四字，沿用乐府旧题，以天马行空的想象，用荡气回肠的文字，描摹秦蜀道路上的陡峭艰险，表露了诗人在追求理想道路上的艰难之叹，同时透露出诗人对盛唐气象后某些社会隐忧的忧虑与关切。山川之险言蜀道之难，给人以回肠荡气之感，充分显示了诗人的浪漫气质和热爱祖国河山的感情。诗中诸多的画面此隐彼现，无论是山之高，水之急，河山之改观，林木之荒寂，连峰绝壁之险，皆有逼人之势，其气象之宏伟，其境界之阔大，确非他人可及。正如清代诗评家沈德潜所盛称："笔势纵横，如虬飞蠖动，起雷霆于指顾之间。"

赏 析

这首送别诗，写得荡气回肠，极富浪漫主义气息，令人读之欲罢不能。据说当时在朝中任要职的名士贺知章读了《蜀道难》，直呼李白为"谪仙人"。

全诗共三章，以"蜀道之难难于上青天"为核心句，串起全文。这句点题诗句，直抒胸臆，高声慨叹蜀道之难，像交响乐的主旋律在全诗三章中依次出现，激荡人心，有层递强化、一唱三叹之妙。宋人欧阳修也曾说："蜀道之难，难于上青天，太白落笔生云烟。"

第一章紧扣"蜀道难"的题旨，将历史传说与生动描摹融为一体，将蜀道之难写得神奇之至。

诗人开篇一声惊呼"噫吁嚱"，先声夺人，情感强烈，"危乎高哉"的蜀道突兀现眼前，有令人仰视而瞠目之观感。这样强烈的抒情，为全诗奠定了雄奇奔放的基调。接下来诗人高呼"蜀道之难难于上青天"。蜀道如何竟比上青天还难呢？此言绝非诗人妄言，有历史传说为证，"蚕丛及鱼凫，开国何茫然！尔来四万八千岁，不与秦塞通人烟。"很久很久以前，蜀道与秦地无路可通，大约四万八千年前，古蜀国的开国蜀王蚕丛和后来的蜀王鱼凫，为了迁移蜀地，带领部族在蜀地发展经济，不知经历了多少不可言说的艰难困苦，才有了最初的蜀道。“西当太白有鸟道，可以横绝峨眉巅。”由秦入蜀，太白山首当其冲，人不得过，唯有鸟迹留痕，西对太白山的蜀道高高在上，其势高过峨眉山峰顶。“鸟道”的夸饰之词，传神的写出蜀道隐于幽眇深林高不可攀的神秘感。“地崩山摧壮士死，然后天梯石栈相钩连。”秦惠王以美色诱使蜀王派出五丁开山辟道，终而以五丁美女俱埋山石之下为代价而有了通往秦地的蜀道，这样传奇的传说故事，以夸张之词写出了蜀道不可逾越的险阻，也给这条难于上青天的蜀道蒙上了神秘奇幻的色彩。

“上有六龙回日之高标，下有冲波逆折之回川。黄鹤之飞尚不得过，猿猱欲度愁攀援。青泥何盘盘，百步九折萦岩峦。扪参历井仰胁息，以手抚膺坐长叹。”这八句极写山势的高危。一二句以山之高、水之险，写行路之难。山之高羲和为证，当日御日，驾六龙至此面而面临于虞渊，于是回驾，高标接天的蜀道让日神也遇之却步，山下则是冲波激浪、曲折回旋的急流，令人望而生畏。诗人将神话的夸张与生动的描写相融汇，山高水险，互相映衬，富有视觉冲击力。这样诗人仍意犹未尽，三四句又借善于高飞的黄鹤与长于攀援的猿猱也不得攀越蜀道来反衬“蜀道之难”，以虚写实，强化其难。五六句直接描写青泥岭的回环屈曲，山势峻危，百步之内九曲回肠，虽然不免夸张之词，但有了前面山高的铺垫，此处再写人行其上曲折盘桓的艰难，便是水到渠成了。七八句摹写行于蜀道的人的神态如在目前，行人手抚星辰、顿觉与天相接不禁呼吸紧张，以手抚胸唯余长叹，寥寥数语，写出行人的惶悚惊惧，直接呼应题目“蜀道难”。

写至此处，蜀道之难已至绝处，似乎难以逢生，但诗人笔锋一转，借“问君西游何时还？畏途巉岩不可攀”引出行旅之愁。第二章，诗人紧扣“蜀道险”的题旨，通过营造林木荒寂、杜鹃悲啼的行旅环境，通过摹写沿途的绝壁之险，凸显行路之愁。

“但见悲鸟号古木，雄飞雌从绕林间。又闻子规啼夜月，愁空山。蜀道之难难于上青天，使人听此凋朱颜！”林木荒寂，杜鹃悲啼，行路之人闻之色变，孤身行路的空寂与苍凉的夜月结伴而行，愈觉凄凉！还未从荒寂的夜色中走出，就遇到了更为奇险的声色世界，“连峰去天不盈尺，枯松倒挂倚绝壁。飞湍瀑流争喧豗，砯崖转石万壑雷。”山高接天，枯松突兀，急流飞奔，水石相撞，山谷轰鸣，其声有如雷鸣，其险也如此，步步惊险，令人目不暇接，又惊心动魄了。写蜀道之高，俗语道“武功太白，去天三百”，可是诗人却道“去天不盈尺”，这种超前夸张令观者似有临峰窒息的感受；写蜀道之险，“万壑雷”声震千山万壑，夸张其势，令人心惊的同时似乎亲眼目睹千沟万壑里山石轰鸣的场面。在迤逦千里的蜀道之上，铺天盖地的惊险接踵而至啊，诗人不禁要问友人：“嗟尔远道之人，胡为乎来哉！”你为何要踏上这动人心魄的蜀道啊！这一章，以问起笔，又以问结束，中间以排山倒海地铺写蜀道之险运文，用对友人的关切担忧侧面表现蜀道之难，前后呼应，结构浑然一体，在第一章写蜀道之高的基础上，再进一层，写蜀道之险，深化诗题。

第一章写蜀道之高，第二章写蜀道之险，第三章落笔蜀中要塞——剑阁，写剑阁之险恶。

“剑阁峥嵘而崔嵬，一夫当关，万夫莫开。”剑阁历来是蜀中要道，长达三十里的栈道，连接如剑之山峰，故得名。据此险地，易守难攻，一人把守，千军万马也奈何不得他。“所守或匪亲”源出西晋张载《剑阁铭》中“形胜之地，匪亲勿居”之句，暗示诗人的警劝之意，希望当朝统治者警惕蜀中“豺狼”与猛虎长蛇“磨牙吮血，杀人如麻”。诗人洞见了太平盛世背后隐匿的重重危机，并以取譬设喻的方法委婉讽之。“锦城虽云乐，不如早还家。”故而诗人婉言劝慰友人早日去蜀还家。结末诗人再次高呼“蜀道之难，难于上青天”，并最终以友人“侧身西望长咨嗟！”的形象收束全诗。

这首荡气回肠的乐府古诗，用浪漫主义手法，以变化莫测的笔法，神奇魔幻的神话传说，天马行空的想象，恣意的夸张，酣畅淋漓的描摹，艺术地展现了古老蜀道的高峻、艰险、奇恶之象，创造出雄奇阔大的艺术境界，寄寓了诗人强烈的感慨，具有极高的艺术造诣，是李白最为重要的代表作之一。

送友人入蜀

见说蚕丛路[①]，崎岖不易行。
山从人面起[②]，云傍马头生[③]。
芳树笼秦栈[④]，春流绕蜀城[⑤]。
升沉应已定[⑥]，不必问君平[⑦]。

注　释

① 见说：唐代俗语，即“听说”。蚕丛：蜀国的开国君王。蚕丛路：代称入蜀的道路。

② 山从人面起：人在栈道上走时，紧靠峭壁，山崖好像从人的脸侧突兀而起。

③ 云傍马头生：云气依傍着马头而上升翻腾。

④ 芳树：开着香花的树木。秦栈：由秦（今陕西省）入蜀的栈道。

⑤ 春流：春江水涨，江水奔流。或指流经成都的郫江、流江。蜀城：指成都，也可泛指蜀中城市。

⑥ 升沉：进退升沉，即人在世间的遭遇和命运。

⑦ 君平：西汉严遵，字君平，隐居不仕，曾在成都以卖卜为生。

题 解

这首诗与《蜀道难》同写于李白在长安供奉翰林的时候。友人王琰为功名要入蜀求仕，诗人在诗中想象蜀道沿途的奇丽险峻之景，暗示友人勿要羁留蜀地，早日回归长安，勿把宦海沉浮看得过重，不妨顺其自然。

赏 析

《蜀道难》着意突出“蜀道之难难于上青天”的题旨，故而写景重在凸显蜀道的高峻艰险，而这首诗着意在劝慰友人勿要以功名利禄为上，不妨顺其自然，随遇而安，故而写景偏于表现蜀道沿途的奇丽险峻，暗示诗人人生险恶难测，宦海沉浮难定，且自淡定。

全诗紧扣“送”字行文。

前四句写送别之际，诗人对友人此行的担忧，但是以景驱情，以蜀道沿途的景致代言诗人对友人入蜀求仕之举的隐忧。

“见说蚕丛路，崎岖不易行。山从人面起，云傍马头生。”

见说，是唐代俗语，是“听说”的意思，诗人以听闻的传言叮嘱友人对此行可能遇到的困难要有足够的心理准备。蜀道之难始于蚕丛，而今蜀道仍是崎岖险阻不易行。忽见山崖陡峭，旋即又见石壁迎面而来，直逼人面；山间云影雾绕，骑马走在其间，但见云气依傍着马头升起翻腾，宛若蹑足于云间仙境。没有《蜀道难》“噫吁嚱”的高声惊呼，也没有“蜀道之难难于上青天”的激情感慨，诗人面对友人，娓娓道来，语气平和，似话家常，在平淡自然中倾诉自己对友人的关切担忧。首联化用蚕丛王开国艰难的典故，以神话传说的神奇点化蜀道之难，将蜀道之难写得颇具自然伟力；颔联写景历来被称为李白的创意之笔，诗人摹写蜀道之险，不以惊悚的字眼出之，不写“连峰去天不盈尺”“飞湍瀑流争喧豗”的雄奇壮观，而是轻言巧语，以栈道上山逼人面、云傍马生两个静景特写无言出之，在全然的静寂之中，凸显蜀道层峦叠嶂中一峰突起，如对绝壁，如临深谷的惊险、高危。这番想象诡异出奇，境界绮丽，险象丛生中，景致气韵飞动。

“芳树笼秦栈，春流绕蜀城。”

诗的颈联，诗人笔锋一转写蜀道绮丽动人的风光。蜀道之上，有险象迭生的绝壁栈道，更有优美如画的芳草萋萋，树木葱茏。树影婆娑之下，秦栈道倚壁而建，更显秀丽与奇险的绝妙组合，栈道之下，一谷春水绕山而流，迤逦绕行蜀地城邑而去。其中前句中的“笼”字，因描摹形象、用字别致多被后人称为“诗眼”；它与后句中的“绕”字，一静一动，前后呼应，在严密工对的凝炼表达中，将蜀道的蓊郁奇险、山水灵动熔铸在一个动静皆宜的自然世界里。如此怡悦人心的俊山秀水，想必会让入蜀的友人，借此获得一种心灵上的抚慰与洗涤吧。

“升沉应已定，不必问君平。”

尾联，诗人宕开笔墨不再写景，以议论表达对友人此次入蜀的劝慰，卒章显志。友人为着功名富贵，不顾蜀道艰险，一心入蜀，诗人临别赠言，语含劝慰之意：宦海沉浮由来不由人，个人的官运仕途，真正是富贵有命，升沉在天，何必执著地一定要去询问卖卜为生的隐士严君平呢？西汉人严遵，字君平，汉成帝时隐居成都市井中，以卜筮和讲授易经及老子之学为生，是扬雄的老师。严君平隐而不仕的身份被李白借以劝诫即将入蜀的友人，不要执念于功名富贵之中，人生且自适也。李白此番劝解中不乏自我劝慰之意，意欲“寰宇大定”“愿为辅弼”的李白，偏偏生性爱自由，他常常在出世入世间纠结、犹疑。故而尾联写得语意含蓄，余味深长，友人闻之怕是要回味良久了，诗人吟罢，怕是要思忖良久了。

这首五言律诗，被诗家誉为“五律正宗”。颔联和颈联的对仗，语言凝炼，工对严整，颔联写奇险之境，颈联绘绮丽之景，笔力变幻迅速，诗歌意境灵动多变，尤为读者称道。首联以传说的神奇开启诗歌中神秘的蜀道之门，尾联以谆谆劝言结篇，引发友人深思，突显诗旨，富有韵味。全诗诗风变幻多端，遣词大胆而独具匠心，诗歌音律铿然，气韵流动，读之令人心下生叹。

江上吟

木兰之枻沙棠舟[1]，玉箫金管坐两头[2]。
美酒樽中置千斛[3]，载妓随波任去留[4]。
仙人有待乘黄鹤[5]，海客无心随白鸥[6]。
屈平词赋悬日月[7]，楚王台榭空山丘[8]。
兴酣落笔摇五岳[9]，诗成笑傲凌沧洲[10]。
功名富贵若长在，汉水亦应西北流[11]。

注　释

① 木兰：即辛夷，香木名。枻，船桨。《九歌·湘君》："桂棹兮兰枻。"沙棠：木名。南朝梁任昉《述异记》："汉成帝与赵飞燕游太液池，以沙棠木为舟。其木出昆仑山，人食其实，入水不溺。"木兰枻、沙棠舟，形容船和桨的名贵。

② 玉箫金管：用金玉装饰的箫笛。此处指吹箫笛等乐器的歌伎。

③ 樽：盛酒的器具。置：盛放。斛：古时十斗为一斛。千斛，形容船中置酒极多。

④ 妓：歌舞的女子。

⑤ 乘黄鹤：用黄鹤楼的神话传说。黄鹤楼故址在今湖北省武汉市武昌西黄鹤山上，下临江汉。旧传仙人子安曾驾黄鹤过此，因而得名。一说是费祎乘黄鹤登仙，曾在此休息，故名。

⑥ 海客：海边的人。《列子·黄帝篇》："海上之人有好沤鸟者，每旦之海上，沤鸟之至者百住而不止。其父曰：'吾闻沤鸟皆从汝游，汝取来，吾玩之。'明日之海上，沤鸟舞而不下也。"

⑦ 屈平：屈原名平，战国末期楚国大诗人，著有《离骚》《天问》等。《史记·屈原贾生列传》评价《离骚》是："自疏濯淖污泥之中，蝉蜕于浊秽，以浮游尘埃之外，不获世之滋垢，皭然泥而不滓者也。推此志也，虽与日月争光可也。"

⑧ 榭：台上建有房屋叫榭。台榭，泛指楼台亭阁。楚灵王有章华台，楚庄王有钓台，均以豪奢著名。

⑨ 兴酣：诗兴浓烈。五岳：是中国五大名山的总称。即东岳泰山、西岳华山、北岳恒山、中岳嵩山、南岳衡山。

⑩ 沧洲：江海。凌：凌驾，高出。

⑪ 汉水：发源于陕西省宁强县，东南流经湖北襄阳，至汉口汇入长江。汉水向西北倒流，比喻不可能的事情。

题 解

这首诗作于唐玄宗开元二十二年（734），此时诗人游历于江夏。江，指汉江。这首诗以在汉江上遨游所思所感写起，表达了诗人对庸俗现实的蔑弃和对自由美好理想的追求。

赏 析

诗人开篇塑造了一个自由美好又远离纷繁现实的世界："木兰之枻沙棠舟，玉箫金管坐两头。美酒樽中置千斛，载妓随波任去留。"桨是香木做成的，船也是由名贵的沙棠木制作而成。那精美的乐器放在船的两头，美酒更是多得不可胜数，就在这样奢华的船上，载着歌伎在江上纵情的游玩。

紧接着诗人陈述自己的洒脱姿态："仙人有待乘黄鹤，海客无心随白鸥。屈平词赋悬日月，楚王台榭空山丘。"天上的仙人离开了仙鹤已经无法在天空遨游，而像我们这些无欲无求的船上人，心早已随着那洒脱的白鸥远行。屈原的辞赋与日月同辉，而喧嚣一时的楚王台榭如今只剩下了空空的山丘。

"兴酣落笔摇五岳，诗成笑傲凌沧洲。功名富贵若长在，汉水亦应西北流。"我乘着酒兴落笔，五岳也会摇抖。而当诗文写好之时，那江海便在我的脚下臣服。功名与富贵都是过眼云烟无法长久，哪天要是真的长久存在，那汉水也应该自东向西而流了。

这首诗气势豪放，一气呵成，读来颇有张力。清代学者王琦高度评价这首诗的结构："似此章法，虽出自逸才，未必不少加惨淡经营，恐非斗酒百篇时所能构耳。"（《李太白文集》卷七《江上吟》注）

行路难[1]（三首其一）

金樽清酒斗十千，玉盘珍羞直万钱[2]。
停杯投箸不能食，拔剑四顾心茫然[3]。
欲渡黄河冰塞川，将登太行雪满山。
闲来垂钓碧溪上，忽复乘舟梦日边[4]。
行路难，行路难，多歧路，今安在[5]？
长风破浪会有时，直挂云帆济沧海[6]。

注 释

① 行路难：乐府旧题。

② 金樽（zūn）：古代盛酒的器具，以金为饰。清酒：清醇的美酒。斗十千：一斗值十千钱（即万钱），形容酒美价高。玉盘：精美的食具。珍羞：珍贵的菜肴。羞：同“馐”，美味的食物。直：通“值”，价值。

③ 投箸（zhù）：丢下筷子。不能食：咽不下。茫然：无所适从。

④ “闲来”二句：暗用典故，姜太公吕尚曾在渭水的磻溪上钓鱼，得遇周文王，助周灭商；伊尹曾梦见自己乘船从日月旁边经过，后被商汤聘请，助商灭夏。碧：一作“坐”。忽复：忽然又。

⑤ 多歧路，今安在：岔道这么多，如今身在何处？歧：一作“岐”，岔路。安：哪里。

⑥ 长风破浪：比喻实现政治理想。据《宋书·宗悫传》载，宗悫少年时，叔父宗炳问他的志向，他说“愿乘长风破万里浪”。会：当。云帆：高高的船帆。船在海里航行，因天水相连，船帆好像出没在云雾之中。济：渡。

拔剑四顾心茫然

题 解

《行路难》三首，是组诗，也是李白浪漫主义诗作中的代表作。大概写于唐玄宗天宝三载（744），李白因同侪排挤生谤而被玄宗赐金放还，无奈离开长安之际。组诗以诗人满腔政治抱负难以实现为主题，内容上紧密联系，不可分割，同时三首表达又各有侧重。

第一首，全诗情绪多变，但所有的情绪都殊途同归，指向表达诗人行路途中的艰难，寄寓诗人在追求理想过程中遭遇的种种情感，然而诗人并未耽于痛苦不可自拔，在结句仍然表达出昂扬向上的乐观情绪来。或激昂、或低落、或疑惑、或畅然，书写意象充满着戏剧张力，夸张、丰满；长短句的率性变化和众多典故的引用，让诗歌既灵动又深厚。本诗不愧为李白浪漫主义的代表作。行路难三首紧密联系，不可分割。

赏 析

生性喜欢在路上的李白，在离开只待了两年之久的长安时，重新上路，却一再慨叹“行路难”了。

“金樽清酒斗十千，玉盘珍羞直万钱。”

诗歌伊始，诗人就呈现出一副畅怀豪饮、饕餮珍馐的架势，不惜一掷千金，似乎只为在这饕餮盛宴之中买得一醉方休。杜甫《寄李十二白二十韵》中盛赞李白“嗜酒见天真”，恣意享用这十千清酒万钱珍馐之后，诗人会有怎样的天真之态，实在是引诱得读者心向往之了。

“停杯投箸不能食，拔剑四顾心茫然。”

不曾想，友人不吝金钱为他设下的盛宴，偏偏勾起了诗人心中郁积的痛来：金樽举起未及嘴边，又被放回桌案，筷子拿起未及搛菜，又被撂回桌面。诗人索性离开座席，拔出腰间宝剑，举目四顾却满心茫然，不知将剑指何方。饮之无意，食之无味，朋友的一片盛情也无法抚平诗人心中暗涌的波澜，拔剑四顾无处指，英雄无路可去的苦痛，全然熔铸在这一个“茫然”的表情中了。

“欲渡黄河冰塞川，将登太行雪满山。”

诗人心中满是渡河登山，不畏艰险的豪情壮志。然而，人生难料，冰塞黄河，雪满太行，纵有凌云之志，又怎能抵达彼岸，登至巅峰？这两句写景历来是诗家推崇备至的佳句。诗人暗用比兴，以黄河冰阻、太行雪拥来比喻自己“仰天大笑出门去”到京城却遭君王无情弃用的政治命途，形象鲜明，寄寓深刻，同时回扣了诗题“行路难”而不着痕迹。

“闲来垂钓碧溪上，忽复乘舟梦日边。”

诗人心中茫然之际，想到了也曾郁郁不得志的贤能之士。姜太公吕尚年届九十，直钩垂钓于渭水的磻溪上，得遇周文王，成为一代名相，助周灭商；奴隶出身的伊尹，在接受商汤任用之前也曾梦见自己乘舟从日旁绕过。这二人终有所为的经历，对诗人不啻是最有力的励志故事，从来不走死胡同的诗人，从这两位历史人物身上，获得了新生的力量。

“行路难，行路难，多歧路，今安在？”

诗人的情绪是捉摸不定的，刚刚获得心灵的抚慰，转眼瞻望前路，却见歧路多有，诗人寻找不到出路，再一次陷入人生的犹疑之中，苦闷呐喊“今安在？”这四句诗，皆是三字短句，成为全诗中结构最独特的存在，前两句在反复吟咏中，震响诗人的痛苦，后两句以无解的自问，加剧诗人心中的苦闷。痛苦是一种轮回，新生更是。诗人的心绪在矛盾纠结中反反复复，最终，自诩“我辈岂是蓬蒿人”的谪仙人，竭力摆脱歧路上的彷徨犹豫，再次找到上路的信心，于是在诗歌结篇高呼：

“长风破浪会有时，直挂云帆济沧海。”

展望前路，黄河冰川总有融化之时，太行拥雪总有消融之季，诗人不畏路障重重，自信终有一天自己要像刘宋时的宗悫一样，乘着长风，高挂云帆，冲破万里波浪，抵达沧海的彼岸。李白始终有着强烈的用世思想，尽管行路艰难，理想有时倍显邈远，但是执着倔强的诗人，常常能够突破现实的桎梏，用自己的力量重拾信心，展示出诗人内心强大的自我救赎的精神力量。结尾将之前多变的情绪统统抛却，消解痛苦，转化力量，诗人的呐喊掷地有声，很有惊醒的作用。

这首诗一共十四句，全诗以诗人感情的激荡起伏为线索，写行路之前，行路之中，写瞻望前路，一路迤逦，用字大胆，语言夸张，笔势纵横，行文有如行云流水，气贯长虹。诗歌的节奏抑扬顿挫，虽为短篇，却颇似一首旋律激昂多变的交响曲，闻之震撼不已。

行路难（三首其二）

大道如青天，我独不得出。
羞逐长安社中儿[①]，赤鸡白狗赌梨栗[②]。
弹剑作歌奏苦声[③]，曳裾王门不称情[④]。
淮阴市井笑韩信[⑤]，汉朝公卿忌贾生[⑥]。
君不见昔时燕家重郭隗[⑦]，拥篲折节无嫌猜[⑧]。
剧辛乐毅感恩分[⑨]，输肝剖胆效英才。
昭王白骨萦蔓草，谁人更扫黄金台[⑩]？
行路难，归去来[⑪]！

注 释

① 社中儿：指市井少年。古二十五家为一社。

② 赤鸡白狗：指当时斗鸡走狗的赌博游戏。梨栗：赌胜负的物品。这两句表明诗人羞于追随长安里巷中的市井青年，去干那些斗鸡走狗的游戏。

③ 弹剑作歌：战国时齐公子孟尝君门下食客冯谖曾屡次弹剑作歌怨已不如意，以此来向孟尝君要求提高待遇。后来弹剑形容生活困窘，求助于人。

④ 曳裾王门：拖着衣襟。比喻在王公贵族的门下做食客。裾：衣服的大襟。不称情：不称心，不如意。

⑤ 淮阴市井：《史记 · 淮阴侯列传》载，淮阴屠户中有个年轻人想侮辱韩信，说："虽长大，好带刀剑，怯耳。"并当众侮辱他说："能死，刺我；不能，出胯下。"韩信注视了对方良久，慢慢低下身来，从他的胯裆下爬了出去。街上的人都耻笑韩信，认为他是个怯懦之人。韩信，西汉开国功臣，中国历史上杰出的军事家，"汉初三杰"之一。曾先后为齐王、楚王，后贬为淮阴侯。

⑥ 贾生：洛阳贾谊，曾上书汉文帝，劝其改制兴礼，受当时大臣反对，也因个性尖锐，受朝臣排挤。

⑦ 燕家重郭隗（wěi 或 kuí）：郭隗，战国中期燕国大臣、贤者。

⑧ 拥篲：古人迎接尊贵的人，常常拿着扫帚在前面扫地领路，以示敬意。燕昭王亲自扫路，恐灰尘飞扬，用衣袖挡帚以礼迎贤士邹衍。篲：通"帚"。折节：屈己下人。嫌猜：嫌隙、猜忌。

⑨ 剧辛：战国时燕将，原居于赵，闻燕昭王下诏求贤，乃由赵赴燕。在燕国，剧辛进行了一定的变法图强，所以后来燕昭王的国力才会如此之强。乐毅：燕昭王被齐国打得大败，时刻不忘为燕国雪耻。但燕国弱小又地处僻远，昭王自忖力量不足以克敌制胜，于是便屈己礼贤，延聘贤能之士相佐。乐毅替魏出使到燕国，燕昭王用客礼厚待乐毅。乐毅谦辞退让，最后终于被昭王诚意所动，答应委身为臣，燕昭王封乐毅为亚卿（仅次于上卿的高官）。公元前 284 年，

他统帅燕国等五国联军攻打齐国，连下七十余城，创造了中国古代战争史上以弱胜强的著名战例。但昭王之子燕惠王却听信谣言，收回他的兵权，加罪于乐毅。虽然遭受不公，但乐毅写下了著名的《报燕惠王书》，成功说服了惠王。他与燕昭王在兴燕破齐的事业中建立的君臣情谊，为封建社会的贤人志士所向往。在《报燕惠王书》中提出的国君用人的思想，也是历代文人所推崇的。

⑩ 黄金台：亦称招贤台，位于河北省定兴县高里乡北章村台上（台上隶属于北章村，由黄金台在此而得名）。是战国时燕昭王为宴请天下士而筑。

⑪ 归去来：指隐居。语出东晋陶渊明《归去来辞》。去：无实义。

题 解

这首《行路难》(其二)，是对《行路难》其一的深化，继续对行路之难予以渲染，进而将诗人既渴望入世建功立业，又希望归隐田园独善其身的矛盾心态呈现出来，为《行路难》其三埋下伏笔。

赏 析

“大道如青天，我独不得出。”

诗歌开篇，诗人的怨恨之气扑面而来，满腹郁积，倾泻而出。有如登山，陡起壁立，不做迂回，不做埋伏。通衢大道，如青天浩荡不见底，“我”却独不得出行其上。诗人究竟遭遇了多少不平事，让他如此怨气冲天？

“羞逐长安社中儿，赤鸡白狗赌梨栗。”

李白一生两到长安，开元十八年(730)，初入长安的李白，寄居终南山中，想走一条由布衣而至卿相的“终南捷径”。他奔走权贵之门以期得到引荐，却四处碰壁，甚至因交友不慎，和一批市井少年浪游于长安。天宝元年(742)，李白奉诏二入长安。恃才傲物风光一时的他，仍然不得重用，帝王轻之，同侪妒之，两年之后，就被玄宗客客气气地请出了长安。这两句诗，隐括的就是李白两到长安的经历。“羞”字统领这两句诗，尽管诗人终南捷径未能走通，但他仍然耻于通过结交斗鸡走狗的纨绔子弟来结交权贵。尽管同侪相妒，他也不肯放下自尊，斗鸡走狗巴结权贵。“羞”字画出了诗人清高自守的内心，同时也从侧面表现了诗人意欲用世而投之无门的窘相，暗扣“行路难”的诗旨。

“弹剑作歌奏苦声，曳裾王门不称情。”

“曳裾王门”，即拉起衣服前襟，出入权贵之门，比喻在权贵门下做食客。典出《汉书》卷五十一《贾邹枚路传·邹阳》。“弹剑作歌”，典出战国时的冯谖，冯谖是孟尝君的门客，为得孟尝君的礼遇，多次弹剑而歌，表示要离开孟尝君。孟尝君注意到冯谖，冯谖用事实证明自己的不辱其才，终得孟尝君礼遇之。李白弃走科举之途，希望“平交王侯”，然而他却没有冯谖的好运，君王只将他视作诗词侍客，弹剑作歌只换来他人的不屑，“愿为辅弼”的李白如何忍受得了这个？“不称情”，用词直白，叹言仕途之上，行路何其难也。

“淮阴市井笑韩信，汉朝公卿忌贾生。”

韩信未得志时，在淮阴市井遭遇无赖的胯下之辱；年轻的贾谊恃才得宠，遭遇重臣灌婴、冯敬的排挤，最终遭贬做长沙王太傅，三十三岁就抑郁而终。李白将韩信遭辱、贾谊遭妒的经历影射在自己的求仕之途上，紧扣诗题，同时也将自己的失意渲染烘托出来。诗人所选这二位历史人物，一武一文，移植到诗人身上，便是文人侠客的综合体，可见诗人选材的匠心所在。

“君不见昔时燕家重郭隗，拥篲折节无嫌猜。剧辛乐毅感恩兮，输肝剖胆效英才。昭王白骨萦蔓草，谁人更扫黄金台？”

这六句诗，“君不见”一词统而摄之。诗人对战国时期燕国国君礼遇臣子，臣子报效君王的君臣关系由衷的欣羡，衷心希望自己可以遭逢一位礼贤下士的君王。当年燕昭王为复兴燕国，拜访燕人郭隗并问策郭隗，郭隗建言昭王建筑“黄金台”以招纳天下贤才，昭王尊郭隗为师。燕昭王还亲自扫路，恐灰尘飞扬，用衣袖挡帚以礼迎贤士邹衍，君臣之间竟无嫌隙；赵人剧辛，魏使乐毅，都在昭王的感召下，弃国来燕，输肝剖胆，为燕国效力。这样的君臣情谊千古流传。千年之后，燕昭王的白骨早已被蔓草湮没于无迹，还有哪个君王会再建“黄金台”曲己下士，招揽贤才呢？接踵而至的怀古实则是为无奈见弃的伤今，诗人的缅怀是深情的，诗人的伤今是内敛的。李白首先是个诗人，然后才是个仕人。他常常把君臣的关系诗意化，他追怀吕尚、伊尹、乐毅、邹衍之徒，不过是因为，诗人认为理想的君臣关系应当是互相信任互相尊重，能够对话交流。这种诗意化的美政有如当年屈原心目中“明君贤臣”的美政，只是臣子的一厢情愿而已。唐玄宗执政晚期，求贤不过是做做姿态，李白进京只做文学侍从，只需写点歌功颂德的文字即可，便是明证。这六句诗，悉数用典，借古伤今，呼应首句“大道如青天，我独不得出”，回扣“行路难”的诗旨，笔意蕴藉，读来颇有兴味。

既然朝廷“我独不得出”，“行路难”，那么我就不再犹豫，“归去来！”世外的桃园里，终南山下，那方山水，定然会给我一个自由的天地。

这首诗共十六句，前十四句诗人着意表现行路之难，一到八句为一层，表现诗人遭遇无路可走的艰难；九到十四句为一层，借典故表现诗人渴望明君招纳贤才的愿望，反衬出诗人被弃的苦闷艰难；最后两句诗人突然从苦闷中跃出，表达他在苦闷中寻求自我解脱的方向。从十四句和两句的比例悬殊中，我们似乎可以窥见诗人内心深处困顿之后仍然总想有所为的入世热情，末句表达的归隐，或是诗人心灵苦闷的一服安慰剂，在心中安设一方天地让自己暂得畅快呼吸一番，并非是将归隐作为最后的人生终点。这与《行路难》其一的结尾是不同的。

行路难（三首其三）

有耳莫洗颍川水，有口莫食首阳蕨[①]。
含光混世贵无名[②]，何用孤高比云月？
吾观自古贤达人，功成不退皆殒身[③]。
子胥既弃吴江上[④]，屈原终投湘水滨。
陆机雄才岂自保[⑤]？李斯税驾苦不早[⑥]。
华亭鹤唳讵可闻？上蔡苍鹰何足道[⑦]？
君不见吴中张翰称达生，秋风忽忆江东行。
且乐生前一杯酒，何须身后千载名[⑧]？

注 释

① 颍川水：晋朝皇甫谧《高士传》卷上《许由》篇："尧让天下于许由，……由于是遁耕于中岳颍水之阳，箕山之下……尧又召为九州长，由不欲闻之，洗耳于颍水滨。" 首阳蕨：《史记·伯夷列传》："武王已平殷乱，天下宗周，而伯夷、叔齐耻之，义不食周粟，隐于首阳山，采薇而食之……遂饿死于首阳山。"《索引》："薇，蕨也。" 按，薇、蕨本二草，前人误以为一。

② 含光混世贵无名：此句言不露锋芒，随世俯仰之意。《高士传》：巢父谓许由曰："何不隐汝形，藏汝光？"

③ "吾观"二句：《史记·蔡泽列传》："四时之序，成功者去。……商君为秦孝公明法令，……功已成矣，而遂以车裂。……白起……功已成矣，而遂赐剑死于杜邮。吴起……功已成矣，而卒枝解。大夫种为越王深谋远计……令越成霸，功已彰而信矣，勾践终负而杀之。此四子者，功成不去，祸至于身？"

④ 子胥：伍子胥，春秋末期吴国大夫。

⑤ 陆机雄才岂自保：陆机是西晋文学家、书法家。

⑥ 李斯税驾苦不早：李斯，秦国统一六国的大功臣，任秦朝丞相，后被杀。

⑦ "华亭"二句：前一句写陆机苦不早致仕，后一句写李斯苦不早解驾休息。

⑧ "君不见"四句：写晋人张翰。《晋书·张翰传》："张翰，字季鹰，吴郡吴人也。……为大司马东曹掾。……因见秋风起，乃思吴中菰菜、莼羹、鲈鱼脍，曰：'人生贵得适志，何能羁官数千里，以要名爵乎？'遂命驾而归。……或谓之曰：'卿乃纵适一时，独不为身后名邪？'答曰：'使我有身后名，不如即时一杯酒。'时人贵其旷达。"

题 解

这首《行路难》（其三），有别于其一、其二的出入世的纠结挣扎，直言表达自己厌烦朝野之争，意欲隐退江湖的意愿。全诗分三层递进，表达自己避祸而隐，求得人生自适的人生哲思。

赏 析

李白常常是个情绪化的诗人，情绪常常驱使着他恣意表达他彼时彼刻的所思所想。这首《行路难》其三，淡去了诗人骨子里执着的用世热情，借古人之事劝慰自己“且乐生前一杯酒”，不为身后千载之沽名，表达了他退隐朝野，及时行乐的意愿，情绪纯粹，表达通透。通篇用典，却似信手拈来，化用于无痕，了无掉书袋之嫌，诗歌意境典雅蕴藉，读来心下不禁对其许之再三。

“有耳莫洗颍川水，有口莫食首阳蕨。含光混世贵无名，何用孤高比云月？”

这四句，诗人开门见山，坦言自己的人生观，他认为人生须当韬光养晦，混沌于世，无需对虚名孜孜以求。许由不欲天下，何必一定要选择远人，要到颍水里洗耳朵呢？叔齐伯夷忠于前朝耻于新朝，何必一定要选择弃世，到首阳山上采薇而食以致饿死呢？人生在世，无名混世也是一种人生，何必一定要把自己弄成孤家寡人，清高堪比云月，与世格格不入呢？

“吾观自古贤达人，功成不退皆殒身。子胥既弃吴江上，屈原终投湘水滨。陆机雄才岂自保？李斯税驾苦不早。华亭鹤唳讵可闻？上蔡苍鹰何足道？”

这八句，诗人例举历史上四位功成身不退以致最终殒身者，以功成身退来自戒。“弃世非吾愿，济世尤艰险”，诗人历览前朝贤达之士，窥得许多人功高盖主终获殒身的凄惨结局。伍员文谏武攻助吴王夫差称霸吴越之地，可最终不敌美人一计，获夫差赐剑自刎；屈子忠而被谤，信而见疑，终被流徙，回朝无望，终投汨罗江而去；陆机“少有奇才，文章冠世”，时有“二陆入洛，三张减价”之说（“三张”指张载、张协和张亢），可最终不抵宦人一言，获人谗言之害；李斯由布衣而位极人臣，自诩无居其上者，但最终不逃物极必衰之则，获腰斩于市之刑。才无可恃，位无可居，岂不闻陆机临行前的“华亭鹤唳”之叹，岂不闻李斯临刑前的“上蔡执苍鹰”之慨？急流勇退，功成而身退，谁能抗衡朝野之争的无情，谁能主宰宦海沉浮的身不由己？这八句暗扣“行路难”的诗歌主旨，强化仕途艰险，追求功成而不身退，将意味着最终的人生悲剧。

“君不见吴中张翰称达生，秋风忽忆江东行。且乐生前一杯酒，何须身后千载名？”

这四句，以“君不见”领起，暗含诗人赞赏、羡慕张翰之举的心情，也表达出诗人在经历了“行路之难”的艰险之后，反观人生的思考。世道险恶，济世之举无异于徒劳之举，世外岂有桃源可寻，出世之举无异于缘木求鱼。两难之际，诗人想起晋时吴郡人张翰异乡为官“乃思吴中菰菜、莼羹、鲈鱼脍”就“命驾而归”，顿时觉得张翰“人生贵得适志，何能羁官数千里，以要名爵乎？”的洒脱自适颇能解惑自己奔走仕途的艰难与不解。张翰生逢乱世，借思乡之名辞官回家，以得全身而退；李白亲身经历宫廷政治的险恶与无常，不得不辞官去京，功未成而身退，未得旷达，对张翰之举心生羡慕之意也是自然的。于是，诗人在无可选择的时候，以张翰之举作自我宽慰：人生得意须尽欢，及时行得眼前乐，岂能为了身后千载虚名苦了今生？只是李白太狂傲，把这种宽慰写得如此理直气壮，就好像是李白的人生宣言一般。尽管如此，依然遮掩不住“谪仙人”热情而洒脱的天性。

这首诗从主张混世无名开篇，以功成身不退而殒命的历史人物自戒，以张翰之例表达自己追求适意人生的自我宽慰。一篇之意三层而两折，委婉达意，颇有韵味。

这三首《行路难》，以“行路难”为核心命意，借以传达的人生态度由积极入世开始，经由出入世的矛盾挣扎，最后由出世自适为结束，诗人的心路历程在此表现得一脉相承。李白的人生是儒释道的合体，入世出世始终是他身上最纠结的命题，在《行路难》三首中，我们可以窥见他人生的起起落落中始终不变的热切与洒脱，或许这是这三首诗歌中最为打动我们的力量。

梁甫吟

长啸梁甫吟[1]，何时见阳春？
君不见朝歌屠叟辞棘津[2]，八十西来钓渭滨！
宁羞白发照清水？逢时吐气思经纶[3]。
广张三千六百钓，风期暗与文王亲[4]。
大贤虎变愚不测[5]，当年颇似寻常人。
君不见高阳酒徒起草中，长揖山东隆准公！
入门不拜骋雄辩，两女辍洗来趋风[6]。
东下齐城七十二，指挥楚汉如旋蓬[7]。
狂客落魄尚如此，何况壮士当群雄！
我欲攀龙见明主[8]，雷公砰訇震天鼓[9]，
帝旁投壶多玉女[10]。
三时大笑开电光，倏烁晦冥起风雨[11]。
阊阖九门不可通，以额扣关阍者怒[12]。
白日不照吾精诚，杞国无事忧天倾[13]。
猰貐磨牙竞人肉，驺虞不折生草茎[14]。
手接飞猱搏雕虎，侧足焦原未言苦[15]。
智者可卷愚者豪，世人见我轻鸿毛[16]。
力排南山三壮士，齐相杀之费二桃[17]。
吴楚弄兵无剧孟，亚夫咍尔为徒劳[18]。
梁甫吟，声正悲。
张公两龙剑，神物合有时[19]。
风云感会起屠钓，大人鼿卼当安之[20]。

注 释

① 长啸：吟唱。

② 朝歌屠叟：喻未被赏识的贤德之士，此指吕尚（即吕望、姜太公）。

③ 经纶：喻治理国家。

④ 三千六百钓：指吕尚在渭河边垂钓十年，共三千六百日。风期：风度和谋略。

⑤ 大贤：指吕尚。虎变：《易经·革卦》九五："大人虎变。"喻大人物行为变化莫测，骤然得志，非常人所能料。

⑥ 高阳酒徒：西汉人郦（lì）食其（yì jī）。郦生尝自称高阳酒徒。隆准：高鼻子。隆准公：指刘邦。趋风：疾行如风前来迎接。

⑦ "东下"二句：《史记·郦生陆贾列传》载：楚、汉在荥阳、成皋一带相持，郦生建议刘邦联齐孤立项羽。他受命到齐国游说，齐王田广表示愿以所辖七十余城归汉。旋蓬：在空中飘旋的蓬草。

⑧ 攀龙：《后汉书·光武帝纪》：耿纯对刘秀说："天下士大夫所以跟随大王南征北战，本来是希望攀龙鳞，附凤翼，以成就功名。"后人因以攀龙附凤比喻依附帝王建立功业。

⑨ 雷公：传说中的雷神。砰訇（hōng）：形容声音宏大。

⑩ 帝旁投壶多玉女：《神异经·东荒经》载：东王公常与一玉女玩投壶的游戏，每次投一千二百支，不中则天为之笑。天笑时，流火闪耀，即为闪电。

⑪ "三时"二句：三时：早、午、晚。倏烁：电光闪耀。晦冥：昏暗。这两句暗指皇帝整天寻欢作乐，权奸和宦官弄权，朝廷政令无常。

⑫ 阊阖：神话中的天门。阍者：看守天门的人。

⑬ 杞国无事忧天倾：《列子·天瑞》："杞国有人忧天地崩坠，身亡所寄，废寝食者。"

⑭ 猰貐（yà yǔ）：古代神话中一种吃人的野兽。这里比喻阴险凶恶的人物。竞人肉：争吃人肉。驺虞（zōu yú）：古代神话中一种仁兽，白质黑纹，不伤人畜，不践踏生草。这里

李白以驺虞自比，表示不与奸人同流合污。

⑮ 接：搏斗。飞猱、雕虎：比喻凶险之人。焦原：传说春秋时莒国有一块约五十步方圆的大石，名叫焦原，下有百丈深渊，只有无畏的人才敢站上去。

⑯ “智者”二句：智者可忍一时之屈，而愚者只知一味骄横。世俗人看不起我。

⑰ “力排”二句：《晏子春秋》内篇卷二《谏》下载：齐景公手下有公孙接、田开疆、古冶子三勇士，皆力能搏虎，却不知礼义。相国晏婴便向齐景公建议除掉他们。他建议景公用两只桃子赏给有功之人。于是三勇士争功，然后又各自羞愧自杀。

⑱ “吴楚”二句：汉景帝时，吴楚等七国诸侯王起兵反汉。景帝派大将周亚夫领兵讨伐。周到河南见到剧孟（著名侠士），高兴地说：吴楚叛汉，却不用剧孟，注定要失败。咍（hāi）尔：讥笑。

⑲ “张公”二句：指西晋张华。据《晋书·张华传》载：西晋时丰城（今江西省丰城）县令雷焕掘地得双剑，即古代名剑干将和莫邪。雷把干将送给张华，自己留下莫邪。后来张华被杀，干将失落。雷焕死后，他的儿子雷华有一天佩带着莫邪经过延平律（今福建南平市东），突然，剑从腰间跳进水中，与早已在水中的干将会合，化作两条蛟龙。

⑳ “风云”二句：风云感会：即风云际会。古人认为云从龙，风从虎，常以风云际会形容君臣相得，成就大业。大人：有才干的人。臲卼（niè wù）：不安。此指暂遇坎坷。

题 解

“梁甫”，又名梁父，泰山下的小山，古时死人丛葬的地方。《梁甫吟》，亦作《梁父吟》，乐府“楚调曲”，古代用作丧葬时的曲调，音调悲苦，古辞已佚失。这首《梁甫吟》或作于唐玄宗天宝三载（744）李白被迫离开长安时。诗人以用典串起全诗，借吕尚、郦食其、齐国三勇士等的典故传说，表现自己仕途受挫，难遇明君的坎坷经历，表达自己期望终能得明君的愿望。全诗纵横跌宕，变幻惝恍，淋漓悲壮。

赏 析

曾国藩《求阙斋读书录》：“太白此诗则抱才而专俟际会之时。”诗人怀才于身，却遭遇不遇，终不甘心，期待风雨际会之日，得以施展抱负，大展宏图。

《三国演义》中，徐庶向刘备举荐诸葛亮时，专程提到“亮与弟诸葛均躬耕于南阳，尝好为《梁甫吟》”，据传，诸葛亮口中的《梁甫吟》词为：“步出齐城门，遥望荡阴里。里中有三墓，累累正相似。问是谁家墓，田疆古冶子。力能排南山，文能绝地纪。一朝被谗言，二桃杀三士。谁能为此谋？国相齐晏子。”该诗的大意是说，在齐国都城的门外有三座外形相似的坟墓，所埋的是当年齐国的三个猛士公孙接、田开疆、古冶子，这三个人力大无穷，英勇无比。而他们却被相国晏子一个小小的计谋，就为两个桃子分食不均先后自杀身亡。晏子，了不起啊！其意在赞晏子多智。李白这首诗也有“力排南山三壮士，齐相杀之费二桃”之句，用意却恰恰与诸葛相左。才士遇馋，忠士遇谤，朝纲之乱使然也。李白受玄宗“赐金放还”之命离开长安，离开长安之后，心中多苦痛，同时又不能放弃对理想的期待。这样的矛盾纠结被展现在这首诗中，全诗写得纵横跌宕，婉曲多致。

“长啸梁甫吟，何时见阳春？”诗歌起势突兀，以“长啸梁甫吟”的悲苦凄怆之音，宣泄内心的凄楚悲苦，也为全诗奠定了感情基调。战国楚人宋玉《九辩》中有“恐溘死而不得见乎阳春”之句，所谓“见阳春”当是喻指得到重用。诗人

"长啸叩问"，自己何时才得遇知音，得任用？这一啸一问，置于诗歌的开篇，似破空而来的两声巨响，振聋发聩，引起下文。

"君不见朝歌屠叟辞棘津，八十西来钓渭滨！宁羞白发照清水？逢时吐气思经纶。广张三千六百钓，风期暗与文王亲。大贤虎变愚不测，当年颇似寻常人。"由"君不见"领起的这八句诗，引出了西周姜太公的史事。姜太公即吕望，长期无闻于民间，行年五十棘津买食，行年七十朝歌为屠，行年八十垂钓渭滨，十年时间（每天一钓，十年共三千六百钓）得遇文王，知音相遇唯恨相见迟。吕尚不以须发皆白时仍垂钓磻溪为耻，与文王相遇之时，正是他壮思满怀，满腹治世经纶待人论的时机。吕尚的经历对李白充满了诱惑：吕尚年过耄耋才得知遇之恩，自己才过不惑之年，怀有满腹经纶沦落民间，也当是一时一地的事情，有朝一日，自己也会像吕尚一样"大贤虎变"，从寻常之人一变而为治世之臣。

"君不见高阳酒徒起草中，长揖山东隆准公！入门不拜骋雄辩，两女辍洗来趋风。东下齐城七十二，指挥楚汉如旋蓬。狂客落魄尚如此，何况壮士当群雄！""君不见"领起的这八句诗，说的是秦末陈留高阳人郦食其，他好读书、为人狂，自称高阳酒徒。刘邦原本没把他当作高人看待，至高阳传舍，使人召郦生。郦生至，入传舍谒见沛公，沛公正倚床命两女子为其洗足，见郦生入亦未起身。郦生只是长揖不做叩拜。接着凭借自己的雄辩之才使沛公意识到怠慢了来客，沛公斥退洗足女子，疾步如风起来接见郦生。郦生后来说服齐王率七十二城降汉，成为楚汉相争中的指点江山的风云人物。诗人引用郦食其其事，旨在以"狂客郦食其""落魄尚如此"的遭遇，来劝慰自己正是"壮士当群雄"之际，何愁他日东山再起时！

这两组"君不见"，以古人之事自我激励，不气馁，对自己的前途抱有坚定的信心，句式整饬，连用平声韵，音调铿然，读来煞是明快有力，显示着诗人内心的乐观与积极。

"我欲攀龙见明主，雷公砰訇震天鼓，帝旁投壶多玉女。三时大笑开电光，倏烁晦冥起风雨。阊阖九门不可通，以额扣关阍者怒。"这七句诗，诗人情绪突变，由之前的乐观自信一跌而为痛苦怨怼。诗人以虚写实，让自己在惝恍迷离的天界感受天帝对他的疏离与无情，从而影射自己在现实世界里遭遇的忠而被弃，才而不用的痛苦。为见"明主"，诗人不惜攀龙附凤登临天宫，可是雷公厉色恶声擂起天鼓威吓他，天帝一心与侍女投壶游戏，无暇顾及他人；从朝至夕，天神们高兴时天上电光耀眼，他们恼怒时天地为之色变，风雨如晦。奇幻多变的天界，谁人会关注到人间一介凡夫的请求，当他不顾一切叩响天宫之门时，守卫天门的阍者怒从中生，报之以威。值得注意的是，这部分诗，改押仄声韵，语气由之前的舒缓明快一变而为急促强劲。诗人的情感表达与之同步，变得强烈难以抑制，充满怨愤不平，极易引发读者的共鸣。

“白日不照吾精诚，杞国无事忧天倾。猰貐磨牙竞人肉，驺虞不折生草茎。手接飞猱搏雕虎，侧足焦原未言苦。智者可卷愚者豪，世人见我轻鸿毛。力排南山三壮士，齐相杀之费二桃。吴楚弄兵无剧孟，亚夫咍尔为徒劳。”这十二句诗，诗人大量用典，暗写自己所面临的社会现状，抒发自己内心的隐忧。白日，喻指君主。《文选·宋玉》：“去白日之昭昭兮，袭长夜之悠悠。”张铣注：“白日喻君，言放逐去君。”君王不能体察我对国家的一片精诚，反说我是“杞人忧天”。权奸之人像吃人的野兽猰貐一样磨牙吮血残害民生，何时君王才能像非自死之肉不食的驺虞一样做以仁政治天下的“明主”。诗人自信能像古时勇士一样左手接飞猱、右手搏雕虎，即使置身于下临百丈深渊的焦原仍不以为意。生活中，智者往往韬光养晦，屈才而居，庸碌之辈则常常趾高气扬，所以，沉沦世间的我常常被世人看得轻如鸿毛。古时齐国景公手下有公孙接、田开疆、古冶子三勇士，皆力能搏虎，却不知礼义，相国晏子建议景公用两只桃子赏给有功之人，于是三勇士争功，然后又各自羞愧自杀。可见有才能的人更容易受到猜疑。汉景帝时，周亚夫领命平叛七国之乱，深为七国叹惋，明明有剧孟这样的高人而弃之不用，七国的前途不败又何如。明主不见，驺虞难有，唯得猰貐，唯得骈死于槽枥之间的众千里马，诗人心中的怨愤犹如怒海喷薄，自己的一腔精诚和君王的视作鸿毛，自己的接猱搏虎之才和齐相杀之费二桃之诈，在一波三折的对比中渐成迂回盘旋之势。诗人笔调恣肆雄健，语气在平仄声韵的三度转换中，生出千变万化的韵致，令读者读其随之起伏变化。

“梁甫吟，声正悲。张公两龙剑，神物合有时。风云感会起屠钓，大人鼿卼当安之。”这六句诗，以直呼“声正悲”与全诗的开篇“长啸”遥相呼应，沉痛之声贯穿全诗，悲怆之音将诗人带入大悲之境。可是接下来的四句，诗人却悲音全消，诗人确信，就像干将、莫邪二剑不论经历了怎样的分离终会入水会合化为蛟龙一样，诗人也一样会和心目中的“明主”，不论经历了怎样的阻隔，终将有会合之际；七十屠牛朝歌，八十垂钓渭滨，九十得遇文王的吕望最终都能际会于风云，建立不朽之功业，若要成为不世之大人物，身居坎坷之途之际，不妨安于时待际会之机吧。

身处挫折，饱经磨砺，诗人的痛苦抑郁、悲愤不平被尽情宣泄，然而牢骚怨怼之余，一直以用世的热情鼓励自己的诗人，总是不忘用自我宽慰的方式，为自己鼓起重新上路的勇气。这首诗就是以这样自勉的方式，将自己曾经和正在经历的痛苦统统掩埋，只给读者留下向前瞻望的身影，久久伫立在读者的视线里。

写长篇歌行最忌呆滞平板，这首诗最大的艺术特色正在于布局奇特，变化莫测。它通篇用典，但表现手法却不时变换。吕望和郦食其两个故事是正面描写，起"以古为鉴"的作用，接着借助于种种神话故事，寄寓自己的痛苦遭遇，第三段则把几个不相连属的典故交织在一起，正如清人沈德潜说的"后半拉杂使事，而不见其迹"，因而诗的意境显得奇幻多姿，错落有致：它时而和风丽日，春意盎然，时而浊浪翻滚，险象纷呈；时而语浅意深，明白如话，时而杳冥惝恍，深不可测。加上语言节奏的不断变化起伏，诗人强烈而又复杂的思想感情表现得淋漓尽致。

这首长诗，承古体而写，悲怆之音贯穿全诗，然而变化莫测的布局剪裁，让这首诗的行文，错落变化，摇曳生姿。诗人起伏变化的情感与之同步，表达复杂多变，引发读者内心波澜起伏，随之痛，随之乐，随之深，随之浅，随之奇，随之新。长诗而富于变化，正是这首诗最大的艺术魅力。

梁园吟

我浮黄河去京阙[①]，挂席欲进波连山[②]。
天长水阔厌远涉，访古始及平台间[③]。
平台为客忧思多，对酒遂作梁园歌。
却忆蓬池阮公咏[④]，因吟“渌水扬洪波[⑤]”。
洪波浩荡迷旧国[⑥]，路远西归安可得！
人生达命岂暇愁[⑦]，且饮美酒登高楼。
平头奴子摇大扇[⑧]，五月不热疑清秋。
玉盘杨梅为君设，吴盐如花皎白雪[⑨]。
持盐把酒但饮之，莫学夷齐事高洁[⑩]。
昔人豪贵信陵君[⑪]，今人耕种信陵坟。
荒城虚照碧山月，古木尽入苍梧云[⑫]。
梁王宫阙今安在？枚马先归不相待[⑬]。
舞影歌声散绿池，空馀汴水东流海[⑭]。
沉吟此事泪满衣，黄金买醉未能归。
连呼五白行六博[⑮]，分曹赌酒酣驰晖[⑯]。
歌且谣，意方远[⑰]，
东山高卧时起来，欲济苍生未应晚[⑱]。

注 释

① 京阙：本指皇宫，这里借指京城。

② 挂席：即扬帆行船。席，帆船。

③ 平台：今在河南商丘市东北，汉梁孝王与邹阳、枚乘等文士曾游其上。平台在这里借指梁园。

④ 蓬池：古泽薮名，在大梁。故址在今河南开封东南。阮公咏：阮公指三国时魏国诗人阮籍。阮籍常用饮酒放诞的行为，在复杂的政治斗争中保护自己。

⑤ 渌水扬洪波：谓想起阮籍当年在此写的《咏怀诗》，内心哀伤，一片迷茫。阮籍《咏怀诗》：徘徊蓬池上，还顾望大梁。渌水扬洪波，旷野莽茫茫。走兽交横驰，飞鸟相随翔。是时鹑火（星宿名）中，日月正相望。朔风厉严寒，阴气下微霜。羁旅无俦匹，俯仰怀哀伤。

⑥ 旧国：指西汉诸侯国大梁城。

⑦ 人生达命岂暇愁：言能看透命运，哪有时间去发愁。达命：犹知命。

⑧ 平头奴子：不戴冠巾的奴仆。

⑨ 吴盐：吴地所产之盐，以洁白著称，为四方所食。

⑩ “莫学”句：谓不必向伯夷和叔齐效仿高洁。事，从事。

⑪ 昔人：言昔日信陵君曾经豪雄富贵一时。

⑫ 苍梧云：字面意思是大梁城为云雾所笼罩而看不清楚。言外之意是说，大梁的历史人物不仅一一死去，就连他们的遗迹（包括坟墓、城池、宫阙）也看不到。

⑬ 枚马：枚乘、司马相如。谓梁孝王的门客枚乘、司马相如等人也早早离去，暗指他们早早死去。

⑭ 汴水：古水名。又作卞水、汴渠。隋开通济渠，所经荥阳至开封的一段，原为古汴水，故称汴河。

⑮ “连呼”句：谓自己十分投入地玩博戏。五白，古代博戏的采名，五木制，上黑下白，掷得五子皆黑，叫卢，最贵；其次五子皆白。六博，即陆博，古代一种掷采（博具呈现的花色）下棋的游戏。

⑯ “分曹”句：谓分班比赛喝酒，以这种方式打发光阴。分曹，分班。酣，饮酒尽兴。驰晖，亦作驰辉，飞驰的光阴。散文句式应是“分曹赌酒，酣于驰晖”。

⑰ 歌且谣，意方远：谓在歌唱中，产生了高远的志向。《诗·魏风·园有桃》：心之忧矣，我歌且谣。毛传曰：曲和乐曰歌，徒歌曰谣。即配曲而歌谓歌，清唱谓谣。歌、谣，这里都泛指歌唱。

⑱ 东山：诗人自谓欲效仿晋朝谢安（字安石），东山再起，报效国家和人民，还为时不晚。《世说新语·排调》：谢公在东山，朝命屡降而不动，后出为桓宣武（桓温）司马，将发新亭，朝士咸出瞻送。高灵时为中丞，亦往相祖（饯行）。先时，多少饮酒，因倚如醉，戏曰：“卿屡违朝旨，高卧东山，诸人每相与曰：‘安石不肯出，将如苍生何？’今亦苍生将如君何？”谢笑而不答。苍生，即百姓。

题　解

《梁园吟》，又名《梁苑醉酒歌》，写于唐玄宗天宝三载（744），李白辞京之后游大梁（今河南省开封一带）和宋州（州治在今河南省商丘）期间。这首诗共三十四句，可分为三部分：第一部分写诗人辞京赴大梁，在平台梁园得遇友人诗酒相酬的情形；第二部分通过描写梁园倾颓的荒凉景象，抒发今昔变迁的感慨，同时寄寓了诗人的时代隐忧；第三部分写诗人执着的入世之念。

赏　析

“梁园”，汉代梁孝王所建，用以游赏延宾，又名梁苑、兔园、睢园、修竹园，俗名竹园。“平台”，古台名，汉梁孝王筑，并曾与邹阳、枚乘等游此。这两个遗迹，分别在唐时的大梁和宋州。天宝三载，已是四十四岁的李白，带着巨大的失落，离开长安；之后他前往大梁和宋州一带游历。在梁园，诗人得到好友的诗酒相待，酒酣诗出，诗人满心郁积的痛苦与失落、不甘与无奈，化作激越的文字，宣泄出来，造就了这篇诗人的代表作。

从开头到“路远”句，共十句诗，为诗歌的第一部分，以叙事为主。

“我浮黄河去京阙，挂席欲进波连山。天长水阔厌远涉，访古始及平台间。”被迫离京，是诗人心头不能触及的痛。惟其如此，诗人更是对离开长安的日子耿耿在怀。诗人高挂船帆，欲渡黄河，船随波进，京城渐渐消失在诗人的视线里，瞻望前路，却见一路迤逦的江水扬波伴随着两岸绵延不尽的山峦延伸向远方。离开长安意味着李白“愿为辅弼”的政治抱负中途夭折，带着不甘与抑郁登上离京的航船，诗人眼中的艰难行程恰若诗人目下坎坷不平的仕途——巨浪遏舟、群山阻步。诗人融情于景，即景取譬，抒情自然。遥望广阔水面的尽头，水天一线，渺无边际，前路遥遥何时是尽头？厌倦了没有目的地的行程，厌倦了不远千里跋山涉水去不知所终的旅程！天长水阔处，诗人的舟船倍显渺小，前路未知，诗歌伊始，便被这种抑郁、迷茫的情绪所笼罩。全诗起笔笔调低沉压抑，感情基调沉郁内敛。何以解忧？不妨访古古平台。诗人寻找一个驱遣忧愁的突破口。

“平台为客忧思多，对酒遂作梁园歌。却忆蓬池阮公咏，因吟‘渌水扬洪波’。洪波浩荡迷旧国，路远西归安可得！”

平台是异乡，客居其地徒然惹忧思，好友对面诗酒唱和，我有《梁园歌》，心有郁结歌抒郁积，于是心头盘桓的竟然是晋人阮籍《咏怀八十二首》之“渌水扬洪波，旷野莽茫茫。……羁旅无俦匹，俯仰怀哀伤”。跨越时空的对望，让两个遭遇相似的人心声共鸣！渌水扬起的洪波激荡了诗人的内心，回望来路，汤汤黄河翻起的浑浊巨浪遮住了长安旧都的形迹，这舟船渐行渐远，若想再西归古都，试问还有可能吗？这个深情的回望，伴随着一声慨叹，道出了诗人抱负不能实现的无限怅惘之情。含着对理想破灭的无限惋惜，道出了忧思纠结的根源。短短六句诗，感情回环往复，百结千缠，表现出深沉的忧怀，为下文作好了铺垫。

从“人生”句到“分曹”句，共二十句，为诗歌的第二部分，以抒情为主。

“人生达命岂暇愁，且饮美酒登高楼。”

诗人很快从低迷抑郁的情绪中跃出，以人生达命者自居，将把自己掷入绝望深渊的悲苦抑郁抛之一旁，以饮酒登楼游目骋怀来消解心中的郁积，诗歌境界瞬间为之一新，由之前的低吟怨怼一变而为旷达乐观。

“平头奴子摇大扇，五月不热疑清秋。”

奴仆冠巾未戴，手摇大扇，送来习习风儿，五月暑热悉数不见，疑心清秋早临。梁园佳境，不热不冷，更有“玉盘杨梅为君设，吴盐如花皎白雪。”友人专程带杨梅盛玉盘，吴盐似雪点其上，生津解渴其味尤佳。

“持盐把酒但饮之，莫学夷齐事高洁。”

江淮一带所晒制的吴盐，色白而味淡，古人食水果如杨梅、橙子之类，多喜佐以吴盐，渍去果酸。伴食吴盐佐味的杨梅，开怀畅饮，大可不必学叔齐伯夷为了所谓的名节耻食周粟。“莫高洁”，这分明是诗人的政治抱负破灭之后愤愤不得已的反语啊。

“昔人豪贵信陵君，今人耕种信陵坟。荒城虚照碧山月，古木尽入苍梧云。梁王宫阙今安在？枚马先归不相待。舞影歌声散绿池，空馀汴水东流海。”

这八句诗，承接前面六句诗的旷达，将诗人的情绪推向高潮。诗人纵酒以对昔日梁园的豪奢被时间败落成一片荒凉的景象，情绪激变。且看，战国公子魏无忌，昔日豪贵诸国，今日墓冢被田农人耕作其上；一代名王梁孝王，昔日奢华建梁园，而今园成荒苑，人无踪，唯余月照空山，古木参天。雕梁画栋梁王宫，如今不见垣墙影，昔日座上嘉宾枚乘、司马相如也早已作古，不见人迹。旧日奢华、豪贵、权势悉数在梁园的荒寂中消遁无形，绿池依旧，歌声舞影却早非旧人所歌所舞，汴水恒流，却早已不见旧日园中人儿。梁园依旧，歌声舞影却转眼易人，在倏忽即逝的人事与恒久流淌的汴水之间，最能看见物是人非的凄凉。既然功业转瞬成空，那么功业何足恋？且去纵酒又何妨！“沉吟此事泪满衣，黄金买醉未能归。”沉吟梁园史事，思及己身之遇，唯有一醉方休可遣怀！

“连呼五白行六博，分曹赌酒酣驰晖。”

博戏正酣连呼五白，掷采下棋行六博，分班赌酒正是酣畅，不知不觉间时光飞逝。诗人简笔勾勒梁园里众生豪赌酣博的形象，是为刻画诗人在酒悟功业是虚之后癫狂纵酒的形象。醉生的诗人在苦闷中用纵酒否定自己曾经积极入世的人生信条，甚至不惜用癫狂之态来深化自己的新形象。

这种消极颓唐中，我们窥见了诗人的意欲入世而不得的痛苦，然而谪仙人固有的纯真之态，令他在癫狂之时也不忘自己最初的选择："歌且谣，意方远，东山高卧时起来，欲济苍生未应晚。"这是诗歌的第三部分。且歌且谣中，意属远方，希望终有一天，能够像隐居东山的晋人谢安一样，再度出山，担当起济世救民的大任来。结末这四句意出诗外，在前面层递转折表达功业不系的愿望后，突然跌出一笔，泄露了诗人心中永远不曾熄灭的一团烈火，但凡有机会，“欲济苍生未应晚”的入世之思便回执着再现。诗歌因此跌出一个新境界，给人以新的期许。

这首诗，长达三十四句，诗人感情变化多端，诗歌意境随之转换多变，或如蛟龙潜水抑郁深沉，或如蛟龙出水癫狂豪放，或如龙盘山顶瞻望未来，心存远思。全诗典出皆缘梁园，行文脉络清晰，在诡谲多变的诗歌意境中，呈现典雅蕴藉的气韵，颇具艺术张力。

春　思

燕草如碧丝[①]，秦桑低绿枝[②]。
当君怀归日[③]，是妾断肠时[④]。
春风不相识，何事入罗帏[⑤]？

注　释

① 燕草：燕，今河北北部，辽宁西部。指燕地的草。征夫所在之地。

② 秦：今陕西，燕地寒冷，草木迟生于较暖的秦地。秦桑：秦地的桑树。思妇所居之处。

③ 怀归：想家。

④ 妾：古代妇女自称。

⑤ 罗帏：丝织的帘帐。

春风不相识，何事入罗帏

题　解

这是李白所写的一首新题乐府，描写思妇心绪。全诗借景抒情，写思妇身居秦地，思念远在燕地卫戍的良人。

赏　析

这首诗表达思妇念征人远归的情怀。《春思》之题，语意颇丰，既可指春日思语，也可指青年男女之间的情思。

开头两句“燕草如碧丝，秦桑低绿枝”，诗人以景“起兴”。燕地碧草如丝，想来是思妇想象中的情景，又是一年春到时，千里之外的燕地绿草茵茵，遍是春意，而此时思妇所居的秦地早已是春树繁茂，桑枝低垂。起兴之后，诗人引发读者联想：仲春时节，独处秦地的思妇眼见得桑树枝叶日渐繁盛，桑枝低垂，触景生情，悬想千里之外燕地行役屯戍的良人看到春草如碧丝的情景，因着“丝”与“思”的谐音，怕是会像她思念良人一样，思念远在桑梓的思妇，从而萌生了思归的念头。秦地之树，不言霸柳，但言桑树，或是隐含以桑梓指代故乡之意。秦桑与燕草，千里之隔，两地春光因为两处相思而遥相呼应，这两句起兴，不仅营造了深长悠远的意境，而且引发了闺妇与良人千里情思一春牵的深挚情感，别有况味。

三四两句“当君怀归日，是妾断肠时”，是由起兴句引发的情思：千里之遥的燕地，良人触景生情，心怀归家之念的同时，秦地独守空闺的思妇竟是思情深重以致“断肠”之态。阔别已久的夫妇二人，并没有因为时空的阻隔而渐生淡漠之情，一者怀归，一者竟至断肠，可见二人情坚如磐石。这二句，写二人迹远情深的形象，抒情坦率直白，不加掩饰，颇有放逸之风。

结尾两句“春风不相识，何事入罗帏？”诗人的抒情笔调陡然转缓，以思妇抱怨的口吻写道，春风在闺中人情伤之际，不解风情，吹入闺房，掀起罗帐，不期然间惹起了闺中人心中无尽的愁思。春风何辜之有，被闺中人责问无情？只是因为闺中人自己春思缠绵，却无可倾诉，且借春风的贸然入闱来言己事罢了。诗人以此作结，将无限哀怨与无尽春思熔铸在这一缕春风之中，颇可玩味。

全诗以“春思”为线索行文，起句撷取“燕草”“秦桑”二种景致以代言燕秦两地的春景，草和桑各有寓意，前者最能写出春意的无处不在，后者最能代言家乡的所在；三四句的“怀归日”和“断肠时”，则以空间相隔也阻不断春思的特写时刻，勾画了两地相思人在同一时间遥遥相望的深情形象；结句写“春风”不解思妇的“春思”种种，以轻掀罗帏的无情之举让思妇坠入春思的深谷难以自拔。

诗人全力刻画思妇念归的形象，既写思妇的相思情重，更写思妇的忠贞爱情，以景言情，起兴佳妙，以诘问春风结篇，令人称妙，构思别致，是一首别具情味的小诗。

塞下曲六首（其一）

五月天山雪[①]，无花只有寒。
笛中闻折柳[②]，春色未曾看。
晓战随金鼓，宵眠抱玉鞍。
愿将腰下剑，直为斩楼兰[③]。

注　释

① 天山：中亚东部地区（主要在中国新疆）的一条大山脉，横贯中国新疆的中部，西端伸入哈萨克斯坦。古名白山，又名雪山，冬夏有雪。

② 折柳：指北朝乐府《鼓角横吹曲》中的《折杨柳》，多做伤春悲离之辞。

③ 斩楼兰：据《汉书·傅介子传》载，汉代地处西域的楼兰国经常杀死汉朝使节，傅介子出使西域，楼兰王贪他所献金帛，被他诱至帐中杀死，遂持王首而还。

题 解

《塞下曲六首》是李白的组诗作品。这六首诗都是借用唐代新乐府题目而写，以汉武帝平定匈奴的史实为主体内容，或歌颂战士的金戈铁马、奋勇战斗，或表现闺中柔情，内容丰富，风格豪逸，表达了诗人的爱国情怀。《塞下曲六首》(其一)，描写塞下天寒地冻的冬日之景，表现战士晓战宵眠、艰苦作战、奋勇杀敌的精神。

赏 析

《塞下曲》(其一)，是一首五言律诗，然而诗人却不拘律格，因意而韵，自成一格。

首联"五月天山雪，无花只有寒"，首句呼应诗歌题目，塞下五月，天山积雪覆盖，次句好似白话，冰雪世界何来花开？然而细一思量，原来诗人借此暗中与内地之景形成鲜明对比。五月的内地正是仲夏季节，正是百花争艳的季节，譬如农历五月也称"榴月"，得名于五月石榴花盛极，韩愈诗有"五月榴花照眼明"之句。但是李白笔下的塞下之景，与内地夏花之绚烂迥乎不同，只有孤寒遍山，积雪皑皑，连雪花也不见有飘舞的踪影。上句的"天山雪"与下句的"只有寒"合力描写边地极寒的环境。首联从"五月"起笔写边地苦寒，别具匠心，仲夏五月，天山尚且苦寒不堪，遑论春秋冬三季？这样看似无意的时间交代，实则暗含对比衬托之意，足见李白自然用字背后的不凡功力。

颔联"笛中闻折柳，春色未曾看"，紧承首联的写景，从听觉角度入笔，再写边地无春唯余苦与寒的景象。李白有诗"此夜曲中闻折柳，何人不起故园情？"(《春夜洛城闻笛》)，其中"闻折柳"与此诗中的"闻折柳"，同指笛曲《折杨柳》；边地战士闻听此曲，就像当年李白在洛城闻笛一样，心中泛起深重的思乡之情。边地极寒，边境苍凉，无柳可折，无春花可看，一曲笛音，就生生将故乡的春色与离人带回了戍边战士的心中。这一联写边地战士饱受乡思之苦的折磨，诗人却以遍地的悲声、无色世界间接呈现，笔法灵活。

这两联突破了律诗首联起，颔联承的笔法，两联合力起势，用力极大，渲染边地苦寒的环境，为下文人物的出场蓄足了势。而颔联突破对仗拘囿，以气驱文，文显豪纵，颇有李诗放逸之风。

颈联“晓战随金鼓，宵眠抱玉鞍”，承前两联的起势，让人物出场。金鼓，原指四金和六鼓。四金指錞、镯、铙、铎。六鼓指雷鼓、灵鼓、路鼓、鼖鼓、鼛鼓、晋鼓。古代行军金鼓用以和军旅，即整齐步伐，节止进退。“金鼓”既鸣，即意味着“晓战”即刻打响，到了晚上只能抱着马鞍打盹儿，随时待命应战，这样的流水对以上下连贯的语意，写出战斗频仍中的令行禁止、军纪严明，也写出战事紧急中战士无暇休战的紧张气氛。前两联渲染苦寒不堪的边地环境，这一联描写这样紧张的战斗氛围，诗歌进入苍凉悲壮的意境，不知结句诗人会以怎样的情绪结篇？

尾联“愿将腰下剑，直为斩楼兰”，这两句急作转合，写边地虽然苦寒无边，但是戍边战士，却誓杀敌虏，为国立功。《汉书·傅介子传》载，由于楼兰（西域国名）王贪财，屡宰杀前往西域的汉使，傅介子受霍光派遣出使西域，计斩楼兰王，为国立功。李白借用傅介子之事，表现边疆战士积极赴身疆场，为国杀敌的爱国激情。“愿”字摹写战士投身报国的热切之情，“直”字摹写战士斩杀敌虏、立志卫国的英勇形象，结句慷慨言志，振起全篇，实为画龙点睛之笔，与“黄沙百战穿金甲，不破楼兰终不还”（王昌龄《从军行》七首其四）之语有异曲同工之妙。

明末清初王夫之评价这首诗说“总为末二语作前六句”。这句评语最能道出这五言律诗构思布局的独到之处：全诗的尾联用语斩截，意气慷慨，雄奇有力，与前三联所营造的艰苦卓绝的环境形成鲜明的反差，战士生活作战的环境越艰苦，战士杀敌报国的热情愈显高涨，卫国赴敌的勇气愈显巨大。因此，这首诗将苍凉悲壮之景与雄奇高昂之志，妙然融合，意境旷远，诗意雄奇。

塞下曲六首（其三）

骏马似风飙①，鸣鞭出渭桥②。
弯弓辞汉月，插羽破天骄③。
阵解星芒尽④，营空海雾消。
功成画麟阁⑤，独有霍嫖姚⑥。

注　释

① 飙（biāo）：暴风。
② 渭桥：即中渭桥，本名横桥，在今西安市北渭水上，秦都咸阳，渭南有兴乐宫，渭北有咸阳宫，故建此桥沟通二宫。
③ 插羽：腰间插着箭。箭杆上端有羽毛，叫箭翎，又叫箭羽。天骄：指匈奴。后常泛称强盛的边地民族。
④ 阵解星芒尽：解散阵列，指战争结束。星芒：星光。
⑤ 麟阁：即麒麟阁。后汉宣帝为表彰功臣，将历代对汉有功的十一位功臣的画像存放于麒麟阁。如果把龙作为帝王象征的话，麒麟就象征辅佐帝王的将相功臣。故也指卓越的功勋或最高的荣誉。
⑥ 霍嫖姚（piāo yáo）：指西汉抗击匈奴的名将霍去病。以其受封嫖姚校尉，故名。但汉代画像于麒麟阁上的其实是霍光，霍光为霍去病异母弟。

题 解

这首诗为骁勇善战的将士画像，诗歌大有盛唐边塞诗的高亢壮美之风，然而结尾却寄意微讽：将军辞别汉帝，骑马率军出征，骁勇善骑，大破匈奴而凯旋；然而战争结束后，封功受赏的却只有大将霍去病，一个“独”字暗写了诗人对战争的厌恶和对战士的怜惜与同情。

赏 析

李白的这首《塞下曲》（其三）颇有盛唐边塞诗高亢奋进的基调和雄浑壮美的意境。

首联“骏马似风飙，鸣鞭出渭桥”写将士出征的壮观场面：骏马飞奔疾如暴风，骑于马上的将士们扬鞭策马，疾行出京。驭马疾行的健儿们，恨不能即刻奔赴沙场，表现出昂扬的斗志，空前的报国热情。首句以写骏马来写出征将士，所谓马壮兵强是也，次句写将士们出征的地点，以“出渭桥”借代出京。汉朝新建时，忙于安内，无暇顾及塞外，胡马趁机南下，汉与匈奴交恶，多年不得不以和亲方式保证边塞无虞。故而但有机会平寇杀敌，将士们无不跃跃欲试。唐时边战频仍，玄宗一度“称臣于突厥”，因此将士们一旦领命，策马疾行，直奔沙场，一心杀敌卫国。这两句用词斩截，语气铿然，气势紧迫，渲染出临战前的气氛之紧张，斗志之昂扬。

颔联“弯弓辞汉月，插羽破天骄”，“出渭桥”是出征地，“辞汉月”是指出征军队到达边塞，“汉月”既辞，即要面对边寇，何所惧？将士们骁勇善战，血战疆场，强弓射利箭，大败匈奴。“弯弓”“插羽”采用互文手法，摹写将士们快马加鞭奔赴边塞，不暇休整即刻投入战斗，以旺盛的士气、英勇的作战，大败劲敌，颇有天兵既临，摧枯拉朽，所向披靡的气势。“天骄”一词，暗写敌军勇猛难敌，也委婉表达战争的激烈程度，从而反衬出汉军将士的英勇之气。不落墨于千里奔袭的急行军，不落墨于惨烈的鏖战场面，这两句是军队出征兵贵神速战略的传神写照，写大破劲敌的酣畅淋漓，恰恰表现出初、盛唐时期的乐观慷慨之气象。

颈联“阵解星芒尽，营空海雾消”描写战争结束后的战场情形，兼用典故与譬喻，表意含蓄，以风轻云淡之语表现战争的完胜。“阵解”即布阵解散，“营空”与阵解是同义对仗，摹写战事结束后的营地空无一人，指代“破天骄”。“星芒”，即星光，古人认为客星呈现白色的光芒，就是战争的征兆。星芒已尽，就意味着战争结束。“海雾”即瀚海，指漠北地区，借代边塞。战争结束，天骄已成流寇，望风而逃，营地空无人迹。

尾联“功成画麟阁，独有霍嫖姚”，边战凯旋，论功行赏，将士之乐，然而能够将画像列于未央宫麒麟阁中的功臣，只有受封“嫖姚校尉”的霍去病一人。麟阁，即麒麟阁，汉宣帝时建于未央宫中。阁中列有十一位功臣的绘像，故后即以像列麒麟阁代表卓越的功勋和最高荣誉。边战获胜之后，功名不能惠及每一位杀身报国的将士。唐代曹松《己亥岁》有诗：凭君莫话封侯事，一将功成万骨枯。一个将帅的成功是靠牺牲成千上万人的生命换来的。李诗的结句与曹松诗的这两句，颇有殊途同归之意，只是，曹诗以议论出之，李诗以叙事出之，前者表达直白，批判意味强烈；后者表达含蓄，语含怜惜与讽刺。士卒们心知凯旋之后，论功行赏不能惠及每一位，但仍然投身沙场，英勇卫国，这种盛唐时代的英雄情结，让诗人钦敬，更让诗人心生怜惜，诗歌的结尾因而有了时代特有的悲壮意味。

这首诗前六句写将士出征的壮观、杀敌的英勇，写战争结束后敌人片甲不留的战场，笔力雄健；末二句在前六句的充分铺叙之后引出感慨，诗意一转，笔力轻婉，结构新颖，布局匠心独运。

玉壶吟[1]

烈士击玉壶[2]，壮心惜暮年[3]。
三杯拂剑舞秋月，忽然高咏涕泗涟[4]。
凤凰初下紫泥诏，谒帝称觞登御筵[5]。
揄扬九重万乘主[6]，谑浪赤墀青琐贤[7]。
朝天数换飞龙马，敕赐珊瑚白玉鞭[8]。
世人不识东方朔[9]，大隐金门是谪仙[10]。
西施宜笑复宜颦，丑女效之徒累身[11]。
君王虽爱蛾眉好[12]，无奈宫中妒杀人！

注 释

① 玉壶吟：据《世说新语·豪爽》记载：东晋王处仲酒后常吟唱曹操《步出夏门行》中“老骥伏枥，志在千里；烈士暮年，壮心不已”的悲壮诗句，一面唱，一面用如意（古代供玩赏的一种器物）敲打吐痰用的玉壶，结果壶口都被敲缺了。《玉壶吟》的命题用意源出此典。

② 烈士：指有气节、有壮志的人，是活着的人，即壮士。

③ 壮心：雄心。暮年：垂暮之年，即老年。

④ 涕：眼泪。泗：鼻涕。涟：流不断。

⑤ 凤凰诏：皇帝的诏书为凤诏。紫泥：甘肃武都县的一种紫色泥，性黏，古时用以封诏书。谒（yè）：朝见。称觞（shāng）：举杯。御筵：皇帝设的宴席。

⑥ 揄（yú）扬：赞扬。九重：这里指皇帝居住的地方。万乘（shèng）主：这里指唐玄宗。

⑦ 谑（xuè）浪：戏谑不敬。赤墀（chí）：皇宫中红色的台阶。青琐：刻有连锁花纹并涂以青色的宫门。赤墀、青琐，借指宫廷。贤：指皇帝左右的大臣。

⑧ 朝天：朝见皇帝。飞龙马：古时皇帝有六个马厩，其中飞龙厩所养的都是上等好马。这里泛指宫中的良马。敕：皇帝的诏书。敕赐：皇帝的赏赐。珊瑚白玉鞭：用珊瑚、白玉装饰的马鞭。这里泛指华贵的马鞭。

⑨ 东方朔：汉武帝时为太中大夫，为人诙谐滑稽，善辞赋。后来关于他的传说很多。他曾说：“古人隐居于深山，我却认为宫殿中也可以隐居。”这里诗人是以东方朔自喻。

⑩ 大隐：旧时指隐居于朝廷。金门：又名金马门，汉代宫门名。这里指朝廷。谪仙：下凡的神仙。贺知章曾称李白为“谪仙人”，李白很喜欢这个称呼，常用以自称。

⑪ 嚬：通“颦”。这两句是用丑女效颦的典故来揭露当时权贵庸碌无能而又装腔作势的丑态。

⑫ 蛾眉：古时称美女。这里是作者自比。

题 解

这首诗大约写于天宝三载（744）李白供奉翰林的后期，赐金放还的前夕，李白承袭旧题的命意而作，在诗里不仅抒写了自己虽则“烈士暮年，壮心不已”却徒然叹惋宫中多嫉妒而无法实现抱负的苦闷，而且借丑女效颦之喻讽刺权贵蝇营狗苟装腔作势之丑态，表达了自己耻于与之为伍的傲岸性格。

赏 析

应诏入宫供奉翰林之后，向来自视为圣贤的李白，恃才傲物，耻于同以东施效颦的丑态博得君王欢心的宫中群小为伍，最终因“宫中妒杀人”的环境而郁郁寡欢，心怀怨愤。这首诗全诗充溢着不平之气，怨愤之心。

“烈士击玉壶，壮心惜暮年。三杯拂剑舞秋月，忽然高咏涕泗涟。”

诗歌开篇，李白以“烈士”自许，然而“玉壶”一击，则徒有“壮心”，烈士人生唯余叹惜连连。想起当年东晋王敦，常于酒后敲击玉壶，诵吟曹操名篇《龟虽寿》“老骥伏枥，志在千里。烈士暮年，壮心不已”，表达自己老当益壮的建功之志；李白心怀“使寰宇大定，海河清一”的大志，人到中年却大志未酬，每思及此，不由心生悲慨，愤气郁结。“三杯”或是约数，数杯酒下，心中的悲愤怨怼不仅没有因此消解，反而愈加深重，于是拔剑而舞，剑指秋月徒生秋殇，转而思及自身，高声吟咏之际不禁涕泗横流，不能自已。“忽然”一词，状写诗人心头不可自已的愤激之情，煞是到位。激愤已极，诗人下文将作何承转？

“凤凰初下紫泥诏，谒帝称觞登御筵。”

诗人笔锋由“愤”突然转入“喜”，追忆当年自己平步青云之遇：想当初，自己奉玄宗特诏入京，玄宗隆恩赏赐御筵，席间自己举觞畅饮，意气风发，以为几十年的等待终于等来了酬主报君施展抱负的机会。“揄扬九重万乘主，谑浪赤墀青琐贤。朝天数换飞龙马，敕赐珊瑚白玉鞭。”这四句描写李白在朝堂上的际遇与作为。“揄扬”句具体描写诗人在朝廷上被皇帝大加褒扬，“谑浪”句描写诗人在朝堂之上对皇帝左右之臣的戏谑与不敬。“朝天”二句极写诗人备受荣宠的际遇。依据唐制：翰林学士初入，例借飞龙马。但“数换飞龙马”，又赐珊瑚“白玉鞭”，显然是出格之举，可见诗人当时荣宠之盛得意之极。行文至此，诗人扬之极高，下文定有跌宕承转。“世人不识东方朔，大隐金门是谪仙。”这两句是诗人的自我解嘲之词。司马迁《史记·滑稽列传》载东方朔歌曰：“陆沉于俗，避世金马门，宫殿中可以避世全身，何必深山之中，蒿庐之下。”以戏谑之词表达了自己怀才于身，却被汉武帝视作滑稽弄臣的苦闷之情。后来晋王康琚《反招隐诗》有：“小隐隐陵薮，大隐隐朝市。”此二句中，李白自比东方朔，自命谪仙人，声言自己是“大隐”之人，讥讽朝堂不是得其所之地，自己不过借以隐身。身居朝中，而有这样直白的批判，非谪仙人不能有也。清人刘熙载论李白的诗若升天乘云，无所不之。然也，李白之诗，从无限得意，到大隐金门，这骤然突变，可以看出诗人内心是非常痛苦的。“世人不识”，我自“大隐”，这显然是诗人郁结之余的戏谑之言，不能当真的。这两句中的怨愤之气与开头四句的悲愤情状遥相接应，将诗人内心的郁郁之气累加得更加深重。以上八句以喜极而悲的情感申诉，通过正反相照，将诗人选择击壶舞剑、高咏涕涟的内心隐痛委婉道出，不能不打动人。

“西施宜笑复宜颦，丑女效之徒累身。君王虽爱蛾眉好，无奈宫中妒杀人！”

这四句诗写诗人以傲岸自负的个性自许，也以此见妒而自恨，表达诗人怀瑾握瑜而见弃于王的怨愤之气。以美人自比，寄寓自己清高自守的品性，这样的诗歌传统源于屈子的《离骚》，蛾眉入鬓的西施，无论是笑还是颦，都美得不可方物，然而东施效颦却徒现其丑；西施之美譬若诗人之美，无论进退，无论作为，皆得其意，别人效仿起来徒惹笑谈。尽管诗人自得其美，然而他心中自然清楚正是自己的“蛾眉”独好，笑颦皆宜，引来朝中妒贤嫉能者的谤杀。末句“无奈宫中妒杀人”以尤为激愤的语气表达自己不容于朝廷的无奈与怨愤，诗歌以此煞尾，语气斩截，激愤之气，荡气回肠。

全诗以气驱文，以激愤之气作为内在情感线索贯穿始终，行文之中，却有意曲转，跌宕有致。这首诗凡一十六句，前四句为一节，起势突兀，悲愤之气溢于言表；中间八句为一节，前六句承接书愤之意转而以酣畅之笔写诗人的得意之极，后两句用“大隐金门”暗写遭谗之意；最后四句为一节，以蛾眉见妒作结，表达诗人愤击玉壶的慷慨悲歌。全诗大开大合，亦擒亦纵，波澜起伏，跌宕生姿，颇有明人徐祯所言“气如良驷，驰而不轶（轶，超过，溢出）”（《谈艺录》）之佳妙。

灞陵行送别

送君灞陵亭①，灞水流浩浩②。
上有无花之古树，下有伤心之春草。
我向秦人问路岐，云是王粲南登之古道③。
古道连绵走西京④，紫阙落日浮云生⑤。
正当今夕断肠处，骊歌愁绝不忍听⑥。

注 释

① 灞陵亭：古亭名，据考在长安东南三十里处。
② 浩浩：形容水势广大的样子。
③ 王粲：东汉末年著名文学家，“建安七子”之一。
④ 西京：即唐朝首都长安。西汉建都长安，东汉后改都洛阳，设立长安为西京。
⑤ 紫阙：紫色的宫殿，此指帝王宫殿。
⑥ 骊歌：指《骊驹（lí jū）》，《诗经》逸（散失）篇名，古代告别时所赋的歌词。《汉书·儒林传·王式》：“谓歌吹诸生曰：‘歌《骊驹》。’”颜师古注：“服虔曰：‘逸《诗》篇名也，见《大戴礼》。客欲去歌之。’”后因以为典，指告别。

题 解

这是一首送别诗。这首送别诗当作于唐玄宗天宝二载（743）前后，李白入长安供奉翰林之后。诗歌写李白在灞陵亭送别仕途失意的友人时，李白与友人之间的离情别绪。诗中，李白表达了友人此去多歧路的担忧，同时暗写诗人对朝中乱象的忧虑。

赏 析

“灞陵”，也作“霸陵”，位于长安城东南三十里处，为汉文帝陵寝之地，因有灞水而得名。依唐俗，人们出城东送别多于此地分手。李白词《忆秦娥》曰 :“年年柳色，灞陵伤别。”霸水之畔多柳，且“柳”“留”谐音，诗题中的“灞陵”一词本身就含有离别、伤别之意，加之“送别”一词，更加强化这首诗的离情别意。

“送君灞陵亭，灞水流浩浩。”

“送君”点明是诗人为友人送别，灞陵亭畔灞水浩浩，灞陵亭上的离情仿若亭下浩浩汤汤远流的灞水，绵绵不绝，诗人开篇以景言情，用赋的艺术手法直陈送别之事，同时用比兴手法，以灞水的浩浩水势比之诗人与友人之间的绵绵离情。

“上有无花之古树，下有伤心之春草。”

汤汤远去是灞水熔铸了诗人满腔的离情，而灞陵道边的古树春草，则更让离人的别绪加重。古树犹青无花开，历尽春意归于寂然，春草萋萋侵古道，春意浓浓惹人伤，一双离人在离别之际，千言万语无从说起，上下顾盼、前瞻后顾之间被这历尽沧桑的古树、春意正浓的春草撩拨得难于自已，故而诗人直言“伤心”。

“我向秦人问路岐，云是王粲南登之古道。”

因为友人此行前路多歧，诗人向当地的秦人问道，当地秦人回答诗人说，友人的前路就是建安七子之首的王粲，当年为躲避董卓部将之乱南下荆州所行之途。王粲当年避难荆州，作了著名的《七哀诗》，其中有“南登灞陵岸，回首望长安”的诗句。诗人刻意化用王粲之典，以王粲的失意南下暗喻友人此行的不得意，而且以王粲《七哀诗》中“回首望长安”之意暗扣了友人对京都的不舍之情。

“古道连绵走西京，紫阙落日浮云生。”

这两句承接前两句，写离人从灞陵亭回望长安所见：暮色中绵长的古道直达长安城，帝王宫殿笼罩在落日余晖与浮云渐生的迷蒙境界之中。“古道”一词，一语双关，点明这条漫漫古道负载过多少入京求仕者的双足，负载过多少失意离京者的双脚。李白《送友人》诗云：“浮云游子意，落日故人情。”古诗中“浮云”常常用以比喻游子或其漂泊之状。“浮云”有漂浮不定之状，“落日”有依依不舍之态，在紫阙上空并现，既表达即将漂沦异地的友人对京都的眷恋之情，也用以象征朝廷中奸佞蔽主，谗毁忠良。李白《登金陵凤凰台》诗有“总为浮云能蔽日，长安不见使人愁”，似乎可看做是这两句诗的注脚，隐隐透露着友人仕途失意的原因。

“正当今夕断肠处，骊歌愁绝不忍听。”

“骊歌”，指逸《诗》——《骊驹》，是离歌的经典代表。今夕“正当断肠处”，或是因为诗人与友人之间不独有深情厚谊割舍不离，更有诗人内心深处难以言表的朝政之忧，浮云蔽日，或非一日，这忧伤的离歌不知今日唱罢，何日还会再唱？故而骊歌闻之令人愁绝，以致不忍卒听。诗人以离歌的哀婉凄绝与开篇的送君情长遥相呼应，让这首离歌一路迤逦唱来，结构圆和，情韵悠长。

这首送别诗，抒写离情写得绵长而深厚，在诗歌题目中即点明题旨，诗文中则首尾呼应，以“送君”与“骊驹”遥相呼应，深化诗旨，中间部分则写景、用典、取譬兼而用之，曲折表达离情别意，颇有婉曲之美。

这首诗的语言节奏颇有李白纵意顿挫之风。全诗除了开篇两句是两个五言诗句外，其余八句多为七言诗句，起势简洁，开门见山，点明送别地点和离情如水般绵长，和后文七言诗句所表达的婉曲情思节奏迥异；其余八句在整句的整饬节奏中承、转、合，呈现跌宕起伏的变化之美。特别是诗的一二句“灞陵”和“灞水”叠加；三四句“上有”“下有”的对仗；六七句“古道”的顶针，形成这首诗情随音起的诗歌节奏，故而离情之抒写纵其所远，漫漫古道尽是离人的脚印；诗歌节奏则随着诗人的感情波澜抑扬顿挫。

月下独酌（其一）

花间一壶酒，独酌无相亲①。
举杯邀明月，对影成三人②。
月既不解饮③，影徒随我身④。
暂伴月将影⑤，行乐须及春⑥。
我歌月徘徊⑦，我舞影零乱⑧。
醒时同交欢⑨，醉后各分散。
永结无情游⑩，相期邈云汉⑪。

注　释

① 独酌：一个人饮酒。酌，饮酒。无相亲：没有亲近的人。
② 成三人：明月和我以及我的影子恰好合成三人。
③ 既：且。不解饮：不会喝酒。
④ 徒：徒然，白白的，空。
⑤ 将：和。
⑥ 及春：趁着春光明媚之时。
⑦ 月徘徊：明月随我来回移动。
⑧ 影零乱：因起舞而身影纷乱。
⑨ 交欢：一起欢乐。
⑩ 无情游：忘却世情的交游。
⑪ 相期：相约会。邈：远。云汉：银河。

题 解

这首诗约作于唐玄宗天宝三载（744），李白被玄宗赐金放还之前。自视颇高且被玄宗恩宠得意一时的李白，屡受朝中同侪的排挤谤毁，对他有知遇之恩的贺知章已被迫离开朝廷，寂寞失意的李白借酒浇愁之余，作《月下独酌》组诗四首。这四首诗，写诗人在月夜花下独酌，无人亲近的冷落情景，虽然诗人写自己以月为伴、对酒当歌的自得其乐，然而透过字面，我们可以窥见诗人是借以表明自己怀才不遇的孤寂与苦闷。

赏 析

这是一首充满了想象魅力的奇异之作，诗人写自己在花间月下独酌、咀嚼孤寂的情景，构思新颖，情致动人，写得别具神韵。

诗题是“月下独酌”，意境忧凄淡远，“月下”一词营造万籁俱寂、月清如水的诗境，而“独酌”二字，透露着诗人无言的孤独之感。全诗就紧紧围绕“独”字，书写情怀，情思深婉。

“花间一壶酒，独酌无相亲。”

诗歌开篇，营造一酒、一人的孤清意境。月下花间，无人对酌，无人亲近，独自饮下孤独的酒，只有无尽的寂寥相伴，任月下的花儿开得如此清新动人，却无人同去赏看。

“举杯邀明月，对影成三人。”

三四句诗，诗人异想呈现，既然无人可对酌，何妨举杯邀约天上的明月和自己相亲，连同自己在月下的投影，一共三人，举杯共酌，让原本无边的冷清瞬间遁形，花间月下，顿时热闹起来。“诗人、月、诗人月下的影子”，此三者被诗人称为“三人”，可谓是前无古人的创意，物我无间的胸襟和想象，让遭遇孤独的诗人因此从孤独中解脱出来，也让读者深味诗人浓重的孤独感。

“月既不解饮，影徒随我身。”

还来不及享受三人共酌的欢乐，天空高悬的明月和地上长长的身影，都用无言的寂然表示了它们的“不解饮”、不相亲。

举杯邀明月

所以，诗人说“暂伴月将影，行乐须及春”，趁着春光正盛，春花正放，与月儿和影儿做伴，举杯畅饮，及时行乐，不过是诗人排解孤寂、暂得其乐的自我宽慰之举。

“我歌月徘徊，我舞影零乱。醒时同交欢，醉后各分散。”

独酌酒酣之余，诗人既歌且舞，歌时月色依依，若有徘徊意，舞时投影零乱，若有沉醉状。诗人独酌，不知不觉中，醉意来袭，且歌且舞，醉意朦胧中，似有月儿、身影与自己共舞。诗人在买醉中将心中孤寂悉数付诸歌舞之中，并没有一味溺于苦闷，颇有狂人之态。半醉半醒之间，与月与影交互欢欣，共赴欢乐谷；一醉方休之后，月儿依依，高悬于天，投影不舍，渐渐遁形。月光和投影对诗人的“相亲”之举，自然是出自诗人想象的结果，月儿、投影的一往情深越发显示出诗人的孤独无依。

“永结无情游，相期邈云汉。”

独酌买醉解愁的诗人，纵然醉得既歌且舞，狂态十足，也不曾将心中的愁苦驱遣，所以，现实中无以解脱的诗人最后寄望于想象：我愿和月儿永远结为忘却世俗之情的好友，相约在渺远的银河再相逢！永恒的“月”高悬银河，远离世俗愁情，诗人与之结友，并相约银河相见，把想象引往远离现实苦痛的高处，希望在银河与月与影的共游能将心中的苦痛悉数消泯。这样的结尾看似是谪仙人再回天上，寻求解脱苦痛的自然之举，充满着诗人得道升天的快意，实则是诗人因为现实太沉重，希望得道升天，从而脱离人间世俗的美好愿望。诗人自幼好求仙访道，结交隐逸，就连他进京侍君也是隐逸道士吴筠举荐所致，故而这首诗的结篇似有孤寂难解寻求遁世的寄意。

李白笔下的孤独是如此的深重，可是行文却并非一独到底，诗人或直言孤愁之悲，或以乐写悲，将全诗写得跌宕起伏，摇曳生姿。他以一酒一人开篇，直陈其悲，他用丰富的想象，让自己与无情的“月”和“影”共舞，让自己到云汉去与月影再会，让自己在共舞中忘却孤独，及时行乐，然而“月”不解饮、“影”徒随我身，纵使栖身云汉，诗人也必将是孤独的，这是以乐写悲。

金陵城西楼月下吟[①]

金陵夜寂凉风发，独上高楼望吴越。
白云映水摇空城[②]，白露垂珠滴秋月。
月下沉吟久不归，古来相接眼中稀[③]。
解道澄江静如练，令人长忆谢玄晖[④]。

注　释

① 金陵城西楼：金陵名胜，即“孙楚楼”，因西晋诗人孙楚曾来此登高吟咏而得名。

② 摇空城：意为白云和城楼倒映在水中，随波荡漾。

③ 古来相接眼中稀：自古以来名流虽多，但能够与自己精神相通的却寥寥无几。

④ 解道：懂得。谢玄晖：南朝齐代诗人谢玄，字玄晖。

题 解

这首七律作于李白在长安供奉翰林两年，受同侪排挤，被赐金放还之后。金陵城西北的覆舟山上建有西楼，是观景名胜。李白在这首诗中写自己夜登西楼，所见云月映水的图景，和对知音世稀，怀才不遇的叹惋。

赏 析

“金陵夜寂凉风发，独上高楼望吴越。”

静寂的金陵城里，秋风拂过，夜凉如水，独自一人登上城西楼，眺望吴越之地。高楼，即指西楼。“吴越”，泛指江、浙一带。诗人写景，写“夜寂”，静寂的秋夜，写“凉风发”，凉人的秋风，此景之中登高，不为赏秋，因为诗人选择孤身一人上高楼，似乎隐衷有怅惘郁闷之思。

“白云映水摇空城，白露垂珠滴秋月。”

西城楼临江而建，从西城楼上俯视，可见城垣迂曲，江流回环，故而西城楼历来是观景名胜。诗人上句写俯瞰江面，但见云影共城垣的倒影随波摇曳，恍惚间仿佛整座城垣在轻轻荡摇，风拂水荡，“摇空城”的意境煞是动人。尤其是下句写诗人被露珠的晶莹剔透所打动。叶上的露珠，在月光映照下，仿佛珍珠一般，晶莹剔透，就好像是从玉液一般的月亮中滴出的。秋月“滴”出白露，这样跨越时空的想象，非想象瑰奇的谪仙人何人可有？这与诗人《望庐山瀑布》“疑是银河落九天”的银河之喻颇有异曲同工之妙。虽是夜观吴越之地，诗人连用两个“白”字，化腐朽为神奇，让皎洁的月光，令云影亦白，使露珠透白，令江水澄澈。而上句中的“空”字，让整座城瞬间变得分外空寂静谧。诗歌意境因而空灵悠远，令人遐想不已。诗人匠心用笔，使这两句诗成为名句。

“月下沉吟久不归，古来相接眼中稀。”

秋月高悬，诗人却无心对月，伫立月下，沉思良久，不肯归去。原来心中叹惋，古往今来，天地之间，知音终究难觅，偌大的世界，谁人可与自己心灵相通呢？所谓“眼中稀”，状写诗人冷眼观尽世界，世间竟然觅不得几个知音的苦闷，形象真切。而之前冠以“古来”二字，让人不禁联想到《将进酒》中“古来圣贤皆寂寞”的诗句，其中既有借古人之遇自我宽慰的意味，也自然地引发诗人对和他际遇相似的古人的追念，为下文写谢玄晖张本。

“解道澄江静如练，令人长忆谢玄晖。”

解道，即懂得，理解。这个词是理解末二句诗的关键。诗人自言能够理解当年谢玄晖作“澄江静如练”诗句的心情，而今登上西楼面对这澄净有如一道白练的江水，诗人不禁深情忆起写出这般佳句的谢玄晖来。谢玄晖，是南齐著名诗人，诗风清新，为官正直，性格傲岸，后被诬陷，下狱死。李白为其诗风所倾倒，对其备是钦敬。谢玄晖当年被排挤出京离开金陵时，曾写有《晚登三山还望京邑》，其中“澄江静如练”成为流传后世的名句，诗人描写金陵壮美的景色以抒发去国之际不舍之情。李白被排挤出长安，心怀郁愤。与谢玄晖相似的际遇，让李白在面对澄江碧水之际，思接古人，发出知音之叹：“解道澄江静如练，令人长忆谢玄晖。”原来尽管古来相接眼中稀，但所幸力寻前朝后终有谢玄晖与我惺惺相惜。只是，知音觅得却驱遣不了现世之中无人可相接的孤寂无奈。李白原是借古人之遇叹伤自己，世无知音，只落得怀才不遇的结局。诗人用典巧妙，不落痕迹，颇有自然天成之工。

全诗以“独叹”卒章显志，与开头的“独上”遥相呼应，将诗人月下孤愁的形象和情思贯穿始终，结构圆和，情感流畅，构思缜密。同时，诗人擅长天马行空的挥笔，从地到天，从古到今，从人到己，笔触所至，或是奇景，或是奇思，或是奇情，令人目不暇接，耳不暇闻，然而，皆以“月下吟”一以贯之，有如行云流水，情景交融，精美动人。

鲁郡东石门送杜二甫①

醉别复几日，登临遍池台。
何时石门路，重有金樽开。
秋波落泗水，海色明徂徕②。
飞蓬各自远③，且尽手中杯。

注　释

① 鲁郡：鲁城，今天的山东曲阜。石门：山名，在山东曲阜东北，是一座风景秀丽的山峦，山有寺院，泉水潺潺，李杜经常在这幽雅隐逸的胜地游览。

② 泗水：水名，泗河古称泗水，为禹治九水之一。徂徕：山名，是泰山的姊妹山。

③ 飞蓬：是被风吹得在地面上飞跑的草，比喻人的行迹飘零。

题 解

这是李白写给杜甫的一首送别诗。唐玄宗天宝三载（744），李白被赐金还乡之后，在东都洛阳与比他小十二岁的杜甫一见如故，二人结为知音之交，来往密切。天宝四载（745），避归东鲁的李白与游至兖州的杜甫重逢，二人结伴同游齐鲁，情好益密。杜甫赠白诗所云“余亦东蒙客，怜君如弟兄。醉眠秋共被，携手日同行”者是也。俄而杜甫将西去长安，李白亦有江东之游，城东石门一别二人遂无再见之日。这首送别诗以二人的深情厚谊为内在抒情线索，描绘石门富有诗情画意的景致，寄寓诗人与杜甫之间的惜别之情。

赏 析

据载，李白写给杜甫的赠诗总共有三首，《戏赠杜甫》《沙丘城下寄杜甫》《鲁郡东石门送杜二甫》，这是最后一首。诗歌写二人惜别之情，少伤感，多洒脱，表现出李白无羁随性的个性。

“醉别复几日”，诗歌以“醉别”开篇，两位知交在即将分手的日子里，被浓重的伤别之情侵袭，一想到没有几天便要离别了，索性痛快一饮，一醉而别吧。诚如杜甫所言“李白斗酒诗百篇”，伤别买醉的李白最能畅意表达心曲，于是次句“登临遍池台”紧承首句，写李杜二人把鲁郡的名胜古迹、池台阁榭悉数游览遍了，二人把手同游的适意亲密犹在眼前，酣醉之中齐鲁共游“醉眠秋共被，携手日同行”（杜甫《与李十二白同寻范十隐居》）的情景依然历历在目。分别在即，诗人没有让自己和杜二甫一同坠入离伤之痛，而是和杜二甫痛饮金樽，遍游池台，以洒脱之姿面对即将到来的分别。

还未分别，诗人就已在盼望下一次的再会：“何时石门路，重有金樽开。”石门，是山东曲阜东北的山，幽雅隐逸，是李杜同游之地。以酒会友，诗兴盎然之际，最是李杜兴酣之时，杜甫在《春日忆李白》中深情唱叹：“何时一樽酒，重与细论文”，而李白则心有灵犀地怅然而问，何时能再有机缘“重”“开金樽”。诗酒之间，二人在不同的时空，热烈地你唱我和，志趣相投，共同盼望再相逢，大有知音一别难再遇之慨叹，有时空错位带来的别有动人之处。

自古逢秋悲寂寥，时值秋日，李杜分别在即，秋日的石门想也是秋殇处处吧。然而李白笔下的石门秋景却是“秋波落泗水，海色明徂徕”。泗水有如得到明眸善睐的眼波，流转之间澄澈静幽，徂徕山被海水映照得愈加苍翠。诗评历来认为其中的“明”字堪称诗眼，它将静止不动的一山苍翠化静为动，好似碧海多情主动映绿了徂徕青山，海亦多情，山亦生动，山青如徂徕，水秀如泗河，分别在即的李杜二人怎能不留恋?

然而天下没有不散的筵席，送君千里终有一别，末二句“飞蓬各自远，且尽手中杯”，诗人暂抛离愁，洒脱言别。诗人借身不由己的风中蓬草来比喻自己和杜甫，知交此去一别，各自飘零，咫尺之间转眼天涯，更不知相逢在何时？言不尽的惆怅，说不完的离愁，且让它们随着我这杯中酒，，一倾而尽，一醉而别吧！这就是李白，任你是离情深重，任你是别情依依，任你是相逢多艰，他都可以在洒脱爽朗的痛饮中超脱出来，一醉泯愁情。

这首送别诗以“醉别”始，以“醉别”结，首尾呼应，结构圆合，显示出诗人洒脱不羁的个性。这首送别诗写得斩截洒脱，别具韵致。“重有金樽开”句，暗合杜甫写给李白的《春日忆李白》，颇有知音共鸣之妙；“泗水、徂徕”之景以明澈苍翠的形象和李杜二人坦荡清明的君子形象交相呼应，达到物我无间的情景交融之美。所以，整首诗言知音之情深挚动人，写石门之景明丽宜人，意蕴丰赡，动人心扉。

短诗跌宕有致，波澜层递。语言古朴真淳，直抒胸臆。结构布局，不拘音律，不就规矩，将叙事、绘景、抒情三者自然巧妙地融为一体，尽得天真天然之句。

沙丘城下寄杜甫

我来竟何事？高卧沙丘城①。
城边有古树，日夕连秋声②。
鲁酒不可醉，齐歌空复情③。
思君若汶水④，浩荡寄南征。

注　释

① 高卧：这里指闲居。沙丘城：应位于今山东肥城市汶阳镇东、大汶河南下支流洸河（今名洸府河）分水口对岸。

② 日夕：朝暮，从早到晚。秋声：指寒蝉等在秋季容易引发秋之伤感的种种声音。

③ 鲁酒不可醉，齐歌空复情：《庄子·胠箧》篇有“鲁酒薄而邯郸围”之句。《淮南子》云：“楚会诸侯，鲁赵俱献酒于楚王，鲁酒薄而赵酒厚。楚之主酒吏求酒于赵，赵不与，吏怒，乃以赵厚酒易鲁薄酒，奏之。楚王以赵酒薄，故围邯郸。”这两句谓鲁酒之薄，不能醉人；齐歌之艳，听之无绪，皆因无共赏之人。

④ 汶水：鲁地的河流名，河的正流在现代叫大汶河，源出山东省莱芜市东北原山，向西南流经泰安市、徂徕山、汶上县，入运河。耿元端说汶水在曲阜之北七八十里处向西流，“思君若汶水”只是联想到汶水，不能认为沙丘城就在汶水之旁。

题 解

唐玄宗天宝三载（744）在东都洛阳，李白初识杜甫，李白、杜甫与高适三人结伴游梁、宋，登吹台、琴台，渡河游王屋山。天宝四载（745），李杜二人再游东鲁而重逢，既而两人又各奔东西，从此再无相逢。这首李白写给杜甫的赠诗或写于两人三年两度相遇之后的一段时间内。《沙丘城下寄杜甫》，直抒胸臆，表达诗人对杜甫绵长的思念之情。

赏 析

沙丘城，位于山东汶水之畔，是李白漫游鲁中一带时的寓居之所。从天宝三载到天宝四载，李白与杜甫两遇两别。结伴同游的日子里，二人曾“醉眠秋共被，携手日同行”（杜甫《与李十二白同寻范十隐居》），二人之间结下了非常深厚的情谊。故而分别之后，回到沙丘寓的李白，只身一人时，追忆与杜甫日同行的日子，倍觉寂寞，思君之情如潮水般涌来，于是写有此作遥寄杜甫。诗题中的“寄杜甫”三字是解读此诗的关键所在，不可忽视。

诗歌以“我来竟何事？”的自问开篇：我来到沙丘城究竟是为何事？在诗人心中，这原不成其为问题，然而诗人特意自问，其间隐含了诗人的某种情绪——是没有达到预期目的的怨诘，还是对目下沙丘城的生活不满意？引发读者的悬想。次句诗人自答：“高卧沙丘城。”高卧，意为隐居不仕。典出南朝宋刘义庆《世说新语·排调》：“卿（谢安）屡违朝旨，高卧东山，诸人每相与言：‘安石（谢安，字安石）不肯出，将如苍生何？’”长安两年供奉翰林从政失败的经历之后，李白再游齐鲁等地，再次主动选择了高卧林泉的闲居生活。

独居沙丘城的李白，自朝至夕，没了杜二甫的陪伴，观景思古，闻音思秋，故云“城边有古树，日夕连秋声”。诗人高卧沙丘城，他想告诉杜二甫，遍观城池无所见，唯见城边的数年古树，在飒飒秋风中愈见古拙，自朝至夕，风吹叶动，似传秋伤之声。李白借助这城边古树一树招摇的秋意秋声，传达对知交的牵挂眷念，借景抒情，情随景深，笔致委婉摇曳。

萧瑟的秋风摇动了一树的秋意，为了驱散这浓重的秋伤，诗人且酒且歌，可是“鲁酒不可醉，齐歌空复情”。鲁酒虽厚，却怎么也醉不了人，齐歌虽艳，却怎么也动不了人。诗人寄言杜甫，为了驱遣满怀的秋伤，他借酒浇愁却愁更愁，借歌驱愁却愁更浓。

满腹情怀，蓄积到此，喷薄在即，诗人在末二句高声唱叹“思君若汶水，浩荡寄南征”。杜甫告别李白是为西去长安，长安在汶水西南，而汶水是自东北至西南流向，诗人至此即景点题：杜二甫，我对你的思念之情，浩浩汤汤，就如这浩荡南流的汶水一样，日夜兼程，追随你南行的踪迹。结篇在热切急迫的高声表白中戛然而止，诗人对杜甫的思念之情有如一川汶水倾泻而出，语尽而情长！

李白这首诗，题为“寄杜甫”，可是除了末二句直接点题，表达自己对远在千里之外的杜甫的思念之情之外，前六句诗都是围绕着诗人在沙丘城的生活行文的。一二句交代诗人闲居沙丘城，三四句交代诗人所居环境，五六句抒情表达自己歌酒解愁而不得的苦闷。这六句诗，仿若诗人写信给友人，告诉对方自己的近况，不涉一个“思”字，也不用一个“君”字，字里行间却可读出诗人和杜甫之间相知相交的深情厚谊。因为不是知交，不会如此向对方絮叨自己的近况，不是知交，不会有耐心倾听对方的絮叨。更有佳妙处在结句，读罢结句，再思前六句，豁然开朗，原来前六句诗人自言自语絮叨自己的沙丘城之伤，是源自诗人对杜甫深切的思念：一、二句诗勾连起来，结合诗题“寄杜甫”，可知诗人是想告诉异地而居的杜甫，二人一别后，他只身居于沙丘城，闲来无聊，每每忆起二人同游齐鲁的时日，就倍觉乏味苦闷；三、四句城边秋声中寄托的是诗人对杜甫深长的思念之音；五、六句酒不醉人、歌不动人是因为思杜心切无心他顾。如此读来，全诗蓄势充分，点题到位，结构上有峰回路转、柳暗花明之美。

梦游天姥吟留别[①]

海客谈瀛洲，烟涛微茫信难求[②]。
越人语天姥[③]，云霞明灭或可睹[④]。
天姥连天向天横[⑤]，势拔五岳掩赤城[⑥]。
天台四万八千丈，对此欲倒东南倾[⑦]。
我欲因之梦吴越[⑧]，一夜飞度镜湖月[⑨]。
湖月照我影，送我至剡溪[⑩]。
谢公宿处今尚在[⑪]，渌水荡漾清猿啼[⑫]。
脚著谢公屐[⑬]，身登青云梯[⑭]。
半壁见海日[⑮]，空中闻天鸡[⑯]。
千岩万转路不定，迷花倚石忽已暝[⑰]。
熊咆龙吟殷岩泉[⑱]，栗深林兮惊层巅[⑲]。
云青青兮欲雨[⑳]，水澹澹兮生烟[㉑]。
列缺霹雳[㉒]，丘峦崩摧。
洞天石扉，訇然中开[㉓]。
青冥浩荡不见底[㉔]，日月照耀金银台[㉕]。
霓为衣兮风为马，云之君兮纷纷而来下[㉖]。
虎鼓瑟兮鸾回车[㉗]，仙之人兮列如麻。
忽魂悸以魄动，恍惊起而长嗟[㉘]。
惟觉时之枕席[㉙]，失向来之烟霞[㉚]。
世间行乐亦如此，古来万事东流水[㉛]。
别君去兮何时还，且放白鹿青崖间，须行即骑访名山[㉜]。
安能摧眉折腰事权贵[㉝]，使我不得开心颜！

注 释

① 天姥（mǔ）山：在今绍兴新昌县东五十里，东接天台（tāi）山。传说曾有登此山者听到天姥（老妇）歌谣之声，故名。

② 海客：浪迹海上之人。瀛洲：传说中的东海三仙山之一。烟涛：波涛渺茫，远看像烟雾笼罩的样子。微茫：景象模糊不清。信：实在。难求：难以寻访。

③ 越人：指绍兴一带的人。语：谈论。

④ 云霞明灭：云霞忽明忽暗。或：有时。

⑤ 连天：高可接天。向天横：遮住天空。横，遮断 。

⑥ 拔：超出。五岳：东岳泰山、西岳华山、中岳嵩山、北岳恒山、南岳衡山。赤城：山名，在今浙江天台县北，为天台山的南门，土色皆赤。

⑦ 天台：山名，在今浙江天台县北。四万八千丈：形容天台山很高，是一种夸张的说法，并非实数。对此欲倒东南倾：对着（天姥）这座山，（天台山）就好像要拜倒在它的东面一样。

⑧ 因之：因，依据。之：代指前段越人的话。梦吴越：梦中抵达吴越之地。

⑨ 镜湖：绍兴镜湖，黄帝铸镜于此而得名，位于中国绍兴城北镜湖新区，是晋唐时期天下第一城市湖泊，唐朝几乎所有的诗人都游赏过镜湖，首开中国城市湖泊文化先河。

⑩ 剡（shàn）溪：水名，在今浙江绍兴嵊州市南，曹娥江上游。

⑪ 谢公：指南朝绍兴诗人谢灵运。谢灵运喜欢游山。他游天姥山时，曾在剡溪居住。

⑫ 渌：水清澈。

⑬ 谢公屐：指谢灵运游山时穿的一种特制木鞋，鞋底下安着活动的锯齿，上山时抽去前齿，下山时抽去后齿。

⑭ 青云梯：上天的阶梯。多指高峻入云的山路。

⑮ 半壁见海日：上到半山腰就见到从海上升起的太阳。

⑯ 天鸡：古代传说，东南有桃都山，山上有棵大树，树枝绵延三千里，树上栖有天鸡，每当太阳初升，照到这棵树上，天鸡就叫起来，天下的鸡也都跟着它叫。

⑰ 暝：天黑、夜晚。

⑱ 殷岩泉：即“岩泉殷”。殷，这里作动词用，震响。

⑲ 栗深林兮惊层巅：使深林战栗，使层巅震惊。

⑳ 青青：黑沉沉的。

㉑ 澹澹（dàn dàn）：水波微微荡漾的样子。

㉒ 列缺：闪电。

㉓ 洞天：神仙所居的洞府，意谓洞中别有天地。石扉：即石门。訇（hōng）然：形容声音很大。

㉔ 青冥：青天。

㉕ 金银台：金银筑成的宫阙，神仙所居之处。

㉖ 云之君：云里的神仙。

㉗ 鸾：传说中凤凰一类的鸟。回：回旋。

㉘ 恍：恍然。

㉙ 觉时：醒时。

㉚ 向来：原来。烟霞：指前面所写的仙境。

㉛ 东流水：（像）东流水一样（一去不复返）。

㉜ 且放白鹿青崖间，须行即骑访名山：暂且把白鹿放在青青的山崖间，等到要走的时候就骑上它去访问名山。须：等待。

㉝ 摧眉：即低眉。低头弯腰，即卑躬屈膝。陶渊明曾叹“我岂能为五斗米向乡里小儿折腰！”

题　解

唐玄宗天宝四载（745），结束了长安两年仕途经历后的李白，将由东鲁（现在山东）南游越州（绍兴）之际，写了这首游仙诗，留给在东鲁的朋友，所以也题作《梦游天姥山别东鲁诸公》。全诗描绘梦中游历仙府名山天姥山的情景，借以寄托自己对自由的理想世界的向往之情，同时也表达了不攀附权贵的傲岸个性。全诗凭想象而作，意境雄阔，寄意含蓄，感慨深沉而激烈，富于浪漫主义特色。

赏　析

天宝三载，唐玄宗以“非廊庙器”而对李白赐金放还，这场遭际是李白政治仕途上的巨创，在他的心灵上留下了深刻的印记。告别帝都之后，李白重又踏上漫游之路，开始了他自己所谓的“一朝去京国，十载客梁园”的十年漫游生涯，期间李白再度娶妻，子女留居东鲁，而出世抑或入世的矛盾纠结始终伴随着李白。李白的漫游，一是求仙访道，一是寄情山水，此外也是寻求为国效力的机会。这首《梦游天姥吟留别》别名《别东鲁诸公》，是李白南游吴越之地前写以抒怀，并留给东鲁朋友的名作。

这首诗，以记梦的形式描写梦境中游历天姥山的情景，写天姥山之高不惜以夸张之词，写天姥山之奇，不恤以多变的笔致出之，写自己的感慨，则是直抒胸臆，不做任何曲笔。全诗描绘了天姥山上虚无缥缈、变幻惝恍的仙界，寄寓着诗人在现实生活中的向往与反照，看似离奇无稽，实则曲折丰富，寄寓深远。

这首七言古诗，形式上以杂言相间，整饬之中杂以散句，音节抑扬顿挫，结构错落有致，笔随兴至，兴随情迁，情随境迁，是李白最富个性的诗歌佳作之一。

这首诗以记梦诗的形式出现，所言“梦游”或是源于真实的记梦，或是诗人借助于梦境的手段有所寄托，“梦游”成为全诗行文的线索，也成为全诗抒情的依托。诗人借着“梦游”之笔，展开诡谲奇异的想象，运用超常的夸张，写景抒怀，令人连连称奇。

全诗以三个自然段为界分为三个部分。

第一段为第一部分，以天姥山的神秘高峻写诗人入梦的缘由。

“海客谈瀛洲，烟涛微茫信难求”，海上回来的人每每谈及瀛洲，总是说瀛洲隔着茫茫大海，实在难以寻找。“瀛洲”为神话传说中的东海三座仙山之一，神山形迹渺不可寻，开篇就写仙山迹杳神秘，旨在衬托三、四句天姥山的神秘出场：“越人语天姥，云霞明灭或可睹。”越人每每谈及天姥山，总是说天姥山在云霞缭绕中时隐时现，有时能看到山之一隅。既然仙山不可寻觅，就到偶有机会可一窥其貌的神秘之山天姥山去一游。神秘的天姥山以惊天之高正式出场：“天姥连天向天横，势拔五岳掩赤城。天台四万八千丈，对此欲倒东南倾。”天姥山横在云天之间，仿佛与天相接，山势高峻超过五岳之巅，遮掩了天姥山近旁的赤城山。诗人连用衬托手法，模拟天姥山的山势。“五岳”之高，已是巅峰，诗人却言天姥山势拔五岳，夸张之余，可以想见天姥山的巍峨高举；近旁的赤城山仅作配角，以衬托天姥山之高挺。天台山史载山高一万八千丈，有直插云霄之势，然而面对西北方位的天姥山，就好像是跪拜天姥山一样的倾倒之势。其实，天姥山主峰天姥岑的海拔高度有一千米，天台山华顶峰海拔比天姥山高一百三十八米，二十六岁时就已经登上了天姥山的李白为何在诗中说“天台四万八千丈，对此欲倒东南倾”呢？可见，在心欲比天高的李白心中，天姥山另有一种高度，他要借这个高度，攀爬自己的理想之路。

山高如此，诗人用不惜夸饰的笔触引领读者愈发向往着和诗人一同入梦去攀越天姥山之巅。

第二自然段为诗歌的第二部分，写诗人入梦后变化多端的梦境。

诗人以“我欲因之梦吴越”一句入梦，因是根据的意思，诗人被天姥山的神秘莫测和势拔众山之姿所诱惑，决定梦飞吴越，“一夜飞度镜湖月”，一夜之间伴月仙飞度黄帝铸镜的镜湖，“湖月照我影，送我至剡溪”，湖光月影伴着诗人仙飞的身影，如梦如幻之间，诗人飞至九曲剡溪。“谢公宿处今尚在，渌水荡漾清猿啼”，东晋大诗人谢灵运昔年登临天姥山之前的宿留之地仍在，他当年吟诵“暝投剡中宿，明登天姥岑”的诗句如在耳畔，而今清溪水波荡漾，猿啼清厉，景色宜人。于是诗人紧接着：“脚著谢公屐，身登青云梯。半壁见海日，空中闻天鸡。”诗人脚蹬当年谢灵运为登山而创制的一种木鞋，亲自攀爬直入云霄的天梯，攀爬到半山腰，回首望见东海的红日升至半山腰，同时就听到传说中住在东海桃都山顶的一棵大树上的神鸡天鸡破空一啼，紧接着天下的鸡都跟着啼叫起来。镜湖、剡溪、清猿、青云梯、海日、天鸡，从入梦开始，到正式攀山为止，一路写来，没有攀爬的艰难辛苦，而有仙飞的奇幻轻灵，诗人移步换景，入梦之路亦幻亦真，令人一步一喜。可是喜意未尽，就见："千岩万转路不定，迷花倚石忽已暝。熊咆龙吟殷岩泉，栗深林兮惊层巅。云青青兮欲雨，水澹澹兮生烟。"诗人陡然进入一个光怪陆离的新世界，山路在千回万转的山石之间蜿蜒曲折，不时隐没在某个岔路口而不见了路径，倚靠着嶙峋的山石，迷恋着缤纷的山花，一路曲折前行。天忽然间昏黑下来，此际传来熊的咆哮、龙的吟啸，震得山石、泉水、深林、峰峦都在颤栗发抖。山间云气青青，似乎要下雨了，水波微荡，水面升起蒙蒙雾气。这个世界里，风云异色，天地撼动，令人心惊魄动。接着，诗人将读者带入了一个更加风云激变的新境界："列缺霹雳，丘峦崩摧。洞天石扉，訇然中开。"突然间，闪电破空，响雷震天，山峦崩塌，轰隆一声之后，轰的一声，仙府的石门，就此洞开。诗人连用四个四字句，以斩截铿锵的音节渲染一个厉声异色的世界，是为下文神仙洞府的出场蓄势，紧接着出现在诗人面前的就是一个别有洞天的神仙之境："青冥浩荡不见底，日月照耀金银台。霓为衣兮风为马，云之君兮纷纷而来下。虎鼓瑟兮鸾回车，仙之人兮列如麻。"青天浩荡不见尽头，日月并出照耀在金银铸造的神仙宫阙之上，众神身着霓裳，以风为马，纷纷出场。朝堂之上，鸾鸟驾车猛虎弹琴相伴的神仙们列阵如麻。未入洞天石府之前的世界，声厉色黯，惊心动魄；既入仙界，则光辉灿烂，众仙融融。诗人营造这样两个反差极大的世界，当是有情怀寄托其中吧。

然而，梦醒时分，诗人再回现实世界，诗歌进入第三自然段，即诗歌的第三部分。

"忽魂悸以魄动，恍惊起而长嗟。唯觉时之枕席，失向来之烟霞。"好梦难长，忽然之间，魂惊魄飞，恍然梦醒，一声长叹，入梦前所用枕席依旧安放，之前梦中仙境里的烟雾云霞倏然消失不见了。才入神仙府，未睹神仙真容，诗人就被从梦中惊醒，重回现实，一声长叹之中流露出诗人无限的失望叹惋，可见诗人对梦中所见的依恋之情。只是，梦已醒，素来洒脱的诗人便不再写梦，而是转入写实，"世间行乐亦如此，古来万事东流水"，诗人以哲理思辨之语为自己的这场梦游做了精辟的诠释。人行世间，行乐享受也正如此，好景难久，好花难长，盛宴难再，就像那东逝的水终究会归于大海，消失于无形，所以梦境再美终有幻灭的时候，不必牵挂。诗人潇洒面对东鲁诸友“别君去兮何时还”的关切之问，回答说：“且放白鹿青崖间，须行即骑访名山。”姑且将一骑白鹿放置青山绿崖之间，等到需要时，他就骑上白鹿到名山大川去寻仙访道。诗人告诉东鲁的朋友们，人生无常，仕途的失意就让它随着东流的水远逝而去，他将到名山大川去寻找自在自得的新世界。然而，寻仙访道的李白之所以是李白，而不是半隐半仕的王维、孟浩然，恰恰是因为，和“人生无常”之叹伴生的，更有诗人出自骨子里的清高自守。他的求仙访道，既是为获得心灵上的自在，更是想用遁世之举表达自己对权贵的不屑与不妥协，故而诗人在结句并没有陷入求仙访道的消极避世之中，而是高声宣言：“安能摧眉折腰事权贵，使我不得开心颜！”纵使信而见疑，才而见弃，又岂能让我低头弯腰伺候权贵之人，使我不能展颜一笑开怀而乐！诗的结句写得高亢激愤，慨然有声，表达了狂人李白不屈于时势，自尊自高的非凡形象，故而成为流传千古的名句。

这场梦游之旅，梦境是诡异奇绝的，行程是变化多端的，诗人的心路历程是曲折复杂的。现实的云谲波诡，投影在仙境里，就是虎啸龙吟的惊悚世界；为此畏惧苦闷不已的诗人强烈地向往一个自在的神仙世界，希望在那个世界里，能够与众仙“列如麻”，然而美梦易碎，梦醒之后的诗人，面对冰冷的现实，失望叹惋，却不沉沦，在结句用高亢慨然的诗情振奋人心。

这首浪漫主义杰作完全突破了一般留别诗的套路，没有离别之伤，没有深情挽留，而是借留别来表达自己不事权贵的政治态度，诗歌主旨鲜明独到，诗人所描述的梦境，充满天马行空的想象，诡谲多变，令人眼花缭乱，大有笔落惊风雨之势；而超前大胆的夸张笔法，则让原本普通的天姥山笼罩了一层诱人的仙界之气，给诗人出神入化的描写注入了纵横恣肆的气势之美。更具匠心的构思是，诗人倾力营造这样一个惝恍迷离、风云变幻的神仙世界，旨在以神仙世界的光明灿烂来反衬现实世界的黑暗丑陋，故而仙境愈美，现实愈加不堪，现实愈不堪，诗人最后“不事权贵”的激愤之情爆发得就愈加有力。

这首诗是七言古诗，以七言为基调，杂以四言、五言、六言和九言的句子，在整饬的韵律之美中，掺杂以灵活多变的句式，形成全诗错落有致的音韵之美，流畅动人，从而将这首诗的浪漫主义基调传达得淋漓尽致。

丁督护歌①

云阳上征去②，两岸饶商贾。
吴牛喘月时③，拖船一何苦！
水浊不可饮，壶浆半成土。
一唱督护歌，心摧泪如雨。
万人凿磐石，无由达江浒④。
君看石芒砀⑤，掩泪悲千古。

注　释

① 丁督护歌：一作“丁都护歌”。乐府旧题，属《清商曲辞·吴声歌曲》。据传刘宋高祖（裕）的女婿徐逵之为鲁轨所杀，府内直督护丁旿奉旨料理丧事，其后徐妻（刘裕之长女）向丁询问殓送情况，每发问辄哀叹一声“丁都护”，至为凄切。后人依声制曲，故定名如此。（见《宋书·乐志》）

② 云阳：即今江苏丹阳市，秦以后为曲阿，天宝初改丹阳，属江南道润州，是长江下游商业繁荣区，有运河直达长江。

③ 吴牛喘月：吴牛即江淮间水牛。“（生性怕冷的）满奋畏风，在晋武帝坐；北窗作琉璃屏，实密似疏，奋有难色（以为窗户无遮挡，而瑟瑟发抖）。帝笑之，（明白窗户很严根本刮不进来风后）奋答曰：‘臣犹吴牛见月而喘。’”（《世说新语·言语》）

④ 江浒：江边。

⑤ 石芒砀（dàng）：芒砀山。砀：有纹路的石头，亦称文石。

题　解

这首诗作于唐玄宗天宝六载（747）六月，围绕安陆漫游的李白游历丹阳横山期间。这首诗描绘了船工纤夫在炎热的季节里拖船的劳苦情景，表现了诗人对船工纤夫的苦难命运的深切同情，是李白诗歌中少见的一首风格沉郁的现实主义诗篇。

赏　析

这首诗歌是李白为数不多的现实主义诗篇之一，风格沉郁。

据载，《丁都护歌》，原为乐府旧题，多凄切之音。李白这首诗歌，承袭旧题，仍写悲苦之音。

“云阳上征去，两岸饶商贾。”

从云阳乘舟北上，沿途两岸自古就商贾云集。诗歌以此开篇，为下文纤夫出场拉纤造势，商贾云集，故舟船来往频繁，诗人极易为纤夫画群像。而“上征”一词，暗暗为下文写纤夫逆水拖船之举张本，意在笔先。

“吴牛喘月时，拖船一何苦！”

江淮间的水牛最怕暑热，见月疑似日出，故卧地望月而喘。正是一年之中吴牛喘月的最热之时，纤夫背绳拉纤是何等辛苦！“吴牛喘月”典出《世说新语·言语》，诗人借满奋之典以点出纤夫活动的时令，恰是暑热之时，巧妙无痕。而“拖船”一词，写出拉纤人逆水行舟的艰难吃力。

“水浊不可饮，壶浆半成土。”

暑热蒸人，纤夫渴极而饮，却只能就河取水，纵使江水浑浊不堪，一壶盛水半壶是泥浆，常人看来不可入饮，可是纤夫迫不得已还是饮下浊水。

“一唱督护歌，心摧泪如雨。”

拉纤的纤夫，唱起了整齐的船工号子，音悲声凄，心下每每思及自己所拖的船上是价值千金的辎重，是肥头大耳的商贾，便不由得泪如雨下。

第三到第八句诗，形象描绘纤夫拉纤的劳苦情形，天热、人乏、逆水拖船、浊水成饮，这些画面依次呈现在读者面前，纤夫之苦，历历在目。而第八句诗中的“心摧”一词以极简约的用字，来摹写纤夫内心繁复的心理活动，纤夫既思拖船之苦，也想商贾盘剥之重，一笔两意，意蕴丰富。

“万人凿磐石，无由达江浒。君看石芒砀，掩泪悲千古。”

“磐石”，指厚而大的石头。磐石之大、之重，无以比之，但见万人系绳捆绑磐石，也没有办法将这些磐石运往江边。真正是“拖船一何苦！”“无由”即断没有办法，状写纤夫之苦，已至极限，可是为生计谋，却又不得不拼死拖船，故而结句，诗人高叹：诸君请看那高大的芒砀山山石巨大，采之不尽，运之难竭，每每目睹纤夫之苦，不由的掩泪而泣滋生千古伤怀。“悲千古”一词，用词极大，这千古之悲，落笔沉痛，寄意深远，其悲意所在或是民生千古，难得其所。诗人心怀民生，忧及纤夫劳苦，思及自古商贾云集地却生崔都护歌的悲音，心中既有同情，亦有批判与揭露，故而感慨万千啊。

将 进 酒[1]

君不见黄河之水天上来[2]，奔流到海不复回。
君不见高堂明镜悲白发[3]，朝如青丝暮成雪[4]。
人生得意须尽欢[5]，莫使金樽空对月。
天生我材必有用，千金散尽还复来[6]。
烹羊宰牛且为乐，会须一饮三百杯[7]。
岑夫子[8]，丹丘生，将进酒，杯莫停[9]。
与君歌一曲[10]，请君为我倾耳听[11]。
钟鼓馔玉不足贵[12]，但愿长醉不复醒[13]。
古来圣贤皆寂寞，惟有饮者留其名。
陈王昔时宴平乐[14]，斗酒十千恣欢谑[15]。
主人何为言少钱[16]，径须沽取对君酌[17]。
五花马，千金裘[18]，呼儿将出换美酒[19]，与尔同销万古愁[20]。

将进酒，杯莫停

注　释

① 将（qiāng）进酒：属汉乐府旧题。将：请。

② 君不见：你没有看见吗？是乐府体诗中提唱的常用语。君：你，此为泛指。天上来：黄河发源于青海，因那里地势极高，故称。

③ 高堂：在高堂上。在古代的家庭里，父母的居室一般被称为堂屋，是处于一家正中的位置，而堂屋的地面和屋顶相对比其他房间要高一些，所以古代的子辈为尊重父母，在外人面前不直说父母而叫“高堂”。故用高堂指父母居处，或代称父母。

④ 朝：早晨。青丝：黑发。此句意为在高堂上面对明镜，深沉悲叹那一头白发。

⑤ 得意：适意高兴的时候。须：应当。尽欢：纵情欢乐。

⑥ 千金：大量钱财。还复来：还会再来。

⑦ 且为乐：姑且作乐。会须：应当。

⑧ 岑（cén）夫子：指岑勋。丹丘生：元丹丘。二人均为李白的好友。

⑨ 杯莫停：一作“君莫停”。

⑩ 与君：给你们，为你们。君，指岑、元二人。

⑪ 倾耳听：一作“侧耳听”。倾耳：表示注意去听。

⑫ 钟鼓：富贵人家宴会中奏乐使用的乐器。馔（zhuàn）玉：美好的食物。形容食物如玉一样精美。馔，食物。玉，像玉一般美好。

⑬ 不复醒：也有版本为“不用醒”或“不愿醒”。

⑭ 陈王：指陈思王曹植。平乐：平乐观，宫殿名。在洛阳西门外，为汉代富豪显贵的娱乐场所。

⑮ 恣（zì）：放纵，无拘无束。谑（xuè）：玩笑 。

⑯ 言少钱：一作“言钱少”。

⑰ 径须：干脆，只管，尽管。沽（gū）：通“酤”，买或卖，这里指买。

⑱ 五花马：指名贵的马。一说毛色作五花纹，一说颈上长毛修剪成五瓣。千金裘：价值千金的皮衣。

⑲ 将出：拿去。

⑳ 尔：你们，指岑夫子和丹丘生。销：同“消”。万古愁：无穷无尽的愁闷。

题 解

《将进酒》原是汉乐府曲名，为劝酒歌，“将进酒”，就是“请喝酒”的意思。这首诗大约作于唐玄宗天宝十一载（752）。时年五十二的诗人离开长安已经八年之久，他跟岑勋曾多次应邀到嵩山（在今河南登封市境内）元丹丘家里做客。李集中有多处提到元丹丘。元丹丘为学道谈玄之人，李白称之为“逸人”，并有“吾将（与）元夫子，异姓为天伦”（《颍阳别元丹丘之淮阳》）及“故交深情，出处无间”（《题嵩山逸人元丹丘山居并序》）之语，可见李白和他的交好非同一般。这首诗，以劝酒为线索串起全文，写三人对酒，于诗人恣意纵酒中，表现自己由倍觉压抑转而狂放不羁的情绪，表达自己对现世的不满和以旷达开怀来化解不满的情感。

赏 析

李白借酒抒怀的诗作为数不少，《将进酒》是劝酒歌，劝得恣意畅快，不容推拒，喝得酣畅淋漓，不醉不归，写得最具个性。全诗荡气回肠，格调高亢，气韵流畅，是李白的代表诗作之一。

“君不见黄河之水天上来，奔流到海不复回。君不见高堂明镜悲白发，朝如青丝暮成雪。”

开篇一二句，诗人以黄河之水起兴，黄河源远流长，发端于地势极高的青海，与嵩山所能看到的黄河相距甚远，落差极大，故言黄河水从源头奔涌而来，至此仿若是从天而降，一泻千里，东走大海一去不返。这两句不是写实之笔，诗人凭想象之笔意落千里之外，以空间上大气象大气势的夸张之词写大河东去之时义无反顾的姿态，手起笔落处似有携天河之势挟风夹雨扑面而至之感。诗人以这两句引出三四句所咏之词，人生苦短，青春易逝，朝夕之间，人生老之将至也就像落天直走东海的黄河，一去不返；高堂之上，只身顾影，搔首扪发者徒见镜中白首搔更短，浑欲不胜簪的凄凉景象。诗歌伊始，用一组整饬的整句，既作比兴，以大河东逝譬喻人生易老，又作反衬，以黄河喧腾反衬人之渺小。这四句诗，以“君不见”的两度呼告起笔，抒情色彩陡重，从时间、空间范畴营造巨大的反差，渲染跨越时空的伤感，大开大合，起势不凡，历来是为人称誉的佳句名言。

“人生得意须尽欢，莫使金樽空对月。天生我材必有用，千金散尽还复来。烹羊宰牛且为乐，会须一饮三百杯。”

人生难免有悲时，诗人也不例外，“欲渡黄河冰塞川，将登太行雪满山……行路难，多歧路”（《行路难》其一），世道艰难，诗人深感举步维艰，然而诗人却最易在绝处寻生，无论世事多艰，他都可以用自己的天真之心对其予以化解。在诗人看来，“悲”大可不必久留，如果“人生”逢得“得意”之时，定当纵情欢乐，“人生达命岂暇愁，且饮美酒登高楼”（《梁园吟》），诗人高唱，金樽在握时，莫负酒情，须要举觞对月纵情抒怀。五六句诗写诗人以劝酒行“乐”将情感由“悲”突转至“乐”，诗歌正式入题，诗歌意境为之一开。诗人刻意强调“须尽欢”，却暗含着诗人“人生得意之时”实在不多之意。“力士脱靴”“贵妃研墨”的风光一时无论如何也掩不住“弹剑作歌奏苦声，曳裾王门不称情”的失意屈尊，掩不住“华亭鹤唳讵可闻？上蔡苍鹰何足道？”的纠结挣扎，然而诗人向来擅长肯定自我，以强大自信的形象面对失意与悲愤。“天生我材必有用”之“必”字，气冲云霄，何等自信，较之“长风破浪会有时，直挂云帆济沧海”（《行路难》其一）的乐观瞻望，这种自信简直就是一个高调用世的宣言。诗人同时表示，“得意尽欢”所需的“千金”何须吝惜，以诗人之才，挣得“千金”岂非易事！诗人不唯才大，财亦大，有“维扬一年散钱三十万”的豪奢之举，惟其如此，九、十句诗所描绘的筵席，虽然仅三人共饮，却是“烹羊宰牛”的大块吃肉，“三百杯”的豪奢之饮。大快朵颐，开怀痛饮，诗人与友人心中的情感之潮随时等待喷涌。

“岑夫子，丹丘生，将进酒，杯莫停。与君歌一曲，请君为我倾耳听。”

写至此，诗人的情感表达渐趋直白狂放。诗人直呼二位友人的名姓，劝言二位友人不要放下手中的金樽，只要开怀痛饮。四个三字短句突然加入七言诗句中，诗的节奏陡起变化，读来音调铿然，读者为此警醒，诗人高举酒樽，反客为主，劝友痛饮的形象如在目前。他坦言要为二位友人高歌一曲，也请二位友人为他用心倾听。

以下八句名为歌，实为诗人的心曲。“钟鼓馔玉不足贵”，富贵人家吃饭时鸣钟列鼎，食物精美如玉，可是诗人不以为“贵”，而把“但愿长醉不复醒”

作为与“钟鼓馔玉”相对立的追求。诗人醉了吗？若真是富贵“不足贵”，诗人何以立志“布衣而一跃为卿相”，何以叹怨“大道如青天，我独不得出？”可见说富贵“不足贵”，不是酒后真言，而是出离愤怒之语，至于“古来圣贤皆寂寞，惟有饮者留其名”更是自我开解之词了。诗人向来不惧以“圣贤”自诩，既然自古圣贤无人不寂寞，那我的寂寞也是意料中事了；“惟有饮者留其名”，这话说得绝对，然而诗人不论绝对与否，却举出饮者“陈王”曹植为例。曹植在《名都篇》描写洛阳宴饮时有“归来宴平乐，美酒斗十千”之句。《名都篇》是一首独具特色的游宴诗，它通过歌舞酒宴上乐极悲来的感情变化，深刻地展示了建安时代特有的社会心理，人生短促的苦闷和建立不朽功业的渴求，交织成这首诗的主题，表现出“雅好慷慨”的时代风格。“陈王昔时宴平乐，斗酒十千恣欢谑”，自古饮者为数众多，李白却单单心属曹植，一者因为曹植才高（南朝宋谢灵运：“天下才有一石，曹子建独占八斗，我得一斗，天下共分一斗。”），而李白也多以才高自诩（我辈岂是蓬蒿人）；二者因为曹植怀才不遇多与酒关（本是同根生，相煎何太急《七步诗》），而李白才高见弃多与酒诉（醒时同交欢，醉后各分散《月下独酌》）。诗人与曹植，颇有惺惺惜惺惺之感，故而饮者留名，是因为无人遇寂寞之余，以酒浇心中块垒，以诗言心中之郁结。最能引发诗人心中的共鸣，所谓但愿长醉不过是激愤之词，这首诗隐匿着诗人深广的忧愤，但却被诗人写得悲而能壮，悲而能高，恰是因为诗人以狂放之词表激愤之情。兴许是李白狂放不拘的醉态，让主人意识到李白可能是醉了，于是主人提出钱不够沽酒了。

李白酒兴正酣，哪里肯放，于是口出放诞之词“主人何为言少钱”，故作不合常情之责，既暗中照应了前面“千金散尽还复来”之句，又引出了下面反客为主的率性之举“径须沽取对君酌”，只管沽酒来，让你我举杯痛饮啊。他甚至替主人做主，“五花马，千金裘，呼儿将出换美酒”：即便你酒钱用尽又何妨，你应当不惜牵出你家名马“五花马”（毛色作五花纹的良马）、取来你家名皮草“千金裘”前往换取美酒，以期你我共醉一场，让那无穷无尽的愁思就此消解在这金樽美酒中。典裘当马，若是主人之为，足见主人的热情好客，但是却是应邀前来做客的李白之举，则足见诗人放诞任性、不拘形迹了。可是，这样的旷诞之举恰恰让我们看到李白与二位友人非比寻常的知音之交，诗人期望在与二位友人举杯共饮的过程中，能“同销”万古愁，这样的乖张之举更让我们窥伺到诗人心中郁积的大寂寞，大愁苦，大悲伤！尤其是全诗以“万古愁”作结，用巨人式的悲伤收尾，和全诗开篇的人生大悲痛首尾呼应，将诗人的大悲痛贯穿全诗，将诗歌的主旨升华到更深沉、更厚重的境界。这结尾之妙，历来为诗家称道，成为李白诗歌中流传最为广泛的佳句之一。

这是一首抒情诗，悲意贯穿全诗，诗人以劝酒之名，写自己借酒浇心中块垒之事，然而诗人以豪放之调写悲事，故而有及时行乐之调冲淡人生苦短之悲叹，诗人也以豪纵之词写寂寞，故而有放诞之言冲淡自古圣贤寂寞的悲音，所以以乐观自信、放纵不羁表示自己对人生多悲壮的现实的抗衡与消解。诗人笔饱墨酣，全诗写得狂放悲壮，个性张扬。全诗以七言为主，偶有三言、五言杂之，颇有参差错落之美，音调高亢中偶有小调调剂，富有跳跃感。凡此种种，皆与诗人张扬天真的个性不可分割，读诗如读其人，《唐诗别裁》谓“读李诗者于雄快之中，得其深远宕逸之神，才是谪仙人面目”。读此诗，仿若伴随谪仙人，痛饮仙醪琼浆，既得千金散尽的雄快畅意，也得但愿长醉不愿醒的深远逸风，更有畅逸背后仙人方有的万古愁意。

北　风　行[1]

烛龙栖寒门，光耀犹旦开[2]。
日月照之何不及此，唯有北风号怒天上来[3]。
燕山雪花大如席，片片吹落轩辕台[4]。
幽州思妇十二月，停歌罢笑双蛾摧[5]。
倚门望行人，念君长城苦寒良可哀[6]。
别时提剑救边去，遗此虎文金鞞靫[7]。
中有一双白羽箭，蜘蛛结网生尘埃。
箭空在，人今战死不复回。
不忍见此物，焚之已成灰。
黄河捧土尚可塞，北风雨雪恨难裁[8]。

注 释

① 北风行：乐府“时景曲”调名，内容多写北风雨雪、行人不归的伤感之情。

② 烛龙：我国古代神话传说中的龙，人面龙身而无足，居住在不见太阳的极北的寒门，睁眼为昼，闭眼为夜。寒门：古代传说中北方极寒冷的地方。此处喻指思妇极为苦寒的家。

③ 日月照之何不及此，唯有北风号怒天上来：意为本来为日月所照的幽州，为什么现在却不见阳光，只能听到满天北风在怒吼？这是指当时安禄山统治北方，时局动荡，民众生活于一片黑暗之下。此：指幽州，治所在今北京大兴区。

④ 燕山：山名，在河北平原的北侧。轩辕台：纪念黄帝的建筑物，故址在今河北怀来县乔山上。

⑤ 双蛾：女子的双眉。双蛾摧：双眉紧锁，形容悲伤、愁闷的样子。

⑥ 行人：古时或指出征的人。长城：古诗中常借以泛指北方边战的前线。良：实在。

⑦ 鞞靫（bǐng chā）：当作鞴靫。虎文鞞靫：绘有虎纹图案的箭袋。

⑧ 北风雨雪：这是化用《诗经·邶风·北风》中的“北风其凉，雨雪其雱”句意。这里借以衬托思妇悲凄的心绪。裁：消除，减除一部分。

题　解

李白的这首《北风行》，是古乐府诗，约作于天宝十一载（752），时年李白五十三岁，在幽州一带游历。全诗以思妇睹物思人为主线，勾勒思念行人的思妇形象，写思妇之情。诗人的抒情时空，交错出现，诗歌首尾写思妇居苦寒之家，因思念行人而憔悴，因睹旧物思离人而悲愤，中间写忆当初行人慷慨赴国难的义举，插叙别离匆忙，遗留一双白羽箭，为下文思妇空睹旧物恨难裁的抒情充分蓄势。诗歌借思妇闺怨这个命题，揭露安禄山挑起战祸的罪恶之举。

赏　析

李白的近一百五十首古乐府诗，"擅奇古今"（胡应麟《诗薮》），各有风格。这首《北风行》承袭旧题"伤北风雨雪，行人不归"的命意，又大胆创新，加强抒情力度的同时，深化诗歌主旨，扩大了乐府旧题伤别离的抒情空间，加入诗人的时事之忧，表达了诗人对思妇的同情，对战祸的批判。

"烛龙栖寒门，光耀犹旦开。"

这首古风以比兴的艺术手法开篇，人面龙身而无足、居住在不见太阳的极北寒门之地的烛龙，双眼圆睁还能给世界一个光耀的白昼。先言他物以引起所咏之词，传说中的神龙，栖身极北的寒地犹能睁眼为昼，带给人光明的憧憬，借助怪诞虚妄的神话传说来起兴，这是虚写的一笔，为的是反衬出思妇所居之地的环境。

"日月照之何不及此，唯有北风号怒天上来。"

极地而能昼，以之作比，思妇更加不得其解，我所居之地，距极北之地尚远，为何不见日月的踪迹，终日之间怒号的北风充溢天地之间？其中"天上来"一词写北风凛冽劲吹，气象极大，令人称叹。

开篇这四句诗，以巨大逻辑落差体现北地幽州一带社会氛围的阴暗沉郁，起势有力，富有冲击力。

幽州之地，不唯北风怒号，更有"燕山雪花大如席，片片吹落轩辕台"的撼人景观。五、六句诗写景意境壮阔，气象雄浑，雪花之大堪比草席，这固是夸张之词，然而绝不影响读者感受燕山雪花铺天盖地的强烈视觉冲击，而燕山雪席与前两句的“北风号怒”互相照应，互为衬托，强化了燕地幽州的极寒、严冬的淫威。需要特别指出的，是燕山雪花的描写，包举天地、想象超前，不负千古名句之誉。“轩辕台”位于平谷城东北七公里的渔子山上，渔子山上有大冢，世传为轩辕黄帝陵，俗称轩辕台，这两句诗点以“燕山”和“轩辕台”两个具体的地名，点明思妇所居之地正是苦寒无边的幽燕之地。

七、八句诗中,“幽州思妇”在天寒地冻的“十二月”正式出场,“停歌罢笑”无可歌无可笑，“双蛾摧”紧蹙双眉。九、十句诗则将笔触伸至思妇痛苦的回忆中，无心歌笑、愁眉紧锁，只因为昔日行人远征去后，思妇时常“倚门望行人”的情形历历在目，昔日“念君长城苦寒良可哀”，每每为远在北方前线沐苦浴寒的行人忧心忡忡的记忆就在脑际。行人戍守之地定比幽州更为苦寒，所以思妇的忧虑更加深重。

“别时提剑救边去，遗此虎文金鞞靫。”

十一、十二句诗写昔日良人勇赴国难的情形。“提剑救边”的形象固是义勇，然而思妇此际无暇再思良人的侠肝义胆，面对良人匆遽离家留下的绘有虎纹图案的箭袋，思妇不由心生思愁，所谓睹物思人是也。值得一提的是，诗人看似无心的一笔，写良人“提剑救边”慷慨从容的大丈夫形象，实则是为后文写良人杀身报国之举张本。良人一别，思妇每每睹物思人，借“鞞靫”倾诉对良人的牵挂之情，而接下来十三、十四句诗“中有一双白羽箭，蜘蛛结网生尘埃”，白羽箭上结网蒙尘，诗人移情于物，让无语的箭代替自己控诉北方战祸的持久与残酷。

蒙尘的不惟有行人的箭羽，更有思妇不堪其痛的心，而今“箭空在，人今战死不复回”，物是人非事事休，“不忍见此物，焚之已成灰”，此物最思痛，不忍目视之，思妇狠心一炬，焚之成灰，希望借此斩断这痛苦的回忆之源。生离死别之痛、忧思悬想之苦在思妇一炬焚之的决绝中找到了最无奈的归宿。

斩断了痛苦之思的源头，这首古风似乎也应该水到渠成的结束了，可是，结尾两句，思妇情绪陡然振起，一腔悲愤如火山爆发，瞬间喷薄而出：“黄河捧土尚可塞，北风雨雪恨难裁。”诗“黄河捧土”典出《后汉书·朱浮传》:“东汉初，朱浮为大将军幽州牧，负责讨定北边。渔阳太守抗命，朱浮写信给他说：‘今天下几里，列郡几城，奈何以区区渔阳而结怨天子，此犹河滨之人捧土以塞孟津，多见其不知量也。'" 后人多以"捧土"喻不自量力，或反用其意。李白此句反用典故之意，倾尽全力，纵是黄河边孟津渡口也可以用土堵塞，可是思妇我的锥心之恨在这北风凄凉的严冬之季丝毫也难以消减。结句思妇以高声慨叹表达了她出离愤怒的情绪，"北方雨雪"更是以它漫天飘舞、无休无止的形象，将思妇的愁思渲染得天地之间无处不在，以自然形象言说思妇之情，景耶，情耶？直抵人心，动人心魄。

独坐敬亭山①

众鸟高飞尽②，
孤云独去闲③。
相看两不厌④，
只有敬亭山。

注　释

① 敬亭山：原名昭亭山，晋初为避晋文帝司马昭名讳，改称敬亭山，属黄山支脉，东西绵亘百余里，大小山峰60座，主峰名一峰，海拔317米。山上有拥翠亭，系李白独坐题诗处。此处碧山千层，青翠欲滴，敬亭风光，拥落身前，故名拥翠亭。

② 尽：没有了、消失了。

③ 孤云：语本陶渊明《咏贫士诗》“孤云独无依”的句子。独去闲：独自闲，形容孤云一片飘然远去。

④ 厌：满足。

相看两不厌

题 解

这首诗作于李白五十三岁之时。唐玄宗天宝十二载（753）秋，李白第一次游历宣城的敬亭山，离开长安后十年只身漂泊的生活，让诗人常感孤独，独坐敬亭山的拥翠峰，诗人触景生情，写有此诗。这首五言绝句，以区区二十言写诗人只身独游敬亭山的感悟，字面上看似是表达诗人对敬亭山孤云闲游的欣赏，透过字面，读者却可以深窥到诗人对自己生命历程中孤独跋涉的感慨。

赏 析

从唐玄宗天宝十二载（753）秋天到唐代宗宝应元年（762），约十年时间，李白曾七次来宣城游历，并留下了不少千古传唱的诗篇。这首五绝作于天宝十二载（753）秋游宣州时，距他被迫于天宝三载（744）离开长安已有整整十年时间了，十年时间，怀才不遇的抑郁、漂沦无依的孤寂，未曾消泯过。带着这种对生命的困惑与孤寂感，诗人独坐敬亭山，在与大自然的对视中寻求心灵的栖居地。

诗人以奇特的想象驱文，让原本无情的山水拥有了对生命的有情体验。在极简短的篇幅里，诗人创设了物我为一的大境界，让人与自然进行有关生命命题的对话，诗歌意境极为高远，诗歌的主题极为深刻。

一、二句“众鸟高飞尽，孤云独去闲”，写诗人独自静坐敬亭山的拥翠峰，在空寂寥廓的山间林际，仰观群鸟直入云霄不见了踪迹，山间一片孤云悠然独去，低首只见自己无人相伴、闲坐山间的身影。鸟尽云间，孤云独去，这个世界摒弃了所有的喧嚣，“尽”字写既无鸟迹更无鸟鸣的无声世界，“闲”字写既无鸟伴更无人陪的寂寞心灵，诗人置身一个无人无声的空阔空间，愈发觉得自己内心的孤独与独立于天地间的渺小。“高”字拓展诗歌创造的画面向上向高的空间感，诗人堕入尘世的心灵追随众鸟高入云间，寻找更高处的心灵的一个栖息地；“去”字拓展诗歌创造的画面向前向远的空间感，诗人陷入逼仄空间的心灵循着孤云远去的方向伸展，寻找更远处的心灵的一个栖居地。品读这短短十言，竟知言言传神，鸟尽云去，只把一个心灵孤独的诗人，留在这远离喧器、天地也寂寞的山间，李白炉火纯青的炼字功夫，由此可见一斑。

三、四两句“相看两不厌，只有敬亭山”，写诗人独坐拥翠峰，与敬亭山作无言的对视，而“相看”一词，写意形象，一山与一人，却好似两个心有共鸣的知音，默默以对，深情相望。“两不厌”，即彼此对望怎么望也望不够，厌是满足的意思。“不厌”之词语含丰富，是因为共同的际遇，抑或是因为心灵的某种契合，我们不得而知。“两”字与“相”字同义连现，强化了诗人与敬亭山不可分离的亲密形象。“只有”二字则表达了诗人欣逢知音的强烈喜悦，鸟飞云去带来的寂寥之惑此时已不足挂齿，诗人颇有“人生得一知己足矣”的况味。别有意蕴的是，敬亭山的含情脉脉，愈发衬托出山外那个众鸟喧嚣的世界的“无情”，诗人在结句就这样不动声色地透露了自己俗世遇冷，横遭寂寞之袭的苦闷之情。

诗人独坐敬亭山，观山望景，然而笔下不涉山之形，不及水之态，只写诗人对敬亭山“看不厌”的款款情深，是因为诗人不过是借山水之灵浇自己心中之块垒，敬亭山的无言之景，经诗人妙笔点化，成为诗人心曲的最佳聆听者。然而正是这一笔点化，以山水有情衬托出人之无情，诗人内心深处的孤独之情唯有无言的山水可解。已过知天命之年的诗人，回顾人生来路，被人世间艰难的跋涉之途所难，被人世间深重的孤独所惑，敬亭山的无言世界毫无怨言的包容了这一切，并以深情地对望表达了对诗人的理解与喜爱。全诗以景语表情语，诚如王夫之所说，是“(情与景)神于诗者，妙合无垠。巧者则有情中景，景中情”(《夕堂永日绪论内编》)。

西岳云台歌送丹丘子[1]

西岳峥嵘何壮哉！黄河如丝天际来[2]。
黄河万里触山动，盘涡毂转秦地雷[3]。
荣光休气纷五彩[4]，千年一清圣人在[5]。
巨灵咆哮擘两山[6]，洪波喷箭射东海。
三峰却立如欲摧，翠崖丹谷高掌开[7]。
白帝金精运元气[8]，石作莲花云作台[9]。
云台阁道连窈冥[10]，中有不死丹丘生。
明星玉女备洒扫，麻姑搔背指爪轻[11]。
我皇手把天地户[12]，丹丘谈天与天语[13]。
九重出入生光辉[14]，东来蓬莱复西归。
玉浆倘惠故人饮，骑二茅龙上天飞[15]。

注　释

① 西岳，即华山。“丹丘子”，即元丹丘，李白于安陆时所结识的一位道友，于颜阳、嵩山、石门山等处都有别业。李白从游甚久，赠诗亦特多。

② 西岳峥嵘何壮哉！黄河如丝天际来：两句写华山的雄伟及登山远眺所见到的黄河。据《华山记》所载，从华山的落雁峰“俯眺三秦，旷莽无际。黄河如一缕水，缭绕岳下”。

③ 盘涡毂转：此写黄河的急流盘旋成涡。毂（gǔ），车轮的中心处称毂，这里形容水波急流，盘旋如轮转。

④ 荣光休气：形容河水在阳光下所呈现的光彩，仿佛一片祥瑞的气象。

⑤ 千年一清：黄河多挟泥沙，古代以河清为吉祥之事，也以河清称颂清明的治世。“圣人”，指当时的皇帝唐玄宗。

⑥ 擘两山：写河水咆哮奔流，分擘了中条山（即雷首山，又称首阳山）和华山，使得洪波能直流喷注东海，描写了黄河的伟大力量。

⑦ 三峰：指落雁峰、莲花峰、朝阳峰。高掌：即仙人掌，华山的东峰。

⑧ 白帝：神话中的五天帝之一，是西方之神。华山是西岳，故属白帝。道家以西方属金，故称白帝为西方之金精。

⑨ 莲花：慎蒙《名山诸胜一览记》：“李白诗‘石作莲花云作台’，今观山形，外罗诸山如莲瓣，中间三峰特出如莲心，其下如云台峰，自远望之，宛如青色莲花，开于云台之上也。”

⑩ 阁道：即栈道。窈冥：高深不可测之处。

⑪ 麻姑：神话中的人物，传说为建昌人，东汉桓帝时应王方平之邀，降于蔡经家，年约十八九岁，能掷米成珠。自言曾见东海三次变为桑田。她的手像鸟爪，蔡经曾想象用它来搔背一定很好。

⑫ 我皇：指天帝。

⑬ 谈天：战国时齐人邹衍喜欢谈论宇宙之事，人称他是“谈天衍”。

⑭ 九重：天的极高处。

⑮ 玉浆：此两句说元丹丘或许能惠爱故人（自指），饮以玉浆，使他也能飞升成仙。《列仙传》说，仙人使卜师呼子先与酒家妪骑二茅狗（后变为龙）飞上华山成仙。“玉浆”，仙人所饮之浆。

题　解

这是李白写给友人元丹丘的一首送别诗，写作时间不详，元丹丘将赴华山作仙游，李白作诗赠别。这首诗以丰富的想象织文，为友人展示了黄河中游峡谷段的壮观景色，描写了黄河磅礴奔腾之势、华山的峥嵘峻秀之姿，杂以瑰奇的神话传说，想象元丹丘仙游华山的奇幻之境。全诗以游仙诗的形式，咏物抒怀，表达诗人对华山仙界的向往之情。

赏　析

李白素有游仙情结，曾遍游名山，访仙求道。丹丘子即《将进酒》中的“丹丘生”，是李白在安陆期间所结识的道友，多处有别业，好游仙，李白曾经从游甚久，对其赠诗也颇多，这次丹丘子赴华山作仙游时，李白为之作诗，畅想仙游之乐境，并借物抒怀，表达诗人心中的求仙问道之愿。

诗歌以写景开篇，起势雄壮奇突，“西岳峥嵘何壮哉”，诗人高声唱叹，西岳华山山势峥嵘，何其壮观。华山素以险峻闻名天下，诗人以“峥嵘”二字状写其势，较之“险”字，更能写出华山的险峻雄奇，兼之后边缀以“何壮哉”的高声慨叹，华山雄姿如奇峰突起，撼然突现眼前。次句“黄河如丝天际来”，转笔伫立华山之巅俯视所见的黄河，置身云烟缥缈的西岳绝顶，远眺黄河，蜿蜒迤逦的黄河水，断没有《将进酒》中“黄河之水天上来”的喧腾之势，倒像一缕丝带弯弯绕绕从天际迤逦而来。华山之雄壮与黄河之柔婉，以迥乎不同之势，同时出现在如此阔大的一个画面里，愈显山势的峥嵘，愈显水流的蜿蜒，二者相得益彰，诗歌意境高远雄奇。

然而，流至华山脚下的黄河，就绝无轻细“如丝”之貌，那简直是波山浪海了：“黄河万里触山动，盘涡毂转秦地雷。”黄河巨浪以“万里”之势，携力千钧，遇山撞山，遇谷疾驰，撞山的急流怒沸，或起巨浪，或折而翻卷，形成巨轮般旋转的漩涡，直有“砯崖转石万壑雷”之势，声动三秦大地，惊心动魄。

然而，此乃华山未经开辟之时，黄河遇阻时的情景，而今“荣光休气纷五彩，千年一清圣人在”。清清的黄河水在阳光的映照之下，泛着五彩之光，呈现一片祥瑞之气，黄河流经黄土高原而能保有澄澈之水是因为幸遇千载难逢的圣人，玄宗治世，海晏河清；紧接着诗人的思绪跨越时空，“巨灵咆哮擘两山，洪波喷箭射东海”。据《水经注》载，大禹治水之前，中条山和华山本为一体，黄河至此受阻而致灾。河神巨灵，手劈脚踏，将山峦横击为二，分别为华山和中条山，黄河才得以畅流。黄河咆哮为患的姿态陡然转为“荣光休气”且“五彩纷呈”，语势由疾利突转为舒缓，传神地表现了圣人造就治世的祥和之态。而巨灵劈山为二之后，突然没了阻碍的黄河水“洪波喷箭”般汹涌向东，直走东海。以“箭”喻浪，言疾言力，以“射”字来摹写巨浪喧腾奔赴东海之势，既与“箭”字呼应，更有形象之妙。

“三峰却立如欲摧，翠崖丹谷高掌开。白帝金精运元气，石作莲花云作台。”

黄河出山奔涌之势不可阻逆，刚刚被巨灵劈击而开的华山三峰——“落雁”“莲花”“朝阳”，身受巨击之后，慌忙退立，才得以免遭倾覆之灾；但在翠崖丹谷之上，还留下了巨灵凌厉的掌印（即今华山东北的“仙人掌”）。诗人的想象瑰奇多变，先是想象巨灵的悍然之举令西岳华山畏之连连，接着又想象主西方的神仙白帝金精以慈祥安和之态出现，暗运天地宇宙的自然之气，将华山绝顶之石化作了一朵盛放的“莲花”，让缭绕氤氲的山间白云，化为云台峰承托着它。雄奇峥嵘的华山，因为诗人张扬奇异的浪漫主义想象而滋生出莲花峰这样的奇葩，诗境在雄阔壮美之中又显妩媚绮丽，别具情韵。

诗歌从开篇至此的十二句诗，倾力渲染华山仙境的神奇雄壮，至末句郑重推出“石作莲花云作台”的绮丽之景，回扣诗题中的“西岳云台”，点明友人丹丘生即将仙游的西岳华山是一处神奇的所在，为丹丘生的出场蓄势张本。

“云台阁道（栈道）连窈冥，中有不死丹丘生。”

这两句诗写丹丘生的出场。丹丘生从窈深幽眇处走出，在通往云台峰的阁道之上，飘然行来，仿若是从《山海经》神话中的不死之国“丹丘”国中走出的仙人。“不死”二字，既暗扣神话的不死之国，亦摹写丹丘生的仙风道骨，富有情味。

接下来的六句诗，诗人想象迭出，让丹丘生身在仙山，奇遇翩跹：“明星玉女备洒扫，麻姑搔背指爪轻。我皇手把天地户，丹丘谈天与天语。九重出入生光辉，东来蓬莱复西归。”玉女峰化身仙子弄玉，为丹丘生殷勤“洒扫”庭坛；

手如鸟爪的神女“麻姑”，为丹丘生“搔背”时，下爪竟还那样轻灵；天帝亲自把持这天地的门户，亲自与面对苍天的丹丘生高声谈论一番天上人间。仙游华山的元丹丘，一身仙风道骨，得遇仙人之待，不负仙游之名。诗人甚至想象，丹丘意兴遄飞之际，或将身披光辉入九重高天，或将东去蓬莱求得仙方再返仙山。李白之想象，历来不囿于时空，仙游之人，高可入天，远可问仙，恣意来往，一如进入自由世界。

“玉浆倘惠故人饮，骑二茅龙上天飞。”

末二句，诗人由彼及此，想象自己的友人得到仙人的“玉浆”之赠，进而思及自身，恳请友人“倘得玉浆”，勿忘也让自己也能分享一杯！仅此还不够，诗人甚至想象，饮得“玉浆”的他和友人，将像传说的卜师呼子先与酒家妪一样，骑上仙人的“茅狗”的瞬间，茅狗化身为“龙”，直上云天。结语处，诗人自我现身，表达与友人同赴仙境，与之共游的愿望，隐然表露出诗人对得道飞升的仰慕与向往。这或是诗人心中求仙问道情结的自然流露，不必视为诗人的消极避世之思。就好像诗人欣羡陶潜归去来兮，却常常只作旁观，不做田中客一样。

全诗想象恣肆，化用大量神话入诗，笔势大开大合，收放自如，时则远古洪荒西岳未开，时则九天玉女洒扫，时则乘龙飞天与天语，足见谪仙人纵意恣肆的诗歌之风，读来酣畅淋漓。

登金陵凤凰台[1]

凤凰台上凤凰游，凤去台空江自流。
吴宫花草埋幽径[2]，晋代衣冠成古丘[3]。
三山半落青天外[4]，二水中分白鹭洲[5]。
总为浮云能蔽日[6]，长安不见使人愁。

注 释

① 金陵：江苏省南京市古称，南京简称宁。凤凰台：在金陵凤凰山上，相传南朝刘宋永嘉年间有凤凰集于此山，乃筑台，山和台也由此得名。

② 吴宫：三国时吴国建都金陵，故称。

③ 晋代：东晋亦建都于金陵。衣冠：原意指古代士以上戴冠，亦指士以上的服装，也指世族、士绅。丘：坟墓，如丘墓、丘垄。

④ 三山：山名，在南京市西南长江边，因三峰并列、南北相连而得名。半落：形容三山有一半被云遮住。

⑤ 二水：指秦淮河流经南京后，西入长江，被横截其间的白鹭洲分为二支。白鹭洲：古代长江中的沙洲，洲上多集白鹭，故名。

⑥ 浮云能蔽日：比喻谗臣当道。浮云：陆贾《新语·察征》“邪臣之蔽贤，犹浮云之障日月也”。

题　解

《登金陵凤凰台》写作年代不定，一说是写于唐玄宗天宝（742—756）年间，诗人被迫奉命“赐金还山”，被排挤离开长安，南游金陵时所作；一说是写于诗人流放夜郎遇赦返回后所作。这是一首怀古诗，全诗八句五十六字，以登临凤凰台时的所见所感而起兴唱叹，既表达对历史变迁的时空感慨，也寄托自己怀才不遇的感喟。全诗气势高举，感慨深沉，写得颇为动人。

赏　析

这首《登金陵凤凰台》是李白诗作中为数不多的七言律诗之一，格律严谨，抒情慷慨，气韵高古，以气驱文，颇有格调。“凤凰台”在金陵凤凰山上，相传南朝刘宋永嘉年间有凤凰集于此山，乃筑台，山和台也由此得名。

“凤凰台上凤凰游，凤去台空江自流。”诗歌以美丽的凤凰台传说开篇，既暗合了诗题，又开创了悠远神秘的诗歌意境。诗人登临凤凰山上的凤凰台，仿若目睹艳丽夺目的凤凰正展翅飞离高高的凤凰台。古人以为，凤凰齐飞是吉祥和谐的象征，祥瑞之气升离凤凰台，唯余凤凰高台空寂寞，绕台江水徒自流，当年的繁华盛世也早已随水东逝，唯有江水亘古不息，兀自长流，冷眼旁观世事变迁，这样阴郁黯淡的情绪设置，为全诗的抒怀奠定了低靡不振的基调。律诗之韵，除了韵脚、对仗，平仄之音也是技巧高潮的关键所在，这两句十四字中连用了三个仄声字“凤”字，断无重复拖沓之嫌，反倒以流转明快的音节唱响了这段传说最美的旋律。凤凰以最祥和之态出现，又倏然逝去的形象愈加鲜明。“凤去台空”的意象以它特有的历史内涵引发了诗人内心的历史沧桑感。

接下来的颔联两句“吴宫花草埋幽径，晋代衣冠成古丘”，将笔触伸至三国两晋那个风云激荡的时代，只是在诗人的笔下，吴晋的风云早已湮灭不存，吴国昔日繁华的宫殿早已被荒草野花覆盖，当时曾经煊赫一时的士族业已化作古木土丘中的作古之人。历史穿越时空的无情，被浓缩在荒芜的吴宫和晋人的丘墓这两个经典意象之中，同时暗中回扣首联中的“凤去台空”的描述，两处笔墨互为呼应，加重了历史变迁的深沉意味。

颈联两句，诗人的笔触从吊古之词中收回，远眺三山半落，二水分流的自然奇观，“三山半落青天外，二水中分白鹭洲”，诗人借助气象壮丽的山水景观，激发自己对现实的反省。位于金陵城西南长江边上的“三山”之景，以三峰并列，南北相连而闻名，诗人在凤凰台上远眺三山，恰如陆游《入蜀记》所云，自石头及凤凰山望之，杳杳有无中耳。三山在云起雾升的景象中若隐若现的神秘幽杳之状，与“白鹭洲”把金陵西的长江一分为二的奇异景观，遥相呼应，相得益彰，在诗人眼中幻化成绮丽壮观的江山奇观。三山与二水的对仗，佳妙至极。这两句诗，对仗工整，写景出奇，寄寓深沉，历来是诗家称誉的佳句。

对历史沧桑的感慨、对凤凰台上远眺奇景的感动，在尾联殊途同归，归向诗人心中耿耿难忘的现实之忧：“总为浮云能蔽日，长安不见使人愁。”诗人从历史出发，看曾经的六朝帝都金陵盛极而衰的过往，看煊赫一时的历史风云人物终被历史湮没于无迹的往昔，最终视线回归诗人所生活的唐长安城，却见大唐帝都上空的日头被遮天的浮云所遮蔽，任凭极目眺望，却怎么也看不见轩昂壮观的长安城的踪迹。尾联这两句寄寓深远，长安是朝廷的所在，日是帝王的象征，浮云蔽日寓意谗佞当道，皇帝被闭塞视听（陆贾《新语·慎微篇》曰：“邪臣之蔽贤，犹浮云之障日月也。”）。李白在结句，写自己登台望长安，却“不见长安”，即景抒怀，暗喻自己忠而见弃、报国无门的际遇，而用典几无痕迹，诗歌格调高古，韵味悠长。

李白的这首《登金陵凤凰台》以气驱文，文势充沛，行文似江潮奔涌，不可阻逆。诗人穿越历史，观古吊古，悲慨之气，令人悍然心动；诗人正视现实，以奇丽壮观之景，生时事之忧，心胸阔达，挥洒自如。全诗贯穿古今，跨越时空，雄大之气驱动全诗在雄阔大气的意境中行进，感悟沧桑，感怀自我，个人际遇熔铸在历史变迁的大背景中，倍显诗人遭遇时忧的无奈与愤慨。

哭晁卿衡[1]

日本晁卿辞帝都，
征帆一片绕蓬壶[2]。
明月不归沉碧海[3]，
白云愁色满苍梧[4]。

注　释

① 晁卿衡：即晁衡，又作“朝衡”，日本人，原名阿倍仲麻吕（又作安陪仲麻吕）。卿：古代朋友之间的爱称。帝都：帝王之都，此处指唐朝京城长安。

② 蓬壶：传说东海中有蓬莱、方壶、瀛壶等仙山。这里借指晁衡在东海中航行。

③ 明月：此处比喻品德高洁、才华出众之士。一说是以月明珠来比喻晁衡。沉碧海：指溺死海中。

④ 苍梧：云台山，在现在的连云港境内。

题解

晁衡，又作朝衡，日本人，原名阿倍仲麻吕，随日本第九次遣唐使团来中国求学后改姓名为晁衡。敏而好学的晁衡，精通汉语、善于吟诗，学成之后备受皇帝器重，留在唐朝廷内做官，并与进宫为官的诗人李白、王维等诗酒唱和，结下深厚交谊。唐玄宗天宝十二载（753）冬，以唐朝使者的身份随日本访华的遣唐使团回国的途中，在琉球附近遇风暴后音信全无，传言其已遇难。当时离开长安已有十年之久的李白闻讯大为悲痛，当即写下这首诗，悼念旧友。其实，晁衡之死是个误传，据史载，晁衡在这次海难中幸运地被渔民救起并生还。后来几经辗转于天宝十四载（755）再回长安，朝中上下为之狂喜。回朝后的晁衡继续出仕，历经三朝皇帝，大历五年卒于京城长安。

赏析

身为日本遣唐使者，晁衡学成之后长期留居中国，出任朝官，因才高品洁而与李白结下了一辈子的友谊。晁衡于唐玄宗天宝十二载（753）回国，临行前，早已离开京城皇宫多年的李白专程赶回长安送别友人。正是二人这份惺惺相惜的深厚交谊，才使得李白在闻知友人"噩耗"之后，悲不自禁，将满腔不舍与追念，诉诸天地之间，让白云苍海也不胜其愁、不堪其痛。全诗虽为七言短章，却情感激切，动人心魄。

诗题中以"哭"字毫无掩饰地宣泄诗人痛失好友的大恸大悲之情。全诗贯穿着这种无法抑制的悲恸之音。"卿"字，或用作古代对人敬称，如称荀子为"荀卿"。诗人以"晁卿衡"来称呼好友，暗含诗人对晁衡的钦敬之心。

"日本晁卿辞帝都"，诗歌起句直陈其事，隐括日本人晁衡作为唐朝使者奉命回国之前辞别唐京都长安的历史事实。晁衡回国临行前，玄宗设宴饯别，并亲自赋诗送别，众好友也多以诗赠别，晁衡也多有诗歌相和酬友。"帝都"即指长安，诗人故言"帝都"，意在曲笔表现晁衡唐朝使者的身份，同时暗写晁衡和大唐的亲密关系。而"辞帝都"的细节里，自然隐含了诗人亲自送别好友的珍贵画面。闻听好友死讯之后，这个"辞帝都"的画面从此将成为诗人心中铭刻终生的画面。

“征帆一片绕蓬壶”，紧承上句写景：渺茫辽阔的东海之上，一片征帆渐行渐远，似乎就要没入东海时隐时现的三座仙山中去了。“征帆”，即远行的船。航程遥遥，在苍茫无际的大海上，好友的一片孤舟愈发显得渺小，用“一片”形容友人独行的舟船，颇有一剑封喉之效果，孤舟仿若水上浮萍，飘荡无依。“绕蓬壶”的想象，以诗意化的表达为下文晁衡的遇难埋下伏笔，实为匠心之笔。

诗歌的一、二句，诗人哭诉当日与晁卿衡的惜别之情，抒情深婉，悲痛之思低回压抑，基调沉痛。

诗歌的后两句“明月不归沉碧海，白云愁色满苍梧”，诗人不再压抑心中的大悲大恸，而是将一腔悲情悉数倾泻而出：晁衡之亡就像那皓月坠海，天地顿时失色，海上白云遁去乌云压顶，就连苍梧台也瞬间愁云惨淡。这两句，诗人运用比兴的艺术手法，将德高品洁、才学高超的晁衡比作天上的一轮皓月，将晁衡的遇难比作皓月坠海，与第二句诗中“绕蓬壶”的伏笔遥相呼应，表达了诗人对友人遭遇劫难的惋惜与不舍。诗歌的意境悲凄婉丽，诗歌的情感深挚动人。

诗歌的三、四句，诗人之哭“晁卿衡”，一改之前的低回压抑之调，忽然以高亢悲慨之音代之，尺幅短章，翻变迅疾，将诗人的悲恸之情表现得淋漓尽致。这恰是李白不拘一格的诗风所在。

秋登宣城谢朓北楼[①]

江城如画里[②]，山晚望晴空。
两水夹明镜[③]，双桥落彩虹[④]。
人烟寒橘柚[⑤]，秋色老梧桐。
谁念北楼上[⑥]，临风怀谢公[⑦]？

注　释

① 谢朓（tiǎo）：南朝齐杰出诗人，因任宣城太守期间，诗作极多，世称谢宣州，为与同为山水诗大家的晋人大谢（谢灵运）相区别，世人又称他为小谢。谢朓北楼，即谢朓楼，为谢朓任宣城（今安徽宣城）太守时所建，故址在陵阳山顶，是宣城的登览胜地。

② 江城：泛指水边的城，这里指宣城。唐代江南地区的方言，无论大水小水都称之为“江”。

③ 两水：指宛溪、句溪。宛溪上有凤凰桥，句溪上有济川桥。明镜：指拱桥桥洞和它在水中的倒影合成的圆形，像明亮的镜子一样。

④ 双桥：指凤凰桥和济川桥，隋文帝开皇年间（581—600）所建。彩虹：指水中的桥影。

⑤ 寒橘柚：使橘、柚树林罩上寒意。

⑥ 北楼：即谢朓楼。

⑦ 临风：迎风。谢公：谢朓。

题　解

唐玄宗天宝十三载（754）初，李白曾短暂离开宣城，在扬州、金陵遍游名胜后，于中秋节后，再到宣城。诗人在晴天的傍晚，登上北楼，触景生情，写下了这首五律。全诗描写了诗人登临宣城谢朓楼所看到的景色，并借对谢朓的深切怀念表达自己官场失意的抑郁情怀。

赏　析

登临居于陵阳山顶的谢朓北楼，可视环宣州城的挺秀三峰挺秀，可观绕宣城而流的句溪和宛溪双溪曲流，谢朓北楼是观宣城的极佳之地，至唐代改名为叠嶂楼，引得唐代诸多文人登楼吟诗作赋。李白选择在一个晴朗的秋日傍晚，登上谢朓北楼，观景抒怀。

首联“江城如画里，山晚望晴空”，登临谢朓北楼，观双溪绕流的宣城，如诗如画，在晴日的傍晚，一带远山与天边相接，空中无云亦无霞，一片空明澄净。如画的风景中，诗人的心境是否也如这晴空一般明净无尘？

颔联“两水夹明镜，双桥落彩虹”，极为工丽的骈词骊句，既营造了朗朗上口的音韵节奏之美，更诗意化地勾勒了登高眺望所见的奇秀之景：源出峄山的宛溪，在宣城的东北与句溪相汇，双溪夹城汇合后，继续前行，“夹”字传神至极，既写两水先分流后合流的奇观，更写溪水绕城曲流的美景，笔意写意而简约，颇有绘画的线条之美。始建于隋文帝开皇年间的“双桥”，上桥凤凰桥和下桥济川桥，一则架于宣城东南门泰和门外，一则架于宣城东门阳德门外，在登高远眺的诗人眼中，因为奇异的想象而别具风致。双桥卧波与桥的倒影将一汪碧水置于其间，有如明镜熠熠生光，而澄碧的溪水，在落日与初上的月儿的映照下，从桥洞散射过来的彩色，形成两弯彩桥，有如天上彩虹跃落水面，在城的两处遥遥呼应。斯是美景，岂能不醉人。

然而，诗人并未就此沉沦于美景的诱惑，颈联两句“人烟寒橘柚，秋色老梧桐”，诗人倏然从醉人的美景中脱身而出，写秋景之中掩抑不住的秋意秋色：人间烟火原是温情本色，可是秋意太浓，橘柚林中的村落人家偶然升起的炊烟，并无暖意，在橘柚林成片的深碧色中显得幽暗寒冷，枯萎的梧桐叶一夜落尽知天下秋临。“寒”字，写秋上人心的凄寒之意；“老”字，写深秋万物凋零的枯死之象。景中含情，堪称诗眼。

尾联“谁念北楼上，临风怀谢公？”紧扣诗题，呼应首联，交代诗人登高怀古的情绪：登上谢朓北楼，迎风而立，倏然忆起昔年建造此楼的谢朓谢宣州来。只是，这样不免落入窠臼的怀古之思，让人疑惑历来不愿拟古的诗人结篇何以如此潦草？诗人用“谁念”之问领起尾联，细思量，确非寻常忆古怀古了。谁人能够体会诗人此刻追怀二百多年前的谢宣州的心情呢？诗人借此一问表达他苦无知音的怅叹。谢公，即指谢朓，这位南朝齐时的著名山水诗人，出身世家大族，少学成名，因功升任，三十六岁时因卷入政治旋涡遭诬下狱而死。宣城之任太守，实际上是谢朓在仕隐之间纠结的过程，在宣城，谢朓实现了他“凌风翰”、“恣山泉”的出世之愿，然而他又舍不得放弃衮衮公服，他在《之宣城郡出新林浦向板桥》一诗中明言“既欢怀禄情，复协沧州趣”。宣城是李白的旧游之地，他数次来到宣城，此次登高远望之际，客居他乡的孤寂、政治流浪的无奈、前途渺茫的彷徨，悉数涌入脑际，让诗人不禁隔空思旧人。隔着两百多载的时空，诗人与自己仰慕的前辈，在心灵产生了强烈的共鸣，他感念于现实的厚重，故而能深味谢朓“嚣尘自兹隔，赏心于此遇”（《之宣城郡出新林浦向板桥》）的自我慰藉；他也能强烈地感受谢朓“既欢怀禄情”的功名之心。鉴于此，这怀古便有了古今异人同病相怜而隔空传情的况味了，惺惺惜惺惺的无奈中，读者清楚地看到了诗人内心长久的彷徨与深刻的无奈。

这首五言律诗，起承转合，一气呵成，令人读之快然。首联以宣城如画的大美之景起势，颔联以水光明艳之景承之，颈联以深秋之凄寒之景加以转折，尾联则借尚友古人以抒郁结的议论作结，诗人寄情山水，笔下情随景迁，景如画情如景。全诗意境高远清丽，抒情委婉蕴藉，颇有韵致。

秋浦歌（十七首其十四）①

炉火照天地②，
红星乱紫烟③。
赧郎明月夜④，
歌曲动寒川。

注　释

① 秋浦：唐县名，以秋浦水得名。今安徽贵池。
② 炉火：据《新唐书·地理志》，秋浦在唐时采银及铜。
③ 红星：炉火溅出的火星。乱：飞溅。
④ 赧郎：指冶炼工人。赧（nǎn）：本指因羞愧而脸红，此处指脸被炉火映红。

题　解

《秋浦歌》共有十七首，是李白所创作的五言组诗。李白一生中多次游历秋浦，这组诗大概写于唐玄宗天宝十二载（753）前后，李白由金陵至宣城，往来于池、歙诸州时在秋浦逗留期间。组诗内容丰富，艺术高超，这首《秋浦歌》（其十四），摹写冶炼工人劳作的热烈场面。遣词用字别具一格，形成李白诗歌中异样的风格。

赏　析

因为囿于生活环境，李白的诗歌中很少有表现劳动者劳作场面的作品。这首诗歌，以银铜冶炼工人为描写对象，热切歌颂冶炼工人火热的劳动热情。秋浦，在今安徽省贵池县西，是唐代银和铜的产地之一。诗人看到冶炼工人热火朝天的劳作场景，心中满是新奇、兴奋与激动，故而情驱文动，写就这篇热烈奔放的劳动者赞歌。

“炉火照天地，红星乱紫烟”，诗歌伊始起势不凡，写大气象大场面。冶炼炉的熊熊炉火通红透亮，燃烧升腾的瞬间映红了广袤的天地；冶炼炉中的火星在蒸腾的浓紫烟雾中热力四溅。诗人笔下的冶炼场面，不写汗水，不写酷热，诗人以诗化的笔法勾勒出天地之间熠熠生辉的冶炼场面，“照天地”一词暗示冶炼是在夜间，炉火之明照彻天地属夸张之词，在字里行间透露出诗人见此场景掩抑不住的兴奋与惊叹之情。暗夜中的炉火之明、炉火中飞溅的红星、冶炼炉上空升腾的紫色烟雾，诗人好似丹青高手，将诸色调和成一幅色彩明艳的冶炼图卷，让人赏心悦目。

接着“赧郎明月夜”一句，由天地之间大场景的描绘转入对冶炼工人形象的粗线条勾勒：虽是月夜，映红了天地的炉火却早已淡褪月光，熊熊火光映红了冶炼工人的脸庞。冶炼工人是怎样的形象？我们不得而知，然而“赧郎”一词的诞生，是李白颇具个性的独创。郎，在古代也是对年轻男子的称呼，赧，原意是因害羞而脸红，这里诗人借以指冶炼炉的火光映红了冶炼工人年轻的脸庞，想必和这红彤彤的年轻脸庞相映衬的还有冶炼工人朴实热烈、乐观豪爽的神情，想必还有年轻工人健美壮硕的形象。而结句“歌曲动寒川”，则以冶炼工人高唱劳动号子的慷慨之声来表现冶炼工人热情饱满地投入劳动的情形，“动寒川”夸张其词，形容高亢的歌声把一川寒水都激荡得就要沸腾起来了。诗人的夸张中带有超前的想象，劳动号子跳跃在夜色下的空间里，诗人竟想象成它强烈的旋律竟感染得一川寒水也为之兴奋起来，诗人以如此个性化的感受表达着对冶炼工人挥汗大干、热情四射的赞美之情。

在这首诗中，李白以声色交织的笔法绘制了一幅瑰伟壮观的秋夜冶炼图，色彩明丽，人物形象饱满，情感热切。诗歌意境雄阔绮丽，是李白短章中的上乘之作。

郭沫若在《李白与杜甫》一文中说：“歌颂冶矿工人的诗（《秋浦歌》十四）不仅在李白诗歌中是唯一的一首，在中国古代诗歌中恐怕也是唯一的一首。”惟其如此，这首诗歌，在古典诗歌史上成为一个弥足珍贵的别样存在。

秋浦歌（十七首其十五）

白发三千丈，
缘愁似个长[①]？
不知明镜里，
何处得秋霜[②]！

注 释

① 缘：因、因为。个：这样。
② 秋霜：形容发白如霜。

题　解

这首《秋浦歌》(其十五)，以“愁”为命题，用极富浪漫主义特色的夸张手法，将诗人的满腹愁意比作长达三千丈的白发，借以抒发自己怀才不遇的苦衷。

赏　析

唐玄宗天宝十二载(753)，离京已逾十年的诗人，已是年过半百之人，寻仙访道的漫游生活让他备尝漂沦生活的孤独寂寞，兼之功业未酬的缺憾，更是让诗人感到前路的渺茫与无奈。

“白发三千丈，缘愁似个长。”

头上的白发啊长逾三千丈，只因为心里的愁哇，像这白发一般的长。诗人起笔夸张至极，说自己头上的白发长达三千余丈，读者读此描写，心中自然会生出千般万般的疑惑——何人能有丈许白发，遑论三千丈白发？可是，善于在尺幅之间以大开大合之笔生出莫测的变幻之妙的诗人，用直抵人心的慨然长叹来诠释自己缘何会有三千丈白发：只因为心中的愁怨郁积得太久太多，愁白了满头的乌发，极具夸张的三千丈的白发触目惊心，有形可据的白发代言了无形的万斛清愁，以实写虚，化虚为实，极富感染力。故而三千丈白发虽不合理，却因三千丈愁而变得合情了。辛弃疾《菩萨蛮·赏心亭为叶丞相赋》曰：“人言头上发，总向愁中白。”辛词也用白发和愁情相关联来摹写心中的愁怨，“总”字最能泄露词人正值壮年却壮志未酬、功业未建的惆怅；然而李诗较之其后才有的辛词，多了“三千丈”的夸张，便多了常人难以承载的更深重的愁怨，多了“似个长”的怅然叹惋，便多了数年难驱的更深长的叹息。历来诗家写愁，用取譬手法者，多有创意，譬如李煜以春草喻愁“离恨恰如春草，更行更远还生”，李清照以船载喻愁“只恐双溪舴艋舟，载不动，许多愁”，李颀以海水喻愁“请量东海水，看取浅深愁”，等等。这些化无形为有形的抒情笔法，带给读者视觉上不同程度的冲击力，各具其妙。不能说李白的诗句是最好的，但却不妨说是最个性的，因为春草、舴艋舟、东海水，都是实有其物的，而李白的“三千丈白发”以虚构的意象，带给读者出乎意料的视觉感受，富有想象力，别具个性。

“不知明镜里，何处得秋霜！”

诗人对镜自照，忽然发现，自己满头原本乌黑的头发，不知何时起，也不知是在何地，竟变成满头银霜了。年过半百的诗人揽镜自照的细节，让人倍生同情之心。秋霜不仅色白，而且语含深秋之意，自然附带了秋殇之味，这里借以指诗人满头白发，形神兼俱。“不知”“何处”之问，对诗人而言，当是明知故问的激愤之词，如此愁容外现，得之于年逾知天命之年之时，仍然布衣一介，卿相之梦愈走愈远，昔年“奋其志能，愿为辅弼……令寰区大定，海县清一”的宏志，被“御手调羹”“贵妃研墨”“力士脱靴”的历史陈迹戏谑成笑谈，被“同侪谤毁、赐金放还”、十年漫游的无情现实，挫去了恢弘之气，徒留下面对镜中的衰老之象平生慨叹与不平的憔悴之人了。“得”字之用，是诗人的刻意一笔，得字通常意为得到，谁人会对自己不想要的东西用“得到”一词呢？可见诗人，对同侪排挤、皇上看轻、才而被弃的冷酷现实迫使自己一年年添“秋霜”的坎坷经历是刻骨铭心的。这满头的白发啊，正是放言“我辈岂是蓬蒿人”、自视极高的诗人，大半生蹉跎岁月、坎坷磨砺的见证，睹镜自视，岂能不伤感？故而这三千丈的白发，成为心怀“千古愁”的李白怎么也剪不断的愁侣，伴随李白走过余生，又跨越时空，成为后世被愁怨所困之人最钟爱的意象。

这首抒情短章，仅区区二十字，却有大开大合之笔势，诗人将郁积心中、随时等待喷薄的愁怨，比作三千丈白发，以极其夸张的视觉描写触动读者的审美，有如突兀壁立之山，怵人耳目，颇有悲壮之美，而结尾则以满头秋霜的比喻淡笔勾勒诗人被岁月催老的憔悴形象。首尾以奔放的激情与缓释的哀叹形成强烈的情感跌宕，然而却殊途同归，最终一致指向极深刻的悲凉况味。

清　溪　行

清溪清我心[①]，水色异诸水[②]。
借问新安江[③]，见底何如此？
人行明镜中，鸟度屏风里[④]。
向晚猩猩啼[⑤]，空悲远游子[⑥]。

注　释

① 清溪：河流名，在安徽境内，现称白洋河，有上、下溪之分。
② 诸：众多，许多。
③ 新安江：河流名。发源于安徽，在浙江境内流入钱塘江。
④ 度：这里是飞过的意思。屏风：室内陈设。用以挡风或遮蔽的器具，上面常有字画。
⑤ 向晚：临近晚上的时候。
⑥ 游子：久居他乡的人。

题 解

这首五言律诗，八句四联成诗，诗题中的“行”字，并非古诗体裁“歌行吟”之“行”，而是“行走”的意思，有诗歌颈联中“人行明镜中”之句为证。诗歌大约作于唐玄宗天宝十三载（754）。是年秋后，李白游池州（今安徽贵池）清溪有感而作，据载诗人游历的是池州的上清溪。李白到达秋浦，沿清溪游吟、独钓、听曲，面对气势巍峨、高达数丈的“江祖石”和沿岸的绮丽风光，诗人留恋不已。这首诗全诗描写清溪水色的清澈，寄寓诗人喜清厌浊的情怀。

赏 析

这首《清溪行》在诗人笔下呈现出如池州清溪水一般的风格：清新脱俗，婉丽凄美。全诗以“行”字串接诗人清溪之游，移步换景，融情于景，将清溪之行描绘得景色清新、情感凄婉。

首联“清溪清我心，水色异诸水”，起笔色淡调雅，清溪之水清澈见底，其色之明远非其他诸多溪水可相提并论的，更为奇妙的是，它竟在不知不觉中涤荡了诗人蒙尘日久倍是污浊的心灵。清溪之水名副其实，以澄澈如镜怡悦了诗人的耳目，更洗涤了诗人日渐污重抑郁的心。诗人初遇清溪，就被它的恬静纯洁所吸引，故而在一句之中连用两个“清”字，绝无繁复累赘之嫌，倒是在一语双关的妙手点化中，别具了神韵，令人难免要一见清心了。

颔联“借问新安江，见底何如此？”，以新安江江水来映衬出清溪水的澄澈如洗。新安江，发源于徽州（今安徽省黄山市）休宁县境内，素以水色佳美著称，江水四季澄碧，清澈见底。夹江两岸，翠岗重叠，山势各殊，谷多瀑泉，今有“清凉世界”的美誉。唐孟浩然诗云：“湖经洞庭阔，江入新安清。”新安江江水之澄澈由此可见。可是诗人一睹清溪之清美之韵后，竟然情不自已地探问：请问新安江，你素以水色佳美闻名于世，可是与清溪水一比，你的澄澈见底何以与之媲美呢？这样的反问，不乏诗人心中偏爱清溪的原因，但清溪水在对的地点对的时间与诗人渴望高洁美好之物的心灵诉求高度契合，更让诗人心下尤喜之了。

鸟度屏风里

颈联“人行明镜中，鸟度屏风里”，以与众不同的比喻，绘制了一幅清溪江岸图卷，正面描写清溪水的美。诗人置身这样一幅巨制的自然风景画中，恍然莅临人间仙境一般：清澈见底的清溪水面上是诗人乘坐一叶扁舟的倒影，船在溪上行，就好似人在明镜中行走，而清溪沿江两岸的层叠翠嶂、万态山势、飞瀑流泉让船中的诗人目不暇接，时有山鸟从林间山前飞起远去，一路行来，这些如画的风景迤逦在沿岸，倒映在清溪水里，竟让诗人几乎要以为沿岸摆放了一座长长的天然屏风，上有山势各殊、飞瀑激湍、更有鸟度林间的各色景致，诗人的游吟便是尽兴之举了。此一联的对仗极其工巧自然，平仄相对，音节铿然，清溪之美似乎还流淌着内在旋律之美。

尾联“向晚猩猩啼，空悲远游子”，诗人在清溪的美景中流连忘返，直至暮色渐重时分，才被沿岸山中猩猩一声声的啼叫唤回了仙游的心绪，他乡再好岂可当故乡？在诗人听来，这猩猩的啼鸣声就是猩猩为诗人仗剑去乡远游他乡而发出的悲啼。诗人的漫游，洒脱释怀中常常怀有执着的入世之求。故而年过半百却志业未酬的抑郁、异乡漂沦才高无用的深重落寞，即使是在诗人耽于美景心神沉醉的时候也会时不时地袭上心头，让诗人内心在一片哀景一道哀声里宣泄浓浓的悲愁与孤寂。猩猩啼叫原为动物本能，诗人却赋予它人的情感，让它也为诗人坎坷的际遇悲鸣，这种移情于物的写法，造成物我无隔的诗歌意境，记忆令人动情。

全诗前三联写清溪江水澄澈如镜、江岸美景如画的佳妙之境，与诗人崇尚清洁追求脱俗的个性有着完美的情与景的契合，而诗歌尾联则转向抒发低回抑郁的情绪，这种反差，因为“谪仙人”特有的诗歌气质而并不显得突兀。前三联所描绘的清洁脱俗之氛围，与尾联的自叹自伤，合力表现了诗人繁复的内心世界，前后文的对立又互补，合成了一个丰满立体的抒情诗人形象。现实的坎坷带给诗人的悲观哀叹由来已久，可是乐观豁达的诗人总是能够找到一个又一个的新世界，并从中让自己找到解脱自我释放自我的契机。故而这首诗里，尽管诗人悲音难却，却仍然掩抑不了诗人清新自我、超越心灵拘囿的“谪仙人”的气质。

赠　汪　伦①

李白乘舟将欲行，
忽闻岸上踏歌声②。
桃花潭水深千尺③，
不及汪伦送我情④！

注　释

① 汪伦：李白的朋友。李白游泾（jīng）县（在今安徽省）桃花潭时与附近贾村的汪伦结下深厚的友谊。宋蜀本《李白集》此诗题下有注云，汪伦为村人，常酝美酒以待白。

② 踏歌：民间的一种唱歌形式，一边唱歌，一边用脚踏地打拍子，可以边走边唱。

③ 桃花潭：在今安徽泾县西南一百里。《一统志》谓其深不可测。深千尺：运用了夸张的修辞手法。

④ 不及：不如。

题 解

这首诗或为汪伦闲居桃花潭，李白流寓宣城期间造访汪伦后所作，时间最晚截止于唐玄宗天宝十三载（754）。这首赠别诗表现了李白与友人汪伦可与潭水比深的友谊。因为夸张、比喻、对比手法的巧妙运用，这首诗具有了让人回味不已的韵味，成为古典赠别诗中流传最广的诗歌之一。

赏 析

李白流寓宣城时，正是安禄山兴兵造反之际，诗人满腹的家国之忧都被诗人用酒意浇灌在宣城大小的酒肆之中。泾县山村的隐士汪伦，无心仕途，乐于田园农桑之事，善酿美酒，好吟诗句，对诗仙李白仰慕有加已久，只是一直无缘相见。清人袁枚的《随园诗话》："唐时汪伦者，泾川豪士也，闻李白将至，修书迎之，诡云：'先生好游乎？此地有十里桃花。先生好饮乎？此地有万家酒店。'李欣然至。乃告云：'桃花者，潭水名也，并无桃花。万家者，店主人姓万也，并无万家酒店。'李大笑，款留数日。"种种迹象表明，李白与汪伦之交，大有惺惺惜惺惺的况味，趣味相投，为莫逆之交。

"李白乘舟将欲行，忽闻岸上踏歌声。"

前两句写友人汪伦用歌声表达送别李白的深挚情感。

第一句诗，起势平常，诗人自诉已经离岸登舟，将要出发离开桃花潭了；第二句诗，则写舟中的诗人耳边忽然传来友人汪伦踏地为节拍、一路走来一路唱来的歌声。"忽闻"二字颇有意蕴：汪李二人是莫逆之交，临别之际汪伦赠李白马八匹、官锦十匹。李白欲行之际，二人自然有惜别之情，可是"忽闻"二字表明汪伦的歌声于李白而言，是意外，更是感动，之前饯别时的痛饮与无言，掩饰了多少不忍离别的心曲，李白已经蹑足舟中，到了最后分别的时刻，岸上送别李白的汪伦之前压抑着的别情喷薄而出，化为歌声。汪伦的歌儿唱着怎样的词儿，我们不得而知，然而，在李白听来，一定是最美的心曲。李白从汪伦的歌声中，一定听到了最动人的惜别之情。

"桃花潭水深千尺，不及汪伦送我情。"

后两句写诗人盛赞汪伦对自己的深挚情感。

桃花潭潭水澄碧，环山仓峦叠翠，悦人耳目。桃花潭见证了汪伦李白之间的深笃情感，因为汪伦每日用桃花潭底水亲酿出的美酒款待李白，因为桃花潭水常常听闻汪李诗文相和造就的佳妙文辞。诗人即景取譬，盛赞“桃花潭水”深达千尺，澄碧如玉，一潭之水“深千尺”，已是惊人之语，第四句却用“不及”两个字将笔锋一转，以潭水再深也比不上汪伦真心送别我的深情。无色无形的友谊被诗人借用一潭碧水形容，化无形为有形，化无色为有色，汪李之间的友谊似乎可触可感甚至可视，空灵而又余味无穷。这样的取譬，朴素自然，这样的对比，清新脱俗，与二人之间纯粹的无功利目的的知音式友谊的气质暗中契合，形成全诗内在的情感脉络。

全诗仅四句二十八字，却凭借简约的叙事，夸张的抒情，率性的遣词，将原本稀松常见的送别场面，写得画面丰富、情感丰赡。首句写离别之人，次句写送行之人，二者互相眷恋惜别的深情，层递表达出来；第三句离人用夸张之词作即景描写，第四句紧承上一句作大转折，以引出全诗的最高潮部分。古人尊称他人，多以他人字号或“公”“卿”“君”等字相称，然而此诗之中李白弃用这些字眼儿，用直呼其名的方式称呼友人，甚至自己，读者从中或可读出汪李之间无需矫饰、率性而为的交谊。全诗读来清新自然，朴素脱俗，一千多年来，成为李白诗中流传最广的佳作之一。

古风（其十七）

西上莲花山①，迢迢见明星②。
素手把芙蓉，虚步蹑太清③。
霓裳曳广带④，飘拂升天行。
邀我登云台⑤，高揖卫叔卿⑥。
恍恍与之去，驾鸿凌紫冥⑦。
俯视洛阳川，茫茫走胡兵⑧。
流血涂野草，豺狼尽冠缨⑨。

注　释

① 莲花山：即华山的最高峰莲花峰，在今陕西省华阴市。
② 明星：传说中的华山仙女。
③ 虚步：凌空而行。蹑：行走。太清：天空。
④ 霓裳：用云霓做的衣裙。曳广带：衣裙上拖着宽阔的飘带。
⑤ 云台：云台峰，是华山东北部的高峰，四面陡绝，景色秀丽。
⑥ 卫叔卿：传说中的仙人，中山郡（即河北定县）人。据《神仙传》载，因服云母而成仙人的卫叔卿曾乘云车，驾百鹿去见闲居殿上的汉武帝，但武帝只以臣下相待，于是大失所望，飘然离去。
⑦ 驾鸿：骑乘着鸿鸟。凌：飞越。紫冥：高空。
⑧ 洛阳川：泛指中原一带。走：奔跑。
⑨ 豺狼：比喻安史叛军。冠缨：穿戴上官吏的衣帽，借指仕宦。

题 解

这首诗一般都认为写于唐玄宗天宝十五载（756），此时安史叛军攻陷洛阳，长安暂时安然无恙。诗题名为《古风》，取用了非古体诗不拘格律的自由之制，诗人借自己应天上仙人之邀飞升天上仙界的假想，虚构仙境，并以置身仙境的视角俯视凡间中原地带叛军荼毒民生的惨象。诗人面对黑暗现实，意欲借飞升仙境之假想暂时脱离乱世，终而不得陷入了痛苦，暗写了诗人对乱世战祸的谴责和对民生饱受荼毒的同情。

赏 析

唐玄宗天宝五载（746），李白作《西岳云台歌送丹丘子》写自己登云台峰的感受，表达了对华山瑰奇险绝之境的向往，表达了他仙游访道的愿望。十年之后，天宝十五载（756）正月，安禄山建立伪政权，自称大燕皇帝。《奔亡道中五首》载，天宝十四载（755）安史之乱爆发时，李白正在梁苑（今河南商丘）至洛阳一带，亲眼目睹洛阳都城的沦陷，安史叛军的肆无忌惮，于是西上华山避乱，公元756年春再奔宣城。时局的突变，给予李白精神上以极大震撼，使他突然惊醒，不再一味沉醉于一己之超然，不再借漫游山川寻仙访道来超脱避世，而是睁大双眼直面血腥残酷的安史之乱。莲花峰的险僻深深吸引着诗人，诗人借《西上莲山》抒写时代动乱投影在他心上的深刻印记。

这首游仙诗，前十句描述游仙之事，想象瑰奇。

“西上莲花山，迢迢见明星。”

诗人为避战乱西上华山，在华山的最高峰莲花峰上，纵目远望，遥遥之中竟然看见了日居华山，服玉浆，白日升天在空的华山玉女明星。山高峰险、直插云霄的华山在诗人笔下并未给谪仙人造成任何攀爬的困难，而是一跃成为诗人挣脱俗世飞升仙界的平台。而“明星”一词颇有双关之妙，玉女在天仙姿耀眼，有如天上熠熠生辉的明星闪烁。

“素手把芙蓉，虚步蹑太清。霓裳曳广带，飘拂升天行。”

玉女明星素手持把一朵出水的芙蓉花，凌空飘行；高高的天空中，明星身着炫目的霓裳，宽长的飘带拖曳在身后，正在飞向仙界。玉女飞天的情景虽为想象，却充满了诗人对仙界的憧憬与想往。

“邀我登云台，高揖卫叔卿。”

人称“谪仙人”的李白天生一副仙风道骨，置身莲花峰顶时被不期而遇的玉女明星相邀前往处于华山东北峰的云台峰，在那儿一同拜访仙界高人卫叔卿。玉女渴饮琼浆，白日飞升的随性之举吸引着囿于现实常常借酒消愁的诗人，卫叔卿不囿君意率性而为的自由之行更是引发了诗人内心对自由的想往。

“恍恍与之去，驾鸿凌紫冥。”

“恍恍”，意为曚昽不清貌，此处当是形容天界的幽渺神秘。虚无缥缈而又神秘莫测的仙界深深地吸引着诗人，故而仙女的邀约一俟发出，诗人还无暇看清仙界真容，就同仙女一同驾乘鸿雁飞越高空前往仙界。第四句诗以“太清”指代天空，这一句中用“紫冥”借指天空，一是为了避免在诗中重复用字，一是前者用清明天空映衬玉女明星的气质，后者用深沉天空形容仙界的神秘。

这十句诗，诗人看似驰骋想象，在天上与仙友比肩同行，实则以虚写实，暗示着诗人在现实中种种不被认同的失意与痛苦。世无知音之苦，将诗人从尘世排挤出来，他急切地想在另一个与尘世截然不同的世界里找到可以自由随性的生活的地方。

“俯视洛阳川，茫茫走胡兵。流血涂野草，豺狼尽冠缨。”

这四句诗，诗人笔锋陡转，写自己置身仙界后，却无暇四顾，反身回看自己飞升前的人间世界——昔日的人烟鼎盛之地洛阳平原上，如今烧杀抢掠的安史乱军遍布，看上去黑压压的漫无边际，民生惨遭涂炭，血流遍野染红了荒野之草，而朝中有尸位素餐者，更有卖官鬻爵的所谓仕宦之人。安史之乱，自有朝中之因，玄宗怠政，李林甫身为宰相却口蜜腹剑，专权用事达十九年，杜绝言路，排斥忠良；杨国忠因杨贵妃得宠而继李林甫出任宰相，只知搜刮民财，以致群小当道，国事日非，朝政腐败，让安禄山有机可乘。

诗人虽谓“诗仙”，却是一位地道的“谪仙人”，故而终难忘却人间灾难。在求仙问道的同时，愿为辅弼的志愿也时强时弱，纠结在出入世的矛盾中，清高自视的诗人既以遁世自得的“卫叔卿”自比，又时时难忘“海县清一”的平生之志，故而仙游之乐乐在自由随性不受拘束，而俯瞰现实之苦苦在民生涂炭乱军横行，自己却只能做一个无所为的旁观者。这四句诗，诗人以血腥的事实惊醒自我，与前面十句诗所描写的浪漫飘逸的仙境形成鲜明的对比，从结构上到情感上，形成极大的跌宕，然而绝无突兀之嫌。因为诗人从来不缺乏自我解剖的勇气，让自己很快从虚无的神仙世界走出步入现实，这种情感上的跌宕，将诗人直面现实、批判现实的深刻表现得入木三分。

扶风豪士歌[1]

洛阳三月飞胡沙[2]，洛阳城中人怨嗟。
天津流水波赤血[3]，白骨相撑如乱麻。
我亦东奔向吴国[4]，浮云四塞道路赊[5]。
东方日出啼早鸦，城门人开扫落花。
梧桐杨柳拂金井[6]，来醉扶风豪士家。
扶风豪士天下奇，意气相倾山可移[7]。
作人不倚将军势[8]，饮酒岂顾尚书期[9]。
雕盘绮食会众客[10]，吴歌赵舞香风吹[11]。
原尝春陵六国时，开心写意君所知[12]。
堂中各有三千士，明日报恩知是谁?
抚长剑，一扬眉[13]，清水白石何离离[14]。
脱吾帽，向君笑[15]；饮君酒，为君吟。
张良未逐赤松去，桥边黄石知我心[16]。

注 释

① 扶风：即扶风郡，在今陕西凤翔县一带。扶风豪士，指安史之乱发生后由扶风逃难到吴地的豪士。

② 三月：时值春季。飞胡沙：喻指安禄山叛军攻陷洛阳。唐朝天宝十四载（755）十二月攻入东都洛阳。诗人说是三月，是为行文方便。

③ 天津：桥名，在洛阳西南洛水之上。赤血：殷红的鲜血。

④ 吴国：这里泛指我国东南一带。诗人为避安史之乱，前往东南吴地。

⑤ 浮云四塞：形容逃难的人像浮云一样从四面八方涌来，充塞了道路。赊：远，长。

⑥ 金井：古时诗家多用以描述井栏雕饰华美的井。

⑦ 相倾：互相敬慕。山可移：形容友谊的深厚。

⑧ 作人：为人。不倚将军势：语出秦汉之际辛延年的《羽林郎》："依倚将军势，调笑酒家胡。"李诗反用其意，称赞扶风豪士不依仗他人的权势。

⑨ 尚书：官名，古代协助皇帝处理政务的大官。期，约会。饮酒岂顾尚书期，典出《汉书·陈遵传》：西汉陈遵嗜酒好客，每次宴会，总关上大门留客不放，甚至将客人车轴上的键拔出投入井中，使他们虽有急事也不能离去。一次一位部中刺史因公来拜访陈遵，虽与尚书有约也无法走脱。直到陈遵酒醉后，才经由陈母从后门将他放出。

⑩ 雕盘绮食：精美的器皿和食物。

⑪ 吴歌赵舞：指出色的歌舞。古时吴地的人善歌，赵地（今河北一带）的人善舞。

⑫ 原尝春陵：指战国四公子，他们门下各有食客数千人。六国：指战国时齐、楚、燕、韩、魏、赵六国。写：通"泻"，宣泄，开诚相待，披露心意。

⑬ 抚长剑，一扬眉：这两句化用南朝陈江晖《雨雪曲》"恐君不见信，抚剑一扬眉"的句意，江诗表达了边城游子轻生重气为知音不惜以身报之的情感，李白化用其诗，意在表示自己得遇扶风侠士定会以非凡之才报之。

⑭ 清水白石何离离：即水清石见，何等清晰的意思，诗人借以比喻自己胸襟爽朗，光明磊落。乐府《艳歌行》："语卿且勿眄（miǎn，斜着眼睛看），水清石自见。"离离：井然有序、清晰可见。

⑮ 脱吾帽，向君笑：这两句是说脱帽欢笑。这在当时是从北方部族传来的一种礼俗。

⑯ 张良：字子房，汉初大臣，传为城父（今安徽亳县东南）人。祖先五代相韩。秦灭韩后，他结交刺客，在博浪沙（在今河南原阳县）狙击秦始皇未中。秦末农民战争中，他聚众归刘邦，成为刘邦的重要谋士。刘邦很器重他，汉王朝建立后，封为留侯。逐：跟随。赤松：即赤松子，古代神话中的仙人。张良晚年曾有"愿弃人间事，从赤松子游"（《史记·留侯世家》）的念头。黄石：即黄石公，又称圯上老人。传说张良刺秦始皇失败后，逃亡下邳（今江苏邳县），遇老人于圯（桥）上，授以《太公兵法》，并说后十三年见我于济北谷城山下，黄石即我。十三年后，张良随刘邦过济北，果在谷城山下得黄石。见《史记·留侯世家》。这两句以张良自比。

题　解

唐玄宗天宝十五载（756）的春天，在溧阳避乱于扶风豪士家的李白作有此诗。这首古风，将全诗置于东都洛阳被胡军占领的大背景之下，描写沦陷后的洛阳城中血流成河、白骨遍野的惨象，描写避难路途的艰难，描写扶风豪士避难之地的醉人春意，在洛阳的战乱惨象和豪士吴地的热情款待的两相对比中，称赞了扶风豪士的热情好客，不事权贵，表达了自己虽受知音知遇，却在国家危难、民生涂炭之际空怀绝世之才而无以报国的苦闷。

赏　析

二十五岁，即仗剑去蜀，他乡远游的李白，素有游侠之义，与侠客豪士之辈历来有惺惺相惜的情感。安史之乱爆发的次年，诗人东奔吴地躲避战乱。在吴地，遇到了人称“扶风豪士”的侠义之士，并受到了对方的盛情款待。诗人感动于扶风豪士的热情好客，更钦敬于扶风豪士的豪放自守。避居扶风豪士家里时，有感而发，即兴作有此诗。

诗一开始，以“洛阳三月飞胡沙，洛阳城中人怨嗟。天津流水波赤血，白骨相撑如乱麻”的大手笔为全诗设置大的时代背景：天宝十五载（756）的正月初一，安禄山在洛阳称“大燕皇帝”；暮春三月的洛阳城里，安史叛军恣意横行，有如瀚海风起后飞沙走石的景象，惹得城中百姓怨声载道。站在洛阳西南的天津桥上俯视桥下的洛水血流成河，洛水两岸但见白骨如山。心怀“寰宇大定、海河清一”之愿的诗人目睹昔日东都的惨象，该是何等的绝望与痛苦！诗人起笔就营造了全诗大悲大痛的基调。

“我亦东奔向吴国，浮云四塞道路赊。”

国已不国，何谈保国，矢志报国的诗人东奔吴地以避乱战祸，从洛阳到吴地，路途迢远，沿途只见无数的难民像浮云一样从四面八方涌来。避乱之途就是亲眼目睹战祸惨象的路途，这一路上，诗人的心路经历了太多的血腥与残酷的洗礼，愈发沉重不堪。

“东方日出啼早鸦，城门人开扫落花。梧桐杨柳拂金井，来醉扶风豪士家。

扶风豪士天下奇，意气相倾山可移。作人不倚将军势，饮酒岂顾尚书期。雕盘绮食会众客，吴歌赵舞香风吹。”

这十句诗所营造的畅意和美的意境与前面四句诗所营造的凄厉残酷的意境截然不同。不期然，诗人竟在吴地遇到了侠义之人“扶风豪士”，对方不惜盛宴款待诗人，令诗人倍感欣喜。前四句写扶风豪士所居之地，环境静美，春意醉人。东方日出时分，早鸦啼鸣，宣告着祥瑞之事的前兆。在唐代以前，乌鸦在中国民俗文化中是有吉祥和预言作用的神鸟，有“乌鸦报喜，始有周兴”的历史常识传说。“人闲花落”，嘉宾耳闻早鸦佳音造访时，巧遇城门洞开洒扫落花一景，之前逃难途中所经历的惶遽痛苦暂时都被这一地落花驱散了。梧桐杨柳拂过扶风豪士家中的井栏雕饰华美的井，让人不禁联想到“拂堤杨柳醉如烟”（清高鼎《村居》）的画境。后面盛赞扶风豪士的热情待客，扶风豪士堪称天下奇士，与诗人意气相投之际结下深厚的情谊，他并不倚仗位高压人，与诸嘉宾开怀对饮，珍馐相待，歌舞以乐，不醉不归，不尽兴不终。与开篇四句相比而言，这十句诗更像是闲来之笔。

可是我们素知李白善用大开大合之笔造跌宕之势，在最后的十句诗中，诗人笔锋再做陡转，从扶风豪士的热情款待中脱身出来，给自己一个直面心灵的机会——他绝非一个沉溺于酣乐之中不知自拔的庸人，他说“原尝春陵六国时，开心写意君所知。堂中各有三千士，明日报恩知是谁？”诗人以众所周知的战国四公子礼贤下士以至门客各三千来喻指扶风豪士敬贤慕士之举，却以不知他日谁人可报恩的发问表达了自己对朝中无人热衷朝堂之事以报答君王知遇之恩的隐忧，并为后文表达诗人意欲杀身报国的决心蓄势，笔法含蓄而有力。紧接着诗人就高声唱叹“抚长剑，一扬眉，清水白石何离离。脱吾帽，向君笑；饮君酒，为君吟。”李白以热切的言辞表达了自己愿像南朝陈人江晖一样以抚剑、扬眉之举表示看轻生死以身报国的决心，以北人脱帽致笑的礼仪表达对知音之交的回报，以开怀痛饮表达欣逢知音的喜悦，诗人以自己开阔的胸襟、磊落的为人示人，希望用真诚的吟诗表达对知音的感遇之恩。这一段，诗人以率性天真之举，表达他急于报国的热切之情，颇为个性。扶风豪士虽然不是君王，但是他的“开心写意”使李白顿生知遇之感，李白恨不能杀身以报，以抒写报国无门的隐忧。“张良未逐赤松去，桥边黄石知我心。”在末句，诗人以张良为喻，张良先祖五代为韩相，秦灭韩后，为报灭国之仇他聚众归附刘邦并辅佐刘邦建立大汉。据传归附刘邦之前，张良在沂水桥上遇见黄石公得赠《太公兵法》。据传汉朝初平，张良自请引退跟着赤松子去学仙。李白化用张良之典，意在表达，他虽然也有归隐之意，但目下之所以没有效仿张良，是因为国运艰难，谗佞当道，他愿为辅弼的功业还未建成，拳拳报国心，沂水桥边的黄石公殷殷可鉴。全诗以国之殷忧起笔，以矢志报国结篇，诗人心系国事，一心报国的情感贯穿全诗，形成诗歌不可阻逆的情感冲击力。

这首古风，以七言为主，七言诗句共二十三句，形成整首诗整饬铿锵的音韵节奏，另有六句三言句式杂见其间，以简短之句形成诗歌音节上的起伏跳跃的同时，凸显诗人轻生死誓报国的志向。全诗以情感发展的脉络变化，自然分成三个部分，在转换自如的起承转合里，诗情四射，激情飞扬，文采四溢，让人感受到太白豪士的魅力。

望庐山瀑布（二首其一）[1]

西登香炉峰[2]，南见瀑布水。
挂流三百丈，喷壑数十里[3]。
欻如飞电来[4]，隐若白虹起[5]。
初惊河汉落[6]，半洒云天里。
仰观势转雄，壮哉造化功[7]。
海风吹不断，江月照还空[8]。
空中乱潈射[9]，左右洗青壁；
飞珠散轻霞，流沫沸穹石[10]。
而我乐名山[11]，对之心益闲[12]；
无论漱琼液[13]，还得洗尘颜[14]。
且谐宿所好[15]，永愿辞人间。

注 释

① 庐山：又名匡山，中国名山之一。位于今江西省九江市北部的鄱阳湖盆地，在庐山区境内，耸立于鄱阳湖、长江之滨。江湖水气郁结，云海弥漫，多巉（chán）岩、峭壁、清泉、飞瀑，为著名游览圣地。

② 香炉峰：庐山北部名峰。水气郁结峰顶，云雾弥漫如香烟缭绕，故名。

③ 壑（hè）：深沟，坑谷。“喷壑”句：意谓瀑布喷射山谷，一泻数十里。

④ 欻（xū）：欻忽，火光一闪的样子。飞电：空中闪电。

⑤ 白虹：一种出现在雾上的淡白色的虹。

⑥ 河汉：银河，又称天河。

⑦ 造化：大自然。

⑧ 江月：一作“山月”。

⑨ 潨（cóng）：众流水汇在一起。

⑩ 穹（qióng）石：高大的石头。

⑪ 乐：爱好，喜欢。

⑫ 益：更加。闲：宽广的意思。

⑬ 无论：不必说。漱：漱洗。琼液：传说中仙人的饮料。此指山中清泉。

⑭ 还得：但得。尘颜：沾满风尘的脸。洗尘颜：喻指洗除在尘世中所沾染的污垢。

⑮ 谐：谐和。宿：旧。宿所好：素来的爱好。

题 解

《望庐山瀑布》共两首，两首诗体裁不同，前一首为五言古诗，后一首为七言绝句。安禄山叛乱翌年（756），时年五十多岁的李白离开宣城到达庐山，在庐山住了大半年时间，在那儿共写了二十四首诗。这两首是其中之二。这一首五言古诗，共二十二句，用铺陈手法状写庐山瀑布的气势恢弘，用率性之笔抒写自己乐观旷达的心态。

赏 析

"西登香炉峰，南见瀑布水。"从西边登上庐山的香炉峰，峰顶云气郁结，雾霭弥漫有如香气缭绕，南望山间飞瀑一挂悬于峭壁。"西登""南见"以平常语气出之，将登山的艰险，飞瀑悬于山间的陡峭悄然隐匿了。"挂流三百丈，喷壑数十里。""三百丈""数十里"，诗人不吝夸张之词摹写飞瀑的高度与力度。"欻如飞电来，隐若白虹起。""飞电"即闪电，取譬形象，瀑流飞奔落下快如闪电，气势非凡；"白虹"之喻，摹写瀑水飞溅扬起的水雾，氤氲朦胧的样貌，仍是侧面描写庐山飞瀑的恢弘气势。"初惊河汉落，半洒云天里。"诗人的想象历来是天马行空的，他眼中的庐山飞瀑转眼幻化成九天银河落人间，飞溅起的水雾就好似半山云雾缭绕。"仰观势转雄，壮哉造化功。"诗人仰观飞瀑气势雄壮，直言赞叹是造化中神秀之作。"海风吹不断，江月照还空。"纵有强劲海风也吹不断这瀑流，暗写瀑布非凡的气势，强劲的力量；然而雄奇之余，庐山瀑布亦有清丽之景，山间明月映照之下，瀑水愈加明澈，时而奔放震撼，时而澄澈迷人。这两句写景别具风味。"空中乱潨射，左右洗青壁；飞珠散轻霞，流沫沸穹石。"瀑水汇聚，奔流不息，水花在空中四溅，洗濯着青崖石壁；水珠迸射，如霰雪四散，飞沫扬起好似在高高石崖上水花沸腾。以上诸句，诗人骋想象之意，将庐山瀑布写得壮观雄健，洒脱无羁，奇思纵横，感情奔放。"而我乐名山，对之心益闲"，智者乐山，仁者乐水。乐水之余，诗人面对名山，心生智慧之思，悠闲之乐。"无论漱琼液，还得洗尘颜。"更不必说用山间清泉洗涤久驻尘世所沾染的污垢了。山水悦人性，心灵上的尘埃一经其拂拭，纤尘不染，煞是透明。“且谐宿所好，永愿辞人间。”恰好与自己素日所好相吻合，居于此间，诚愿永生驻此，远离尘世。末六句，诗人以抒情笔调，写自己的志趣与愿望，以旷达乐观的旨趣，升华诗旨，意境高远。

这首五言古诗，将李白入乎其内，出乎其外，形神兼备，奔放空灵的风格很好地诠释了出来，使人既看到了瀑布的形态，又感悟到了诗人超然又进取的矛盾而又统一的个性，整首诗透露出李白无拘无束、率性自由的审美心态。

望庐山瀑布（二首其二）

日照香炉生紫烟①，
遥看瀑布挂前川②。
飞流直下三千尺③，
疑是银河落九天④。

注　释

① 香炉：指香炉峰。紫烟：指日光透过云雾，远望如紫色的烟云。

② 遥看：从远处看。挂：悬挂。前川：一作“长川”。川：河流，这里指瀑布。

③ 直：笔直。三千尺：形容山高。这里是夸张的说法，不是实指。

④ 疑：怀疑。九天：一作“半天”。古人认为天有九重，九天是天的最高层，九重天，即天空最高处。

飞流直下三千尺

题 解

这首七言绝句，以大开大合之笔，摹写庐山瀑布雄奇壮丽的景象，堪称千古绝句。

赏 析

与《望庐山瀑布》（其一）相比较，这首写得更为简捷，更富表现力，故而流传更为广泛。

“日照香炉生紫烟，遥看瀑布挂前川。”

“香炉”即位于庐山西北部的香炉峰，峰顶终日云烟缭绕，有如巨型香炉，故而得名香炉峰。朝日初升的瞬间，晨光遍洒香炉峰上，山中雾岚氤氲出一片紫烟，香炉峰更像一座巨型香炉。白雾袅袅腾起，处处弥漫，苍天山川之间，红日喷薄如金丹乍炼成，紫色的云霞缭绕在其周围，更添浪漫光环。首句的精妙比喻为下文庐山瀑布的出场，创造了仙境缥缈的氛围。一个“生”字，不仅写“活”了香炉峰，也把山间的烟云冉冉上升、袅袅浮游的景象表现出来了。到第二句时，诗人才把视线集中到山前的瀑布上，“遥看”，点明诗人是站在山脚之下，抬头远望。“挂”字与“悬”字，都能摹写出瀑流在陡崖高壁上飞奔而下的气势，然而“挂”字较之“悬”字，更能表现出飞瀑有如白练千尺的形貌，行文也显得更从容，仿佛这挂前川的瀑布乃是造化神奇天工自成。同时“挂”字也从布局上呼应了首句“遥看”的视角，扣住了诗题中的“望”字，承接更为自然，点题更为巧妙。

“飞流直下三千尺，疑是银河落九天。”

瀑布“飞流”可见其喷涌而出的态势，“直下”可见飞瀑如银蛇从天而坠，毫无阻碍的迅猛之势；“三千尺”就是三百丈，然而“千”与“百”之异，却造成迥乎千里的艺术效果。三千尺的夸张之词，将飞瀑从高空直扑而下，势不可挡的雄壮之姿一笔出之。李白素有率性之为，这三千尺的飞瀑形象，恰是诗人洒脱不羁、义无反顾气质的寄托。

而结句“疑是银河落九天”则写得声震九天，寰宇皆惊。银河由大量恒星构成。古亦称云汉，又名天河、天汉、星河、银汉。“银河”在古典诗歌中是经典意象，或关牛郎织女的故事，或关宇宙洪荒的寥廓。然而诗人别出心裁，将银河与庐山瀑布关联，庐山瀑布飞流三千尺，惊人魂魄，诗人竟疑心是天上银河因乾坤扭转从天际泻落人间庐山，又从庐山飞流直下。李白素好以气遣词，这样气吞天宇的想象，很能显示他“纵意骑射，弩末尤壮”的艺术个性。

全诗共四句，区区二十八言，却是意随笔至，写景宏壮，情感激切。在尺幅之内，诗人用他与生俱来的谪仙人气质驱遣着自己的想象纵意驰骋，用他独有的胆识与文采，想出了他人所不敢想，写出了他人所不能写，虽为绝句，却大开大合，纵横捭阖，并有歌行之气势。

望庐山五老峰

庐山东南五老峰，
青天削出金芙蓉①。
九江秀色可揽结②，
吾将此地巢云松③。

注　释

① 芙蓉：《李太白诗醇》“芙蓉，莲花也。山峰秀丽可以比之。其色黄，故曰金芙蓉也。”
② 揽结：采集。
③ 巢云松：隐居。

题 解

这是一首七言绝句。五老峰是庐山东南部相连的五座山峰，形状如五位老人并肩而立，是庐山胜景之一，李白曾在此地筑舍读书。这首诗描绘了庐山五老峰的壮丽与奇特，别具一格。

赏 析

这首诗以“望”字领起全诗，以远望五老峰的视角入笔，将庐山五老峰的险峻景致描绘得淋漓尽致。

“庐山东南五老峰，青天削出金芙蓉。”

五老峰在庐山的东南方向，它的景色动人，宛如一朵盛开的金色莲花。首句紧扣主题，交代出了五老峰的地理位置，位于庐山的东南侧。第二句华丽别致，将五老峰的景致比作一朵盛开的金芙蓉，形象贴切。如此美景，普通的人力是无法创造的，只能是造物主的神来之笔。诗人浮想联翩，认为五老峰的独特景致是“青天”使之产生。而一个“削”字更是展现了五老峰的险峻与鬼斧神工，也从侧面印证了诗人是从下往上的看，是在“望”五老峰。

“九江秀色可揽结，吾将此地巢云松。”

站在五老峰上，九江一带的风光尽收眼底，我会在这里修建房子住下去。秀色一词，有时用以形容美女，山色秀美，观之宛如一览美人之姿，意趣潜在。“可揽结”就是随手采集，这一句点出了五老峰之上可以轻松将九江景色一览无余，也从另一方面表现了五老峰的高拔与峻峭。如果五老峰不是高耸的、挺拔的，或是被其他山峰所遮挡，那么也没有了这么轻松的“揽结”一说。既然九江秀色揽结之后，为诗人目中所见心中所有，那么留居此地也就是自然之举了。诗人之后在五老峰隐居过一段时间，所以“吾将此地巢云松”既是内心真实想法的流露，其实也是诗人的一种出世思想。

这首诗写景想象夸张、奇特，抒情笔意轻浅，颇有趣味，读来张力十足。

公无渡河

黄河西来决昆仑①，咆哮万里触龙门②。
波滔天，尧咨嗟。
大禹理百川③，儿啼不窥家④。
杀湍湮洪水，九州始蚕麻。
其害乃去，茫然风沙⑤。
被发之叟狂而痴，清晨临流欲奚为。
旁人不惜妻止之，公无渡河苦渡之。
虎可搏，河难凭⑥，公果溺死流海湄。
有长鲸白齿若雪山，公乎公乎挂罥于其间。
箜篌所悲竟不还。

注 释

① 昆仑：昆仑山。又称昆仑虚、中国第一神山、万祖之山、昆仑丘或玉山。昆仑山由于其高耸挺拔，成为古代中国和西部之间的天然屏障，被古代中国人认为是世界的边缘。

② 龙门：即龙门山，在今陕西韩城东北五十里，黄河流经其间。

③ 理：即治理，唐人避唐高宗讳，改“治”为“理”。

④ 窥家：大禹在外治水八年，三过家门而不入。

⑤ 其害乃去，茫然风沙：意思是水虽不至于有滔天之祸，仍有风沙之害。

⑥ 虎可搏，河难凭：典出暴虎冯河的成语。凭，即不借助工具，徒步渡过河流。

题 解

此诗以乐府古题去演绎古老的渡河悲剧，并借此隐喻诗人知其不可为而为之的儒家之道。大多数学者认为此诗作于安禄山反叛前，李白去幽州（北京）时期。也有人认为可能写在永王李璘被平叛以后，当永王使韦子春带着五百两黄金来三请李白下山的时候。

赏 析

诗人一开篇便写黄河水的惊人气势：“黄河西来决昆仑，咆哮万里触龙门。”黄河水自西而来冲决着昆仑山，又一路咆哮着流向了龙门。这两句将黄河的滔天气势描绘得淋漓尽致。

“波滔天，尧咨嗟。大禹理百川，儿啼不窥家。杀湍湮洪水，九州始蚕麻。”

巨浪滔天，水天一色，尧舜看到也是感叹无法治理。大禹忙着治理河川，路过家门时孩子正在啼哭他都没进屋。千辛万苦终于驯服了黄河，沿岸的百姓才开始种植作物。“尧咨嗟”展现了黄河水害之利害，而“不窥家”则再现了大禹三过家门而不入的英雄形象。

“其害乃去，茫然风沙。”虽然水害被去除了，但是两岸还是一片茫茫的风沙在肆虐。

诗文至此，诗人形象地写出了黄河水的治理，又写到了风沙的危害。但是诗人笔锋一转，开始描写黄河古渡的故事：

“被发之叟狂而痴，清晨临流欲奚为。旁人不惜妻止之，公无渡河苦渡之。”

一个披头散发的痴狂老者，在清晨到了岸边想渡过黄河去。周围的人都冷眼看着，只有他的妻子在制止老者，因为那老者在没有摆渡的情况下想借自身之力渡过黄河。既无摆渡，又没有其他工具辅助，一个老者想单靠自己渡过如此汹涌的黄河，果真是“狂而痴”。

“虎可搏，河难凭，公果溺死流海湄。有长鲸白齿若雪山，公乎公乎挂罥于其间。箜篌所悲竟不还。”

可以赤手空拳和老虎搏斗，但是很难靠自己的力量渡过黄河，那老者果然溺死在河里。河里的鲸鱼露出身体的一部分，那白色的牙齿就跟雪山一样，而老者的尸体就半隐半现在雪山之中。岸边老者的妻子，悲伤地弹着箜篌，感叹老者一去不复返。

这首诗气势恢宏，为我们讲述了一个黄河古渡的悲剧。其实这首诗也是带有寓意的，痴狂的老者明知道强渡黄河会死，但还是去做。我们可以把这种行为比作对光明或理想的追求，老者身上有诗人的影子，尽管在追寻目标的道路上有很多的障碍和困难，但诗人信念坚定，始终在向理想迈进。如此理解，这首诗也便好懂了。

与史郎中钦听黄鹤楼上吹笛[1]

一为迁客去长沙[2]，
西望长安不见家。
黄鹤楼中吹玉笛，
江城五月落梅花[3]。

注　释

① 史郎中：即郎中史钦。郎中：官名。

② 迁客：指西汉贾谊。洛阳才子贾谊在文帝时招为博士升至太中大夫，将任以公卿。后被灌婴、冯敬等人谗毁，贬为长沙王太傅。

③ 落梅花：即笛曲《梅花落》，此处为押韵而倒装，也暗含笛声因风散落之意，一语双关。

题 解

唐肃宗乾元元年(758)李白流放夜郎经过武昌时，游黄鹤楼创作了这首诗。本诗写他游黄鹤楼时听笛的经历，抒发了迁谪之感和去国之情。

赏 析

“一为迁客去长沙，西望长安不见家。”

一朝成为遭遇贬谪的官员，只能离开京城。在去长沙的路上，一路西望长安，但那里已经看不到家的影子。诗人用贾谊的不幸遭遇来自比，有种为自己辩解的意味。但是政治上的打压并没有让他丧失对家庭、国家和朝廷的眷恋与不舍，这才有了一路的“西望”，遗憾的却是望而不见，什么也看不见。“西望”的细节传神生动，将诗人怀念京城的心情淋漓尽致的表现出来。“西望”而“不见”，此时，诗人的心情一定是惆怅的，悲凉的。

“黄鹤楼中吹玉笛，江城五月落梅花。”

与郎中史钦听到黄鹤楼吹的玉笛声响，江城五月，本是夏天，但听到这凄凉的笛声，顿时感到阵阵寒意，仿佛置身于梅花飘落的冬季一般。诗人巧借笛声来渲染愁情，使用了通感的表现手法，由声音转移到触觉和视觉：听到笛声而感觉到寒冷，最终看到梅花飘落。读来颇有张力，极富想象空间。

这首诗结构独特，全诗写听笛声的感受，但却没有直接去先写笛声再抒发情感，而是反其道而行之，先写情感，再写笛声。尤其后半部分由笛声画出一幅凄凉悲绝的梅花飘落景致，可谓情景交融。

江夏赠韦南陵冰[1]

胡骄马惊沙尘起，胡雏饮马天津水[2]。
君为张掖近酒泉，我窜三巴九千里[3]。
天地再新法令宽，夜郎迁客带霜寒[4]。
西忆故人不可见[5]，东风吹梦到长安。
宁期此地忽相遇[6]，惊喜茫如堕烟雾。
玉箫金管喧四筵，苦心不得申一句[7]。
昨日绣衣倾绿樽，病如桃李竟何言[8]？
昔骑天子大宛马，今乘款段诸侯门[9]。
赖遇南平豁方寸，复兼夫子持清论[10]。
有似山开万里云，四望青天解人闷。
人闷还心闷，苦辛长苦辛。
愁来饮酒二千石[11]，寒灰重暖生阳春。
山公醉后能骑马，别是风流贤主人[12]。
头陀云月多僧气[13]，山水何曾称人意？
不然鸣笳按鼓戏沧流，
呼取江南女儿歌棹讴[14]。
我且为君槌碎黄鹤楼，
君亦为吾倒却鹦鹉洲。
赤壁争雄如梦里，且须歌舞宽离忧。

注 释

① 江夏：唐天宝元年改鄂州为江夏郡，即今武汉市武昌区。南陵：今安徽南陵县。韦南陵冰，即南陵县令韦冰，李白在长安结识的友人。

② 胡骄：《汉书·匈奴传》载匈奴单于自称“南有大汉，北有强胡。胡者，天之骄子也”。此指安史叛军。胡雏：年幼的胡人。这里亦指安史之兵。天津水：河南洛阳西南洛水。

③ 张掖、酒泉：皆唐郡，在今甘肃张掖市、酒泉市一带。三巴：东汉末益州牧刘璋分巴郡为永宁、固陵、巴三郡，后改为巴、巴东、巴西三郡，合称三巴。

④ 天地再新：指两京收复后形势重新好转。法令宽：指乾元二年的大赦。迁客：指自己。带霜寒：比喻心有余悸。

⑤ 故人：指韦冰。

⑥ 宁期：哪里料到，没想到。

⑦ 一句：一作“长句”。唐代以七言古诗为长句。

⑧ 绣衣：指御史台的官员。因其常出使幕府，故有时亦以绣衣称幕僚。病如桃李：病得像不讲话的桃李。此借《史记·李将军列传》“桃李不言”的典故。

⑨ 大宛马：古代西域大宛国所产的名马。款段：行走缓慢的马。此指劣马。诸侯：此指地方长官。

⑩ 南平，指李白的族弟南平太守李之遥。豁方寸：开心。夫子：对韦冰的尊称。清论：清高脱俗的言论。

⑪ 二千石：我国古代计算酒的容量用升、斗、石等单位。二千石是夸张的说法。

⑫ 山公：指晋人山简，常喝酒喝得烂醉如泥。贤主人：指韦冰。此句以山简喻韦冰。

⑬ 头陀：僧寺名，故址约在今武汉市武昌区东南。

⑭ 笳：古代一种乐器。按鼓：击鼓。戏沧流：到江中游玩。歌棹讴：以船桨打着拍子唱歌。

题　解

唐肃宗乾元二年（759），李白在流放夜郎途中遇赦放还，在江夏遇见了长安故人，时任南陵（今属安徽）县令的韦冰。在唐肃宗和永王李璘的夺权内讧中，李白成了牺牲品遭遇流放，蒙受奇冤大屈。此时刚遇大赦，又骤逢故人，使他惊喜异常，满腔悲愤，不禁迸发，便写成了这首沉痛激烈的政治抒情诗。

赏　析

诗人一开篇便是倒叙。

“胡骄马惊沙尘起，胡雏饮马天津水。君为张掖近酒泉，我窜三巴九千里。天地再新法令宽，夜郎迁客带霜寒。”

安史之乱以后，你远赴张掖酒泉一带，而我躲避在三巴一带，我们已经很久没见了。不想平定安史之乱后，我却锒铛入狱，披霜带露，流放在夜郎地区。

“西忆故人不可见，东风吹梦到长安。宁期此地忽相遇，惊喜茫如堕烟雾。玉箫金管喧四筵，苦心不得申一句。”

我想着再也见不到故人了，只能借着东风梦中与你们在长安相聚。不想竟然在这个地方相遇，那种惊喜的感觉如云里雾里一般。在这喧哗吵闹的宴会中，人多嘴杂，内心的苦楚一下子也说不清楚。

“昨日绣衣倾绿樽，病如桃李竟何言？”

昨天那些权贵们为我斟酒，但是我的内心已经受伤的像生病的桃李，真的没什么和他们可说的。

“昔骑天子大宛马，今乘款段诸侯门。赖遇南平豁方寸，复兼夫子持清论。有似山开万里云，四望青天解人闷。”

过去声名显赫，骑着天子的良驹在京城行走，如今却骑着驽马与地方官们喝酒。南平太守的一番言论让人豁然开朗，而你的言论清正又拨云见雾，排除了我胸中压抑许久的苦闷。

“人闷还心闷，苦辛长苦辛。愁来饮酒二千石，寒灰重暖生阳春。山公醉后能骑马，别是风流贤主人。头陀云月多僧气，山水何曾称人意？不然鸣笳按鼓戏沧流，呼取江南女儿歌棹讴。”

如此辛酸苦闷，也只好借酒浇愁。喝他个两千石，自信终有翻身之日。晋朝山简镇守襄阳时，常喝得酩酊大醉还能骑马，真是风流倜傥之人。也想出去游走在山水之间，但又觉得附近的山山水水都如同那苦修的僧人，没有一点活力和乐趣。真不如乘船游走，鸣笳按鼓，叫上歌伎一同游玩。

“我且为君槌碎黄鹤楼，君亦为吾倒却鹦鹉洲。赤壁争雄如梦里，且须歌舞宽离忧。”

我来为你锤碎黄鹤楼，你也为我推倒鹦鹉洲。让我们载歌载舞远离现实，不再怀有梦想，不再有苦闷。这几句既写出了诗人的愤怒与悲伤，实质也是无可奈何的反映。

这首诗笔调豪放，个性鲜明。全诗感情充沛，时而悲愤，时而无奈，时而豪放，展现了一个真实可近的人物形象。

上 三 峡

巫山夹青天，巴水流若兹①。
巴水忽可尽，青天无到时。
三朝上黄牛②，三暮行太迟。
三朝又三暮，不觉鬓成丝。

注 释

① 巫山：在重庆巫山县南。巴水：指长江水。重庆东面长江水曲折三回如巴字，故曰“巴江”。传说巴子国由此得名。古渝、涪、忠、万等州均属巴国地，故此段长江常称巴水。

② 黄牛：指黄牛峡，是巫峡的一段。西陵峡中有黄牛山，下有黄牛滩，南岸山壁间有石，如人负刀牵牛。江流迂回，舟行昼夜后仍见此石。故谣曰：“朝发黄牛，暮宿黄牛。三朝三暮，黄牛如故。”

题 解

唐肃宗乾元二年（759），李白因永王李璘案流放夜郎，自三峡入蜀时作了这首诗。三峡指长江之瞿塘峡、巫峡和西陵峡，是长江最为险峻，也最为难走的一段。诗人五十八岁时从九江到宜昌逆流而上，走了快一年才进入三峡。这首诗充分表现了三峡行路之艰难，以及诗人内心的痛苦。

赏 析

这首诗气象雄伟，意境开阔。

“巫山夹青天，巴水流若兹。”

巫山高耸险峻，从船上望去，像是把青天夹住了一般。峡谷中的长江水流淌着，如同沸腾的金汤。一个“夹”字，形象贴切地展现了巫山峡谷的狭窄与险峻，连青天都仿佛被夹住了，实际上也是诗人无奈心情的一种展现。

“巴水忽可尽，青天无到时。”

峡谷中流淌的巴水随着转弯像是一下子消失了，但是那青天永远无法到达。“忽可尽”说明峡谷弯曲，像是突然到头了，但真实的情况是青天还被巫山夹裹着。这再次表现了行程之漫长，诗人情绪之烦躁。另一方面，“青天”在李白诗作中屡见不鲜，它往往指那蔚蓝的广阔无垠的天空，暗喻人生道路的宽广光明，因此，“青天无到时”寄寓了诗人对自己坎坷不平的人生道路的深沉感慨。

“三朝上黄牛，三暮行太迟。”

连续早起三个早晨行舟，每天很晚才休息，但依然走得不远，依然能看见黄牛山。“三朝”“三暮”说明行路之劳累辛苦，更交代了逆水行舟之缓慢。

“三朝又三暮，不觉鬓成丝。”

连续这样行走了三天三夜，突然发现鬓角的头发都白了。“鬓成丝”一方面说明诗人因为行路艰难，一路煎熬成了白发，实际上也是因为诗人被流放影响，一路上心绪难平，由悲愤情绪才有了这样的外化：头发都白了。

有意思的是，当李白到达巫峡时突然遇赦得释，他马上从奉节乘船顺流东下江陵，并写下了著名的七绝《早发白帝城》：“朝辞白帝彩云间，千里江陵一日还。两岸猿声啼不尽，轻舟已过万重山。”《早发白帝城》全诗清新明朗，与本诗形成了截然不同的风格。

早发白帝城

朝辞白帝彩云间[①]，
千里江陵一日还[②]。
两岸猿声啼不住[③]，
轻舟已过万重山[④]。

注　释

① 朝：早晨。白帝：白帝城。前人曾认为这首诗是李白青年出蜀时所作。然而根据“千里江陵一日还”的诗意，李白曾从江陵上三峡，因此，这首诗应当是他返还时所作。辞：告别。彩云间：因白帝城在白帝山上，地势高耸，从山下江中仰望，仿佛耸入云间。

② 江陵：今湖北荆州市。还：归；返回。

③ 猿：猿猴。啼：鸣、叫。住：停息。

④ 万重山：层层叠叠的山，形容有许多。

千里江陵一日还

题　解

唐肃宗乾元二年（759）春天，李白因永王李璘案，流放夜郎，取道四川赴贬地。行至白帝城，忽闻赦书，惊喜交加，旋即放舟东下江陵，故诗题一作“下江陵”。诗人是把遇赦后愉快的心情和江山的壮丽多姿、顺水行舟的流畅轻快融为一体来表达的。全诗尽显夸张和奇想，写得流丽飘逸，惊世骇俗。

赏　析

“朝辞白帝彩云间，千里江陵一日还。”

清晨，我告别那在彩云之间的白帝城，仅仅用了一天的时间就到达了千里之外的江陵。“彩云间”一方面是在说天气好，另一方面也是交代了白帝城地势之高，也只有如此高的落差，才有了顺水而行一日千里就到达了江陵。当然，彩云飘飘也是诗人高兴心情的写照。“千里”与“一日”作对比，极妙的点出了行程之快，更反映了诗人的兴奋状态。“还”就是回家，但江陵并不是诗人的故乡，使用“还”字只能说明一点，诗人遇赦后喜悦到不能自抑，那千里之外的陌生城市江陵也成了一个可亲可敬的地方。

“两岸猿声啼不住，轻舟已过万重山。”

两岸的猿声一直啼叫不止，不知不觉中船已经穿过了万重青山。“啼不住”表明在行舟的过程中一直能听到猿猴的啼叫，一方面这既是写实，因为古代三峡常有猿猴在岸边长啸；另一方面也是从侧面展现行舟之快，一处的猿猴还未啼叫完毕，下一处的猿猴的啼叫声音已经传来。舟前加了一个“轻”字，说明顺水行舟之快捷，有种酣畅淋漓的感觉。诗人此时的心情必定是轻松的、愉悦的。这与《上三峡》的沉闷与愁苦形成了鲜明的对比。

这首诗灵动洒脱，洋溢着欢快喜悦之情，历来受到人们的喜爱和称赞。杨慎在《升庵诗话》里说这首诗“惊风雨而泣鬼神矣”，评价颇为贴切。

鹦　鹉　洲[①]

鹦鹉来过吴江水[②]，江上洲传鹦鹉名。
鹦鹉西飞陇山去[③]，芳洲之树何青青[④]。
烟开兰叶香风暖，岸夹桃花锦浪生[⑤]。
迁客此时徒极目[⑥]，长洲孤月向谁明[⑦]。

注　释

① 鹦鹉洲：武昌西南长江中的一个小洲。祢衡曾作《鹦鹉赋》于此，故称。
② 吴江：指流经武昌一带的长江。
③ 陇山：又名陇坻，山名，在今陕西陇县西北。相传鹦鹉出产在这里。
④ 芳洲：香草丛生的水中陆地。这里指鹦鹉洲。
⑤ 锦浪：形容江浪像锦绣一样美丽。即春风吹开了烟雾，送来浓郁的兰香；两岸桃花盛开，映照得江浪绚丽如锦。
⑥ 迁客：指自己是流放过的人。
⑦ 长洲：指鹦鹉洲。向谁明：意即照何人。

题　解

这首诗作于唐肃宗上元元年（760）春天。诗人借描写鹦鹉洲的景色，表现自己的孤寂心情。前人对这首诗评价很高，有人认为这是李白与崔颢《黄鹤楼》诗争高下的产物。如果单纯从此出发评价此诗，那就简直忽视李白了。仅仅从争气斗胜或单纯模仿出发，是无论如何也写不出这种感情深沉、意境阔大的作品来的。

赏　析

鹦鹉洲是江夏的名胜，洲之所以得名与祢衡以及他所写的《鹦鹉赋》密切相关。因此，在李白诗中提到鹦鹉洲时，也多与祢衡联系在一起。通过对鹦鹉洲的描绘，诗人委婉地抒发了慨叹祢衡才高命蹇终于被杀的痛惜之情，李白以祢衡自比，诗中还含有伤古人亦复自伤的深意。

开篇“鹦鹉来过吴江水”，“鹦鹉”二字看似实写，其实乃代指祢衡。虽然鹦鹉可能在此飞过，但鹦鹉洲之得名却是因祢衡的一篇《鹦鹉赋》。所以，下面紧接着便说“江上洲传鹦鹉名”。但，我们仍不妨把“鹦鹉”当作一语双关、虚实并用来加以对待。这样理解，才更有诗意，才有更大的想象空间。这一点也体现在第三句里边：“鹦鹉西飞陇山去”，相传鹦鹉产自今陕西、甘肃一带，所以，如果鹦鹉飞走，很可能飞回它出生的陇山去了。其实，“鹦鹉西飞”真正的含义，乃是暗写祢衡的被杀。诗人对此，无限惋惜。

因此下面紧接用了个设问句：“芳洲之树何青青？”这一句转描述为抒情。这四句意思是说：鹦鹉啊，你曾经飞越这吴江，江上的沙洲传播着鹦鹉的美名；既然鹦鹉已向西面的陇山飞去，芳草萋萋的沙洲啊，你为什么仍爱碧树青青？以上四句，可以算作第一段。在这一段里诗人的心情沉痛，感慨万端，想象丰富，表现手法多样而又自然。

后四句是第二段。“烟开兰叶香风暖，岸夹桃花锦浪生”两句，实际是“芳洲之树何青青”的补充和发挥。“烟开”，也就是李白诗中多次出现的“烟花”“烟景”。“烟花”“烟景”“烟开”都是写春天百花盛开，色彩浓艳，远望霞蒸云蔚，如一片锦绣般的烟霭。“烟开”句，写的就是这样的一种境界：远看去，鹦鹉洲上，花团锦簇，好像是被一片轻烟笼罩；诗人仿佛看见淡烟薄雾形成的帷幕忽然被风吹荡开来，通过这帷幕的罅隙，可以看见那嫩绿的兰叶在微风中摇曳生姿，同时还可以嗅到那随着微风飘拂而来的香气，使人感受到春天的温暖。少许七字，却有很大容量。其中有视觉（“烟开”“兰叶”），有嗅觉（“香风”），还有触觉（“暖”）。这么多的感受、感觉、感触，压缩在一句之中，读起来却又那么透脱疏朗，毫无雕琢斧凿之痕，真正是锦心绣口，自然浑成。用“清水出芙蓉，天然去雕饰”来评价他这类诗句，是再恰当不过的了。下面，“岸夹桃花锦浪生”则是从视觉这一方面来加以描绘，进一步增强了诗的色彩感与动态感。艳丽夺目的桃花，被江岸、洲岸夹在一起，仿佛被什么力量簇拥着升腾而起；落入江水的花瓣，还有倒映入水的繁花，把晶莹明澈的江水染得像一匹绚烂夺目的锦缎一样，在东升的明月照耀下，伴随着晚潮向岸边拍击而来。这境界，不免使人联想到张若虚的《春江花月夜》。

末二句“迁客此时徒极目，长洲孤月向谁明”，“迁客”，指被贬谪到远地的官吏，这里是作者自指。李白从璘获罪而被流放夜郎。“徒”，徒然之意。“极目”，远望。通过这一句，可以想见，诗人所极目远望的并不是“芳洲”“兰叶”和“桃花”，他所望的乃是“鹦鹉”，也就是祢衡。据陆游《入蜀记》载，鹦鹉洲上有茂林神祠，远望如小山。洲盖祢正平被杀处。写《鹦鹉赋》的祢衡已长眠地下，洲上的一轮孤月啊，你到底为谁春夜长明？这两句感情是很沉痛的。我们联系李白晚年的不幸遭遇及其处境，就可以体会到诗人吊古伤今，怀祢衡亦复自伤的情感。

庐山谣寄卢侍御虚舟[1]

我本楚狂人[2]，凤歌笑孔丘[3]。
手持绿玉杖[4]，朝别黄鹤楼。
五岳寻仙不辞远[5]，一生好入名山游。
庐山秀出南斗傍[6]，屏风九叠云锦张[7]。
影落明湖青黛光[8]，金阙前开二峰长[9]，
银河倒挂三石梁[10]。
香炉瀑布遥相望[11]，回崖沓嶂凌苍苍[12]。
翠影红霞映朝日，鸟飞不到吴天长[13]。
登高壮观天地间，大江茫茫去不还[14]。
黄云万里动风色[15]，白波九道流雪山[16]。
好为庐山谣，兴因庐山发。
闲窥石镜清我心[17]，谢公行处苍苔没[18]。
早服还丹无世情[19]，琴心三叠道初成[20]。
遥见仙人彩云里，手把芙蓉朝玉京[21]。
先期汗漫九垓上[22]，愿接卢敖游太清[23]。

注 释

① 谣：不合乐的歌，一种诗体。卢侍御虚舟：卢虚舟，范阳人，唐肃宗时曾任殿中侍御史。

② 楚狂人：春秋时楚人陆通，因不满楚昭王的政治，佯狂不仕，时人谓之“楚狂”。

③ 凤歌笑孔丘：孔子适楚，陆通游其门而歌：“凤兮凤兮，何德之衰……”劝孔不要做官，以免惹祸。这里，李白以陆通自比，表现对政治的不满，而要像楚狂那样游览名山过隐居的生活。

④ 绿玉杖：镶有绿玉的杖，传为仙人所用。

⑤ 五岳：即东岳泰山，西岳华山，南岳衡山，北岳恒山，中岳嵩山。此处泛指中国名山。

⑥ 南斗：星宿名，二十八宿中的斗宿。古天文学家认为浔阳属南斗分野（古时以地上某些地区与天上某些星宿相应叫分野）。这里指秀丽的庐山之高，突兀而出。

⑦ 屏风九叠：指庐山五老峰东的九叠屏，因山峦叠如屏而得名。

⑧ 影落：指庐山倒映在明澈的鄱阳湖中。青黛（dài）：青黑色。

⑨ 金阙（què）：阙为皇宫门外的左右望楼，金阙指黄金的门楼，这里借指庐山的石门——庐山西南有铁船峰和天池山，二山对峙，形如石门。

⑩ 银河：指瀑布。三石梁：一说在五老峰西，一说在简寂观侧，一说在开先寺（秀峰寺）旁，一说在紫霄峰上。近有人考证，五老峰西之说不谬。

⑪ 香炉：南香炉峰。瀑布：黄岩瀑布。

⑫ 回崖沓（tà）嶂：曲折的山崖，重叠的山峰。凌：高出。苍苍：青色的天空。

⑬ 吴天：九江春秋时属吴国。

⑭ 大江：长江。

⑮ 黄云：昏暗的云色。

⑯ 白波九道：九道河流。古书多说长江至九江附近分为九道。李白在此沿用旧说，并非实见九道河流。雪山：白色的浪花。

⑰ 石镜：古代关于石镜有多种说法，诗中的石镜应指庐山东面的“石镜”——圆石，平滑如镜，可见人影。清我心：清涤心中的污浊。

⑱ 谢公：谢灵运。

⑲ 服：服食。还丹：道家炼丹，将丹烧成水银，积久又还成丹，故谓“还丹”。

⑳ 琴心三叠：道家修炼术语，一种心神宁静的境界。

㉑ 玉京：道教称元始天尊在天中心之上，名玉京山。

㉒ 先期：预先约好。汗漫：仙人名，一云造物者。九垓（gāi）：九天之外。

㉓ 卢敖：战国时燕国人，周游至蒙谷山，见一古怪之士迎风而舞。卢敖邀他同游，那人笑着说：“吾与汗漫期于九垓之外，不可久留。”遂纵身跳入云中。太清：太空。

题 解

这首诗作于肃宗上元元年（760），即诗人流放夜郎途中遇赦回来的次年。面对着秀出南斗傍的庐山，诗人借对庐山风景的描绘，向曾与自已同游过庐山的卢虚舟，倾吐自己居名山、做隐士的愿望。诗人浓墨重彩地描写庐山雄伟美丽的景色，希望在名山胜景中得到寄托，在神仙境界中逍遥。通过对自我形象的描绘和庐山景物的生动刻画，表现了诗人晚年流放归来、政治理想破灭后想要寄情山水的心境。

赏 析

诗人一开篇便点明了对政治仕途的失望："我本楚狂人，凤歌笑孔丘。手持绿玉杖，朝别黄鹤楼。五岳寻仙不辞远，一生好入名山游。"我就像那楚国的狂人陆通一般，唱着凤歌嘲笑痴迷做官的孔夫子。手里拿着一根绿色的玉杖，早晨就辞别黄鹤楼。不怕路途遥远在五岳中寻访仙人，这一生也喜好在名山之间游历。"凤歌"的典故一方面展现了诗人远离官场的心理，另一方面也是诗人想向陆通学习，去山水之间寻找隐逸的生活。

接下来诗人开始写庐山的美景："庐山秀出南斗傍，屏风九叠云锦张。影落明湖青黛光，金阙前开二峰长，银河倒挂三石梁。"秀美的庐山挺拔在南斗旁边，九叠云屏像云霞般铺张着，那湖光和山影相互映照泛着青光，金阙岩前双峰耸立至云端，那瀑布就像倒挂着的银河。"香炉瀑布遥相望，回崖沓嶂凌苍苍。翠影红霞映朝日，鸟飞不到吴天长。"香炉峰与瀑布遥遥相望，那曲折重叠的山峰显得翠翠茫茫。翠云红霞与朝阳相互辉映，连鸟也难以飞越高峻的庐山。诗人将庐山的美景及雄伟壮丽描绘的非常鲜活。

诗人接下来去写登高庐山看到的景象："登高壮观天地间，大江茫茫去不还。黄云万里动风色，白波九道流雪山。"登上庐山极目望去，天地间的景致壮美极了，那大江悠悠地向东而去，一去不返。天上飘着黄云，天色瞬息万变，那流动的河水就像九道会动的雪山。

"好为庐山谣，兴因庐山发。闲窥石镜清我心，谢公行处苍苔没。"我喜欢为这雄壮的庐山而作诗，很多兴致也因庐山而起。闲暇时观看石镜让我的心宁静下来，谢灵运经过的地方早已被青苔掩埋。

“早服还丹无世情，琴心三叠道初成。遥见仙人彩云里，手把芙蓉朝玉京。先期汗漫九垓上，愿接卢敖游太清。”早日吞服仙丹去掉对尘世的迷恋，我已经修得一种心神宁静的状态。仿佛能看见仙人就在那彩云之中，手里拿着芙蓉花朝拜玉京山。早已约好神仙在九天之上相聚，希望你也能来一起遨游太空。

这首诗想象奇特，意境开阔，给人以雄浑壮美的感觉。

夜泊牛渚怀古

牛渚西江夜①，青天无片云。
登舟望秋月，空忆谢将军②。
余亦能高咏③，斯人不可闻④。
明朝挂帆席⑤，枫叶落纷纷。

注　释

① 牛渚：山名，在今安徽当涂县西北。西江：即长江。古称约自南京至今江西一段长江为西江，牛渚也在西江这一段中。

② 谢将军：东晋谢尚，今河南太康县人，官镇西将军，镇守牛渚时，秋夜泛舟赏月，适袁宏在运租船中吟诵己作《咏史》诗，音辞俱佳，遂大加赞赏，邀其前来，谈到天明。袁从此名声大振，后官至东阳太守。

③ 高咏：谢尚赏月时，曾闻诗人袁宏在船中高咏，大加赞赏。

④ 斯人：指谢尚。

⑤ 挂帆：扬帆。席：船帆。

登舟望秋月

题　解

这是一首咏史怀古诗，写于诗人漫游皖南期间。政途失意的李白在当涂滞留的较长一段时间内，颇有怀才不遇之忧，诗人凭眺眼前的秀丽景色，跨越时间的阻隔而进入历史，叙写东晋时期镇守牛渚的镇西将军谢尚对江上偶遇的袁宏有知遇之恩，并借古怀今，表达自己才华自负却世无知音的怨艾之叹。

赏　析

这首怀古诗，形似五律，却无对偶，颇有李白飘逸不羁的风格，纵使是失意与阴郁，也不能束缚他兴随所至的抒写。

“牛渚西江夜，青天无片云。”

西江上，牛渚山迤逦的山脊倒映在朗月映照的江面上，秋叶静寂，月亦静默，天上没有一丝云来遮挡皓月的银灰铺洒。空明寂寥的天空、澄明如镜的江月、山形迤逦的牛渚山，一同构成了空阔悠远、静穆澄明的诗歌意境。此境之中，诗人只思“牛渚”“西江”，开篇以此入诗，让心绪回到几百年前的牛渚山下的某个西江月夜。

“登舟望秋月，空忆谢将军。”

月色澄明如水，登上舟船以望秋月，不曾想引发了诗人对东晋谢将军的追念。牛渚历来是军事要地，当年周瑜曾驻扎于此，谢将军曾在此官镇西将军。谢将军指的是东晋谢尚，他驻守牛渚时，常于秋夜泛舟赏月，并在某个月夜与袁宏在江上以诗会友。据载，袁宏年少的时候，其父临汝令袁勖去世，家道因之中衰，他不得不以运租自业。在月夜行船中，袁宏因为吟诵自己的咏史诗被谢尚听到，被邀到船上夜谈达旦，袁宏得到谢尚的赏识，在谢尚任安西将军、豫州刺史时，以参议军事被谢尚引入仕途。从赐金放还结束了自己短暂的仕途开始，自负才华的李白空恨世无知音，更无伯乐的情绪与日郁积，故而牛渚的西江月夜，忆起谢将军时却只能跨越时空表示仰慕、羡慕之情，面对被人弃用的现实，空余失落，所以只能是“空忆”。

“余亦能高咏，斯人不可闻。”

才华旷世的诗人，毋庸置疑是“能高咏”的。当年，八十三岁在京的贺知章一览四十二岁的李白诗作《蜀道难》即夸曰：“子谪仙人也。”李白奉诏入京临行前作诗曰：“仰天大笑出门去，我辈岂是蓬蒿人。”李白供奉翰林期间酒醉于市却适逢在沉香亭与杨贵妃饮乐的玄宗诏白为乐章，稍事酒意缓作诗曰：“云想衣裳花想容，春风拂槛露华浓。”李白的“高咏之作”不可胜数，然而这里诗人自言“能高咏”，却无恃才之傲，因为下一句“斯人不可闻”，诗人高叹像谢尚那样对人才惺惺相惜的人物早已杳无踪影了，透露出诗人世无伯乐，“大道如青天，我独不得出”怀才不遇之叹。

“明朝挂帆席，枫叶落纷纷。”

既此地无知音可遇，那么明朝我将片帆高挂，行舟离去，秋风飒飒中，枫叶簌簌飘沦萎落。“挂帆”意味着诗人又将踏上旅途，牛渚的过客之旅，就如这簌簌飘落的枫叶，随着西江水渐渐消逝，没有《梦游天姥吟留别》篇末的“且放白鹿青崖间，须行即骑访名山”的洒脱，有的是秋叶萎落的寂然与无奈。

这首怀古诗，首联以牛渚的江月青天写景起笔，尾联以牛渚江上落叶送舟图结篇，紧扣诗题“牛渚”，写景舒朗单纯，诗歌意境空灵静穆，中间两联着笔“怀古”，叙事简约，仅“忆谢将军”代言古事，言有尽而意无穷，颇有春秋笔法。

这首五律“无一句属对，而调则无一字不律”（王琦注引赵宧光评），兴随情至的诗人以情驱文，全诗诗意明朗，情思有致，读来令人回味不已。

夜下征虏亭①

船下广陵去②，
月明征虏亭。
山花如绣颊③，
江火似流萤④。

注　释

① 征虏亭：有传为东晋时征虏将军谢石所建，故址在今江苏南京市南郊。
② 广陵：郡名，在今江苏扬州市一带。
③ 绣颊（jiá）：也称绣面，唐代女子面部妆饰风俗，女子面颊涂以丹脂。这里借喻岸上山花的娇艳。
④ 江火：江船上的灯火。流萤：飞动的萤火虫。

题　解

这首诗作于唐肃宗上元二年（761）暮春之季。李白从金陵的征虏亭登州前往广陵，有感于沿江美景，即兴写下此诗。全诗描写诗人在一个春夜离开金陵前往广陵，从金陵征虏亭到广陵沿途所见到的江上夜景，表达了诗人心中对沿途美景的喜爱之情。

赏　析

据南京地方志载，征虏亭，建于东晋或更早，是金陵的一大名胜。李白选择在一个暮春之夜从征虏亭登舟启程，不曾想，舟船夜行不仅没有遭遇黑漆漆的寂寥，反倒得以饱览沿途美景，心下很是得畅然之悦。

"船下广陵去，月明征虏亭。"

首句写诗人舟船启程前往广陵，言语简洁，交代此行目的地。"月明"一词点明诗人是在夜里启程，而"明"字描写登舟之处月光朗照，诗人登舟之后立于舟上，看征虏亭在月光的映照下，格外清朗，则点化了诗人内心的愉悦与澄澈。这两句诗，仅"月明"二字是在状物写景，然而一词传神，此去一路将有明月相伴，波光相随，诗人心中该有明月诗画相随了。

"山花如绣颊，江火似流萤。"

"绣颊"，本是指唐代女子面部妆饰。诗人以"绣颊"形容娇美的少女，并以之形容山花：月光盈盈之下，那征虏亭畔的丛丛山花，摇曳多姿，好像娇艳的少女，立于江畔，为诗人的启程流露出娇羞不舍的深情。江火指江上夜泊渔船上的灯火。此际，征虏亭畔，月色如浅唱，江火似流萤。小舟随波动荡，渔船的灯火和江中倒影的万家灯火，星星点点，摇曳辉映，就好似无数萤火虫在江面上飞来飞去，熠熠灼目。

这首小诗写景以简笔勾勒而成，线条清晰，行文简洁明快，以寥寥数笔，绘制了一幅春江花月夜的图画，以明澈的月色暗结全诗。全诗意境清新明朗，逼真传神，富有美感。

临 路 歌

大鹏飞兮振八裔①，中天摧兮力不济②。
余风激兮万世③，游扶桑兮挂石袂④。
后人得之传此，仲尼亡兮谁为出涕⑤？

注 释

① 大鹏：传说中的大鸟，见于《庄子·逍遥游》。
② 中天：半空。摧：折断。济：帮助，成功。
③ 余风：遗风。意为遗风足可以激荡万世。
④ 扶桑：神话中的树名。石：又作“左”。袂：衣袖。
⑤ “仲尼”句：鲁国抓住了一条麒麟，孔子认为麒麟出非其时，世道将乱，大哭。

题　解

唐代李华在《故翰林学士李君墓铭序》中说："年六十有二不偶，赋临终歌而卒。"根据这个资料推断，《临路歌》的"路"字应该是与"终"字因形近而致误，所以"临路歌"就是"临终歌"。这首诗也应该是李白在临终之前的最后作品。

赏　析

这首诗体现了李白一生远大的抱负。

"大鹏飞兮振八裔，中天摧兮力不济。"

大鹏展翅高飞，惊动了四面八方，可惜中途折断了翅膀，也便没有了力量继续飞翔。诗人以大鹏自比，"大鹏飞兮振八裔"暗指了奉旨入京的状态，那时候可谓声名显赫。但是后来受到挫折和种种打击，大鹏不能继续展翅飞翔，于是就有了下句："中天摧兮力不济。"

"余风激兮万世，游扶桑兮挂石袂。"

大鹏虽然断了翅膀不能继续飞翔，但是那种磅礴的气势一定会影响到千千万万的后人。一直遨游在皇帝的周围，但不小心挂住了左翼。"扶桑"是神话中的大树，长在太阳升起的地方，太阳又象征着皇帝，所以"游扶桑"即陪伴在皇帝的周围。而"挂石袂"当为"挂左袂"的误写，大鹏挂断了左翼无法继续飞行，这也与上文文意相吻合。

"后人得之传此，仲尼亡兮谁为出涕？"

后人都在传诵着大鹏半空折翅而亡的消息，但是那爱才的孔子已死，谁又会为我这个大鹏的夭折而悲伤哭泣呢？以这样的句子做结尾，既展现了诗人对自己才华的自信，也是对当世缺乏知音的一种无奈心态的反映。

这首诗流露了诗人对人生的无比眷恋之情，让我们看到了一位可亲、可敬的才华横溢的伟大诗人。

图书在版编目（CIP）数据

李白诗歌赏析 / 马玮主编.— 北京 : 商务印书馆国际有限公司, 2017.6（2024.10重印）
（中国古典诗词名家菁华赏析丛书）
ISBN 978-7-5176-0410-5

Ⅰ. ①李… Ⅱ. ①马… Ⅲ. ①李白（701-762）-唐诗-诗歌欣赏 Ⅳ. ①I207.227.42

中国版本图书馆CIP数据核字(2017)第109120号

LIBAI SHIGE SHANGXI

李白诗歌赏析

主　　编　马　玮
出版发行　商务印书馆国际有限公司
地　　址　北京市朝阳区吉庆里14号楼
佳汇国际中心A座12层
邮　　编　100020
电　　话　010-65592876（编校部）
010-65598498（市场营销部）
网　　址　www.cpi1993.com
印　　刷　北京中科印刷有限公司
开　　本　710mm × 1000mm 1/16
字　　数　302千字
印　　张　18.5
版　　次　2024年10月第1版第10次印刷
书　　号　ISBN 978-7-5176-0410-5
定　　价　35.00元